회사때려치우고 카페합니다

회사 때려치우고 카페 합니다 5

초판 1쇄 발행 2024년 9월 27일

지은이 ㅣ 성상헌
발행인 ㅣ 최원영
편집장 ㅣ 이호준
편집디자인 ㅣ 박민솔
영업 ㅣ 김민원 조은걸

펴낸곳 ㅣ ㈜ 디앤씨미디어
등록 ㅣ 2002년 4월 25일 제20-260호
주소 ㅣ 서울시 구로구 디지털로32길 30 코오롱디지털타워빌란트 1301-1308호
전화 ㅣ 02-333-2513(대표)
팩시밀리 ㅣ 02-333-2514
E-mail ㅣ papy_dnc@dncmedia.co.kr
블로그 ㅣ blog.naver.com/gnpdl7

ISBN 979-11-364-5586-4 04810
ISBN 979-11-364-5429-4 (SET)

※ 저자와 협의하여 인지는 붙이지 않습니다.
※ 이 책은 ㈜ 디앤씨미디어(파피루스)가 저작권자와의 계약에 따라 발행한 것으로 본사와 저자의 허락 없이는 어떠한 형태나 수단으로도 내용을 이용할 수 없습니다.

CAFE MENU
OPEN DAILY

1장 ······················· 7

2장 ······················· 73

3장 ······················· 139

4장 ······················· 205

5장 ······················· 273

1장

한송이 작가의 집 마당.

"물이 많이 샜네요."

"얼마 전까지는 뚝뚝 떨어지기만 했는데, 오늘 갑자기 주르륵 새더라고요."

다행히 주거 목적이던 별채는 괜찮았는데 작업실로 쓰던 공간에 비가 샌 것이다.

단열을 한 상태를 보고 예상을 했다만…….

"이장님이 관리하셨다곤 해도 노후화는 어쩔 수 없으니까요. 따로 돈을 내시면서 방수 처리를 하셨을 거 같지도 않으니…… 시간이 지나면서 벗겨진 듯하네요."

어쩔 수 없는 일이었다.

방수 처리라는 게 처음 할 때 제대로 하면 십 년 이십

년을 버틸 수 있지만, 어디에나 날림 시공은 있는 법.

게다가 전에 인테리어를 했던 김혜주 씨도 이것까지 알 수는 없었을 거다.

이런 것에 대해서 잘 알지 못했던 것 같기도 하고, 일단 겉은 잘 되어 있었으니까.

아무튼 그렇기에 시간의 흐름에 따라 더 빠르게 노후화가 된 거 같았다.

"장비들은 괜찮은 건가요?"

"네. 일단은요."

물바다가 된 바닥을 청소하며 한송이가 웃으며 답했다.

저 상황에서 웃음이 나오다니…… 예전이었으면 벌써 멘탈이 무너졌을 거 같은데, 확실히 좋아졌다.

얼핏 즐거워 보이기도 했다.

"재미있어 보이시네요?"

"제가요? 그런가?"

설핏 웃는다. 여유로워 보이는 그 웃음에 조금 대단하다는 생각이 들었다.

아무리 마음이 여유로워졌다고 해도 그러기 쉽지 않은데 말이지.

"다행이잖아요. 그래도 비도 이제 그치고."

"그렇긴 하네요."

긍정적으로 보면 그랬다.

마침 비가 그치는 오늘 방수에 구멍이 뚫린 듯 샜으니까.

그 전에 이랬으면 정말 난리가 났을 거다.

바닥만 물바다가 되는 게 아니라 집안 전체가 그랬겠지. 그러니 지금 웃을 수 있는 거였다.

"그래도 지금 비가 안 올 때 방수 처리를 하긴 해야겠네요. 다음에 또 비가 오면 그때도 이렇게 되고 싶은 건 아니죠?"

"당연하죠. 한 번이면 충분해요."

긍정적이지만 그렇다고 아무 생각이 없는 건 아니었다.

한송이는 이런 경험을 한 번으로 끝내고 싶어 했다. 그래서 나를 부른 거기도 했고.

"안 그래도 전에 말씀해 주신 게 생각이 나서요. 필요하면 업체 연결해 주시겠다고."

"음. 그랬었죠."

처음 집을 구경 왔을 때 말했었다.

방수와 단열은 다시 하는 게 좋겠다고. 필요하면 연락처도 주겠다고 했었다.

그쪽이면 아무래도 아는 사람들이 있으니까.

장마가 끝났다고 해도 앞으로 또 비가 언제 내릴지 모르니, 지금 바로 해결하는 게 좋긴 했다.

"그럼 부탁 드려도 될까요?"

"예, 잠시만요. 시간 되는지 한 번 물어볼게요."

그쪽도 지금 장마가 끝났으니 일을 재개할 때라서 시간이 되는지가 중요했다.

예전 회사 후배, 김정현에게 전화를 걸었다.

―예, 선배님. 어쩐 일로 전화를 다 주시고.

다행히 녀석은 바로 받았다.

"프로젝트는 잘 되고 있어? 전에 큰 거 잡혔다고 들은 것 같은데."

―아, 그거요? 그게 상황이 조금 꼬여서요. 일단은 스톱 상태긴 합니다. 조금 조정이 될 것 같은데…… 뭐, 다행히 장마 기간이니까요. 어차피 바로 공사는 못 하니까 괜찮습니다.

"그래?"

게다가 마침 타이밍이 딱 좋아 보였다.

―근데 무슨 일이에요? 혹시 무슨 일 있어요? 저 지금 시간은 남는데.

"무슨 일이 있는 건 아니고, 주택 하나에 방수, 단열이 필요해서."

마침 일이 없다고 하니 말해 봤다. 그러자 김정현이 살짝 고민하는 듯했다.

그러다 답하길.

―음…… 아무래도 장마도 끝나 가고, 픽스가 돼 있는 건들이 좀 있는지라 팀이 움직이는 건…….

"어려울 것 같으면 괜찮아. 혹시나 해서 물어본 거야."

그러자 지금 자기 팀에서 사람을 빼긴 조금 어려울 것 같다는 얘기가 돌아왔다. 그렇다면 어쩔 수 없지. 그대로 괜찮다고 말하고 끊으려는데…….

'잠깐만. 이거, 잘하면 할 수 있을 것 같은데?'

원래도 대충은 할 수 있는 일인데다가 이번에 얻은 재능들, 그리고 만생공의 효능을 생각하면 내가 할 수 있지 않을까?

 규모가 큰 건 아니니까 충분히 가능할 거 같았다.

 그럼 우선…….

 "야, 잠깐만 기다려 봐."

 물론 한송이의 동의가 먼저였지만.

 "사장님이요? 그럼 좋죠!"

 "음, 괜찮으시겠어요?"

 먼저 제안한 내가 말하긴 좀 뭐하지만, 그래도 아마추어가 하는 것이니 불안할 수도 있었다.

 거절해도 이상하지 않은 상황. 그런데 즉답으로 동의하다니…… 게다가 돌아오는 답이 참 예술이었다.

 "그야 사장님이 해 주면 뭔가 좋은 기운이 들어올 것 같아서요?"

 그게 그렇게 되나?

 어쨌든, 집주인인 한송이가 된다고 하니 뭐…….

 김정현에게 그럼 자재와 공구만 가져다 달라고 부탁했다.

 ─음, 자제만요? 그 정도면 제가 싣고 갈 수 있을 것 같은데요? 언제까지 가면 될까요?

 바로 답하는 녀석.

 이러면 돈도 많이 절약되긴 한다.

 이런 일의 비용은 대부분 인건비니까.

그렇게 내가 기본적인 작업을 해 주는 것으로 결정 났다.

물론 아무리 친한 단골이라고 해도, 무보수로 봉사를 한다는 소리는 아니었다.

"대신 나중에 저도 부탁 하나만 들어 주세요."

"부탁이요? 네! 물론이죠."

이 사람 무슨 부탁인지도 묻지 않고 오케이를 하네. 물론 무리한 부탁을 할 생각도 없었다만.

아무튼 일단 일은 그렇게 마무리됐다.

김정현도 마침 몸이 근질근질해서 온다고 하니까, 오면 은근슬쩍 꼬셔서 같이 작업하면 도움이 되겠지.

물론 그동안 청소부터 해야겠지만.

"하나 먹고 할까요?"

"좋아요!"

혹시나 해서 참외를 몇 개 가지고 왔는데 이거 먹고 하면 딱일 듯했다.

가볍게 당도 충전하고 수분도 보충하고. 순식간에 하나씩 뚝딱했다.

그리고 바로 청소에 들어갔다.

바닥의 물기부터 닦아 내고 젖은 물건들도 밖에 내놨다.

둘이서 하니까 금방금방 했다.

애초에 한송이 작가가 안에 둔 짐이 많이 없었던 점도 컸다.

게다가 주방 쪽은 위가 새지 않아서 바닥만 처리하면

되기도 했고.

덕분에 복잡함을 많이 덜었다.

"후아!"

그래도 이것저것 치우고 나르느라 힘은 좀 썼다.

그렇게 얼추 정리가 끝나 갈 무렵.

부르르릉!

문 앞에서 차 소리가 났다. 김정현이 온 듯했다.

밖으로 나가보니,

"왔…… 어? 너 상태가 왜 그래?"

"예? 저요? 제가 왜요?"

"아니, 다크서클이……."

입까지 내려온 것 같은 김정현이 서 있었다.

얘는 또 상태가 왜 이러는 거지?

지금 작업을 권할 때가 아닌 것 같은데.

"아, 요즘 프로젝트 때문에 여기저기 좀 도느라 잠을 못 자서 그래요. 이 정도는 괜찮습니다."

"안 괜찮은 것 같은데? 프로젝트는 장마 때문에 연기됐다며?"

"에휴, 선배님 업계 떠났다고 감을 잃으셨네요. 이 정도면 양호합니다. 넋 놓고 조정 기다리다가 놓칠 수 없으니 좀 발품을 팔았죠. 이제 진짜 기다리면 됩니다."

"그러냐. 그럼 온 김에 좀 쉬다가."

"안 그래도 그러려고요. 근데 누구 집이에요?"

잠깐 인사를 나누고 한송이와 김정현을 소개시켜 줬다.

그런데…… 김정현의 반응이 좀 격렬했다.

"헉!? 선배님, 여자 친구?!"

"뭔 소리야. 같은 마을 사람이야."

한송이를 보더니 헛소리를 한다.

어쩐지 상태가 안 좋더라니…….

역시 일을 시킬 게 아니라 카페에 데리고 가서 쉬게 해야 되는 거 아닌가?

"안녕하세요~"

"예. 처음 뵙겠습니다. 아름다우십니다."

"우와. 저 이렇게 대놓고 얘기해 주시는 분은 처음 봐요."

"정말요? 왜죠?"

김정현이 모르겠다는 듯 고개를 갸우뚱하자 한송이도 갸우뚱했다.

둘이서 뭐 하는 거지? 정말 이상한 사람들이네.

"자! 인사 나눴으면 일단 작업부터 합시다. 본격적인 장마는 끝났다고 하지만, 그래도 비는 또 올 수 있으니까요."

"옙!"

그래도 일은 빠릿빠릿하게 했다.

김정현은 가지고 온 자재들을 꺼내 마당에 내려놨다.

"박공지붕이라고 해서 방수시트랑 아스팔트 슁글을 가져왔습니다. 이 정도면 둘이서도 충분히 할 수 있겠는데요?"

"잘 가져왔네. 작가님, 이걸로 괜찮을까요? 지붕을 덮는 건데."

 가져온 것들을 보여 주자 한송이는 신기한 듯 기웃기웃하더니, 이내 자기 집이랑 잘 어울릴 거 같다면 엄지를 내밀며 기뻐했다.

 그럼 바로 작업에 들어가야지.

 "제가 도울 일은 없을까요?"

 "하하! 괜찮습니다. 이 정도쯤이야!"

 한송이의 말에 김정현이 호기롭게 대답했다.

 하지만 그런 것치고는…… 방금 방수시트 들다가 휘청거린 것 같은데?

 김정현의 텐션이 적응이 안 된다.

 원래도 저런 녀석이긴 한데…… 아무래도 남자들만 바글바글한 현장에서 일하다가 한송이를 봐서 그런가?

 평소에도 이상했는데, 그때보다 더 많이 이상한 것 같은…… 역시 쉴 때는 쉬어야 된다.

 아무튼 작업은 수월하게 진행되고 있었다.

 "선배님, 혹시 그동안 카페 하시는 게 아니라 현장 돌고 계셨던 거 아닙니까?"

 김정현이 이런 말을 할 정도로 내가 작업이 너무 잘했기 때문이다.

 사실 지붕 방수 작업이라는 게 그리 복잡한 것도 아니라 그런 것도 있지만.

 방수시트를 깔고 정확하게 재단하는 거나, 그 위를 기와를 대신해서 덮는 아스팔트 슁글을 열 맞춰서 못을 막고, 또 덮는 것까지.

모든 일이 물 흐르듯 진행이 됐다.

'역시 전에 수호와 공 던지면서 느꼈는데……'

확실히 달라졌다.

몸놀림이 마치 수십 년은 경력이 쌓인 사람을 보는 듯하다.

머릿속으로만 그리는 손동작들이 현실로 옮겨지는 느낌이었다.

그중에서도 목공 재능이 그 힘을 발했으니, 작업이 쉬울 수밖에. 덕분에 예상한 것보다도 더 빠르게 끝났다.

"와, 예상보다 더 빨리 끝났는데요? 땀도 안 났습니다."

"오버 하지 마."

말은 이렇게 했지만 진짜 빨리 끝나긴 했다.

나중에 이걸 대가로 한송이에게 부탁하기 미안할 정도로 말이다.

아무튼 작업이 끝났으니, 주인의 의견을 물어봐야지.

"어떠세요?"

"완전 좋은데요? 진짜 뚝딱뚝딱하니까 되네요! 와, 신기해!"

밑에서 이것저것 보조해 주던 한송이가 지붕을 보며 감탄했다.

고객이 만족했으니 다행이네.

물론 다 끝나고, 한송이가 이런저런 이야기 하면서 김정현에게 보수를 준다고, 녀석은 또 안 받는다며 아웅다

웅하는 해프닝이 잠깐 있었지만. 그것도 금방 정리됐다.

뒤이어 한송이는 마저 정리하고 온다고 하고, 나는 김정현만 먼저 데리고 카페로 왔다.

보수는 보수고, 애 상태 좀 자세히 볼 생각이었다.

여기까지 한달음에 달려와 줬으니 고마움은 돌려줘야지.

그런데.

[김정현]
*상태
—과로
—긴 시간 공들인 일이 실패할 것에 대한 두려움으로 인한 압박감

겉으로 봤을 때보다 더 안 좋은 상태가 보였다.

전에 봤을 때도 다크서클은 보였지만 그래도 상태가 좋은 편이었는데…….

실패? 설마 조정이 된다는 얘기가 그런 거였나?

"시원한 것 좀 줄게. 앉아."

"예."

그렇게 말하고 주방으로 들어가자, 녀석의 텐션이 그제야 급격히 떨어졌다.

카운터 앞에 털썩 주저앉는 모습이 썩 걱정될 정도.

저런 모습을 본 적이 없었던 터라 걱정이 앞섰다.

늘 밝고 쾌활한 녀석이었는데…….
'아까는 진짜 억지로 쥐어짠 거였구나.'
아마 내가 다시 카운터로 나가면 또다시 짜내서 아무렇지 않은 척하겠지.
그런 녀석이니까.
'내가 해 줄 수 있는 걸 해 주자.'
예전 회사에서도, 지금도 도움을 많이 준 녀석이었다.
전에 왔을 땐 딱히 해 줄 게 없었지만, 지금은 해 줄 수 있는 게 있었다.
자세한 상황은 일단 천천히 듣고, 우선은…….
달칵!
냉장고부터 열었다.
지금 김정현에게 이게 딱 필요할 듯했다.
반짝~ 반짝~
마침 감각을 통해 보이는 아우라도 반짝거리며 신호를 줬다.
이게 맞다고.
그리고 애매하다고 생각했던 재능, 마부작침 효과가 들어간 참외 셔벗을 꺼냈다.
반죽 같던 상태가 그새 얼음 결정이 되어 있었다.
그렇다고 딱딱하다는 건 아니었다.
스푼으로 긁으면 부드럽게 삭삭 긁힐 정도의 강도.
딱 좋은 상태였다.
따뜻해진 스푼의 날을 세워, 한쪽으로 사악~ 긁다가.

'지금!'

손목의 스냅을 이용해서 반대로 쏘옥 마무리를 지었다.

그리고 먹기 좋은 컵을 꺼내 그 위로 동글동글 잘 말아 올린 타원형의 셔벗을 올렸다.

젤라또와는 또 다른 고운 얼음 결정이 보는 것만으로도 시원하게 만들었다.

그렇게 동글동글 귀여우면서도 뭔가 고급스런 느낌의 참외 셔벗을 서빙했다.

"오, 생긴 건 꽤 있어 보이는데요? 뭔가 레스토랑에서 나올 법한…… 뭐예요?"

"참외 셔벗이야."

"참외요? 저 참외 안 좋아하는데."

"그래? 그럼 맛만 봐. 별로면…… 음."

하지만 말이 다 끝나기도 전, 녀석의 움직임이 분주해졌다.

거참, 이럴 거면 안 좋아한다는 말이나 하지 말지 그래.

한 입 먹자마자 갑자기 사르르 녹아 버린 셔벗을 찾겠다는 듯 먹어 댄 것이다.

그 모습을 어느새 옆에 온 랑이도 어이없다는 듯 보고 있었다.

그렇게 한 그릇을 그대로 다 먹은 김정현은 그릇까지 핥을 기세를 보였다.

"더 줄게."

"넵!"

정말 종잡을 수 없는 녀석이다.

상태는 분명 안 좋은데 참…….

얼른 셔벗을 하나 더 퍼서 주었다.

그리고 이번엔 그 위에 벌꿀까지 뿌려 줬다.

"와! 이거 뭐예요? 우리 선배님이 이런 것도 할 줄 알다니!"

"그건 무슨 의미냐?"

"존경한다는 거죠. 하하!"

실없는 녀석.

한 편으로는 대단하기도 했다. 자기가 저런 상태인데 그런 농담이 나오다니.

보통 저 정도 칙칙한 아우라를 가진 손님은 말수도 적고 반응도 없었다.

그렇기에 더 굴을 파고 들어가듯 외부와는 차단이 되는데…… 얘는 그런 게 없었다.

저 다크서클이 아니었으면 모르고 지나갔을지도 모르겠다.

'이런 경우도 있을 수 있겠어.'

누군가의 힘듦이 꼭 겉으로 드러나는 건 아니라는 걸 새삼 깨달았다.

이전에도 비슷한 경험이 있었던 것도 같은데…… 아! 박대산 씨가 약간 비슷한 경우라고 할 수 있었다.

그분도 겉으로는 본인에게 무슨 일이 있었는지 티를 안 냈으니까.

오히려 그걸 뚝심으로 이겨 내고 있었지.

"근데 선배님."

"응? 왜? 더 줘?"

"예."

"……괜찮냐?"

얘도 티는 안 내지만 구해성 씨처럼 폭식으로 스트레스를 풀려는 건가?

"너무 맛있는데요? 이거 이렇게 한 입씩 말고 그냥 막 퍼먹을 순 없습니까?"

아, 그냥 맛있는 걸 수도. 생각해 보니 나는 맛도 못 봤네.

"이게 국밥이냐?"

"선배님이 언제부터 우리의 국밥을 그리 소홀히 하신 겁니까? 우리가 그동안 먹은 국밥만 해도……!"

"그래그래. 한 트럭이겠지. 야근하면서 먹은 것만."

"그런 국밥이를 잊으시다니."

그냥 빨리 셔벗이나 줘야겠다. 애가 제정신이 아니네.

이번엔 양을 좀 더 많이 했다.

그리고 꿀과 민트까지 올렸다. 피로 회복에는 민트가 좋긴 하니까.

'아니, 원래 셔벗 재료에 피로 회복 효과가 있었으니까 없어도 되려나. 마부작침이라…….'

김정현의 상태만 보고서는 아직 무슨 효과인지 모르겠다.

칙칙한 아우라도 그대로고.

분명 감각이 반짝였는데 말이지.

"자."

"오. 곱빼기. 근데 이거 혹시 저 실험해 보는 건 아니죠?"

"왜?"

"아니, 왜 올라가는 게 조금씩 달라지는 것 같은데."

"아냐. 업그레이드지."

이런 건 또 예리하네.

녀석의 의심스런 눈빛을 무시하고 나도 한입 먹어 봤다. 입에 닿자마자 사르르 녹은 셔벗.

'음~? 특이하네.'

보통 셔벗은 상큼한 과일로 많이 만들었다.

그러면 먹는 순간 상큼한 과일 맛이 더 시원하게 다가오니까. 그런데 참외는 조금 달랐다.

향긋했다.

그리고 달달하면서 부드러웠다.

그다지 시원하지 않을 것 같지만, 사실 참외는 수분량이 엄청 많은 과일 중 하나.

오히려 입에 닿는 차가움은 상큼한 과일들보다 더 컸다.

물론 참외의 향긋함은 그냥 껍질만 깎아서 먹었을 때가 더 진하겠지만……

'꿀하고 민트까지 더하니까 진짜 좋은데?'

조합이 좋았다.

이건 이대로 내주면 좋을 듯했다.

부드럽고 달달하면서 또 질리지 않은 상쾌함까지.

김정현이 저렇게 먹는 이유가 있었다.

"쩝."

"벌써 또 다 먹었어?"

"입에서 그냥 녹아 버리는데요?"

분명히 이번엔 처음 보다 두 배를 줬는데도 순식간에 해치웠다.

그래도 다행히 이번에 더 달라고 하지 않았다.

대신 다른 쪽에 관심을 가졌다.

"아니, 근데 시골 마을에 어떻게 그런 미인이 있는 겁니까?"

"그건 또 뭔 소리야."

"아니, 아까 집주인 분.- 진짜 너무 예쁘시던데요? 연예인 아닙니까?"

한송이를 말하는 거였다.

하긴 한송이가 예쁜 편이긴 하지.

게다가 처음 봤을 때처럼 그늘진 것도 없이 밝아져서 그 얼굴이 더 빛을 발하는 중이었다.

근데 이 녀석 왜 이렇게 호들갑이지?

"너 여자 친구 없어?"

"……없어요."

"언제 헤어진 거야?"

"원래 없었으니까요."

음. 그랬나? 그랬구나…….

갑자기 숙연해졌다.

"크윽. 그렇게 순수한 얼굴로 아픈 곳을 찌르시다니. 예전 생각에 PTSD가…….."

"뭐라는 거야. 그냥 궁금해서 묻는 건데."

"모르셨습니까? 선배님 그런 얼굴로 진짜 순수하게 팩트로 찍으면 얼마나 아픈데요. 그게 진짜 궁금하다는 걸 알아서 더 그랬죠. 옛날 생각나고 좋네요."

아무리 생각해도 얘는 아픈 게 맞는 것 같다. 아직도 이러는 걸 보면.

빨리 조처를 하든가 해야지.

그사이 주변을 둘러보던 녀석이 새로운 것을 포착했다.

"어? 근데 이 사진들은 뭡니까?"

"왔던 손님들이 찍고 간 거지."

"아 그래요? 오, 꽤 많이 오셨…… 응? 이 사람들은 어디서 많이 봤는데. 어디서 봤!?"

"왜 그래?"

"브, 블루 카멜리아!? 선배님! 이 사람들 그거 맞죠? 아이돌!"

사진 중에 얼마 전에 왔던 블루 카멜리아를 발견한 모양이다.

같이 찍은 사진을 괜찮다고 하는데도 굳이 주고 갔다.

아이돌과 사진이니 저렇게 호들갑 떨 만하긴 했구나.

김정현도 연예인에 크게 관심이 없긴 해도 그래도 아이

돌은 신기하니까.

"선배님, 아니 형님. 저 그냥 여기 알바 자리 좀 없을까요?"

"없어."

"그럼 그냥 몸 뉠 곳만."

"없다고."

시무룩한 척을 하는 모습에 기가 찼다.

스트레스가 사람을 참, 이렇게도 만드는구나.

아무튼 분위기도 풀 겸 장난은 적당히 했으니, 슬슬 김정현의 이야기를 좀 들어야겠다.

"그보다 조정은 뭐야?"

"아, 그거요? 음……."

화제를 돌리니 아니나 다를까 아까까지의 장난기 어린 모습이 싹 사라졌다.

이런 녀석이었다. 일에 관해서는 세상 진지한.

그렇다고 앞서 했던 작업이 무의미한 건 아니었다.

어쨌든 그렇게 분위기를 풀었기에 김정현도 조금은 쉽게 말을 꺼낼 수 있는 거니까.

"협력 업체가 갑자기 빠지는 바람에 승인이 좀 늦게 나고 있네요."

"협력 업체가? 왜? 정부랑 지자체 끼고 하는 건데 빠졌다고?"

"그게, 정확히는 부정이 좀 걸려서. 대충 뭔지 아시죠?"

"……복을 걷어찼네."

왜 모를까.

저쪽 업계에서 정부, 지자체 끼고 하는 사업은 그야말로 노다지인데.

그런데 거기서 부정이 걸려 빠졌다니…….

대충 돌아가는 꼴이 훤히 보였다.

이건 정확히는 그저 복을 걷어찬 수준인 게 아니라, 남의 집 밥상까지 엎으려 한 케이스였다.

일이 그렇게 흘렀다면 김정현이 이런 상태인 것도 이상하진 않았다.

"그래서? 좀 해결은 됐어?"

"그게, 들어오려는 곳은 많은데 괜찮은 곳은 또 없네요."

그래. 해결됐으면 처음부터 저 상태가 아니겠지.

그래도 처음에 들었을 땐 어느 정도 진전이 있는 느낌이었는데…….

"하나 있긴 한데 이게 좀 커서요. 대산 그룹이라고."

"대산 그룹?"

"예. 원래 이쪽은 아니라서 선배님은 모르실 수 있겠네요."

대산 그룹 자체는 알고 있었다. 큰 기업이니까.

근데 잠깐, 대산 그룹…… 설마 아니겠지? 박대산 씨와 이름이 겹치는데.

"아무튼 그쪽에서 새로 자회사 투자를 하고 있거든요. 대산 건설이라고."

"그럼 신생 아니야?"

"그렇긴 한데, 여기저기서 많이들 스카웃해서 웬만한 중견보다 나아요. 그래서 이쪽으로 가닥을 잡고 있긴 한데……."

"그럼 그쪽도 시작하는 거니까 접촉하면 좋아할 텐데?"

"거기 그룹 대표가 부정에 얽히는 걸 싫어해서 조금 신중하게 접근 중입니다. 안 그래도 이쪽은 때 많이 묻는 업종이잖습니까. 물론 사업하는 사람이니까 이런 대어를 놓치려 하진 않겠지만, 그래도 워낙 대쪽 같은 사람이라 또 모르는 거거든요."

이거 들으면 들을수록 내가 아는 그 사람 같은데? 슬쩍 폰으로 검색을 해봤다.

그러자 검색 상단에 나오는 인물 프로필에 익숙한 얼굴 하나가 보였다.

바로 그 밑에 보이는 직업과 이름을 보니…… 대산 그룹 대표, 박대산.

설마 진짜 대산 그룹의 대표였을 줄이야. 만약 그렇다면 이런 반응도 이해는 간다.

그분의 뚝심은……내가 정말 잘 쓰고 있으니까.

하지만 반대로 의문도 생겼다.

이 안건 자체가 겨우 그 정도로 포기하기엔 너무 큰 건이라는 점이었다.

음…… 설마 다른 문제라도 있는 걸까?

바로 물어봤다.

"부정은 확실히 정리했고?"

"예. 다 쳐 냈죠. 제가 또 이런 일에 칼잡이 아닙니까?"

그렇지. 내 앞에선 순둥순둥하게 웃고 있는 녀석이지만, 현장에선 누구보다 냉정하기도 했다.

특히 본인의 일과 관련해서는 더욱.

그러니 예전 회사도 제대로 들이박고 나갔지.

"그럼 괜찮겠네."

"그러면 좋겠네요. 아무래도 저희도 부정이 걸린 터라 괜히 여론이 안 좋아지면 사업 브레이크 날 수도 있어서 조심스러워요. 그래서 대산 그룹을 원하는 것도 있고요. 깨끗하잖아요."

이래서였구나.

확실히…… 불확실성이 큰 사업이라 김정현도 스트레스를 받는 건 어쩔 수 없었나 보다.

이런 사업에서 실패라는 건 그냥 경험으로 취급할 수도 없을 테고.

생각 같아선 박대산 씨와 직접 연결해 주고 싶은데, 또 그 정도는 사이는 아니니까.

그저 한 번 왔다 간 손님과 카페 사장 정도일 뿐.

근데 그때도 느꼈지만 진짜 대쪽 같은 분이네. 어떻게 이런 기회를 신중하게 처리할 수 있는 거지?

심지어 기업 차원에선 새로운 사업을 확장하는 건데…….

사업적인 부분만 따지면 기업은 그냥 앞뒤 재지 않고 덤벼들어야 정상이었다.

오히려 이 건만 보면 김정현이 갑이어야 할 정도. 아마 저 부정만 아니었어도 그렇게 됐을 텐데 상황이 참 꼬였다.

 이런 상황을 더욱 그쪽으로 유리하게 만든 박대산 씨의 그 뚝심도 대단했고.

 "잘 풀리겠지. 그 사업 모델 나도 좋던데? 근데 다른 업체는?"

 "계속 미팅을 하고 있긴 합니다만…… 애매한 애들은 콩고물만 노리고 실력은 없고, 괜찮은 애들은 워낙 커서 오히려 이쪽에 관심이 없어요. 아무래도 복합 쇼핑몰 같은 큰돈이 되는 사업은 아니니까요."

 전에 왔을 때 김정현이 얘기해 준 게 있었다.

 다목적 힐링 복합 센터였던가?

 자연 친화적인 사업으로 많은 사람이 이용할 수 있는 곳으로 한다는 거.

 호랑이 쉼터를 하면서도 느꼈지만, 요즘은 이런 장소가 정말 많이 필요했다.

 쉬어 갈 수 있는, 잠시 숨 돌릴 수 있는 공간이.

 물론 그래서 당장 큰돈보다는 지자체가 주는 안정성을 보고 기업들이 달려드는 건데…….

 예전에 강원도 쪽 레고 테마파크 사업 때문에 그것도 또 확실하다고는 할 수 없어졌다.

 하지만.

 '왠지 박대산 씨와 어울릴 거 같은 사업인데 말이지.'

취향에도 맞을 거 같고, 특유의 강직함은 이런 사업에서 오히려 빛을 내기 좋을 터.

'그렇다면!'

어필만 잘하면 박대산 씨도 긍정적으로 뛰어들 거 같았다. 그때 그 깊은 눈을 생각하면 분명했다.

"기획서는 넣어 봤어?"

"예, 넣었죠. 아! 선배님이 한 번 봐주시면 안 됩니까?"

안 그래도 그러려고 했다. 아마 김정현도 지금 나와 같은 생각을 하고 있을 듯했다.

박대산 씨, 그리고 대산 그룹이 이걸 포기할 일은 없을 거라고.

다만 주도권의 싸움이라고 할 수 있으니…… 외부인인 내가 크게 도움이 될 것 같진 않지만 일단 살펴봤다.

김정현의 성격답게 나무랄 게 없는, 내가 알고 있는 그런 기획서였다.

하나 아쉬운 게 있다면…….

'영혼이 없다고 하면 웃긴 얘긴가?'

끌리지 않는다. 나무랄 곳 없는 좋은 사업이고 기획이지만.

"너무 사업적이네."

"엥? 사업이니까 그렇죠."

"그렇긴 한데 이거, 돈도 돈인데 힐링이 중요한 거 아냐?"

"어…… 목표는 그렇긴 하죠?"

그래서 하는 생각이었다.

아마 예전의 나였어도 지금 내 말을 듣고는 김정현과 같은 반응을 했을 것 같다.

사업을 사업적으로 얘기하는데 그게 무슨 문제냐고.

근데 호랑이 쉼터를 하면서 어쩐지 바라보는 시점이 조금 달라진 느낌이라고 해야 하나?

왠지 박대산 씨가 어디에서 결정을 미루고 있는지 알 것 같았다.

그리고 왜 주도권을 쥐려는 건지도.

"원래 있던 걸 다 부수고 보기 좋은 공원만 조성한다고 힐링할 수 있는 공간이 되는 걸까? 그건 그냥 만들어진 그림일 뿐이지."

"예?"

아우라를 보면서 많이 느꼈다.

순환이 정말 중요하다는 걸.

자연도 힐링이 필요했다. 그래야 나눠 줄 수 있었다.

물론 사람도 마찬가지.

그러니······.

"자연 친화라며? 사람도, 자연도."

"······아."

몇 마디 하지 않았지만, 역시 능력 있는 놈이라 그런지 내 말을 바로 이해한 듯했다.

그리고 동시에 뭔가 막혀 있었던 듯했던 표정이 뻥 뚫린 듯 밝아졌다.

그렇다면 이제 미지의 두려움을 기다리고 있을 때가 아니라, 다시 도전을 위한 노력이 필요할 때였다.

그리고 동시에.

사라랑~!

김정현에게 깃든 효과의 아우라가 움직이기 시작했다.

* * *

"선배님. 진지하게 다시 이쪽으로 돌아오실 생각 없습니까? 예전에도 존경하긴 했지만 어째 업계 떠나고 나서 더 좋아지신 것 같은데요?"

"좋아지긴. 그냥 네가 지금 상황이 복잡해서 놓친 거겠지."

"에이~ 어디 제가 상황 복잡하다고 놓칠 놈입니까? 못 봤으면 못 봤지."

태연하게 자신의 능력이 부족했다며 너스레를 떠는 김정현의 모습에 피식 웃었다.

말은 저렇게 하지만 분명 결국 방법을 찾았을 거다. 그런 녀석이니까.

이번엔 다행히 내가 조금 도움을 줄 수 있었을 뿐이었다.

"아무튼, 이제 할 수 있을 것 같아?"

"선배님이 얘기해 주신 대로 고치면 될 것 같은데요? 느낌이 딱 왔습니다."

감도 좋은 녀석이기도 했다.

"진짜 선배님 밑에서 좀만 더 굴렀어야 하는데. 그걸 못 참아서 아쉽네요."

"그때 그러지 그랬냐."

내 말에 김정현이 킬킬거리며 웃었다.

이곳에 왔을 때와 크게 다를 건 없었지만, 한층 여유가 생긴 모습이다.

저런 모습이라면 정말 걱정을 놔도 되겠다.

"근데 선배님, 전에 봤을 때도 느꼈는데. 지금은 진짜 확실히 변하셨네요."

"내가?"

"예. 뭔가 여유도 있고, 음…… 뭐라고 해야 되지? 살짝 세상에 한 발짝 뒤로 물러선 것 같은, 뭔갈 다 깨우친 사람 같다고 해야 하나?"

"……그게 뭐냐."

"아무튼 설명하기 좀 어려운데, 그런 느낌이네요."

뭐지? 얼마 전에도 비슷한 말을 들었던 것 같은데.

"그러고 보니까 운동도 하세요?"

"응? 아, 뭐 조금?"

"와. 진짜 사람이 달라지셨네. 나도 퇴사해야 되나, 그냥."

머리가 가벼워져서 그런지 텐션도 올라가나 보다.

그리고 지금 새로운 관점으로 기획을 짤 생각에 가득한 걸 알고 있는데 퇴사는 무슨.

돌아가자마자 또 야근할 게 분명했다.
'마부작침 효과가 그래서 필요했구나.'
도끼로 침을 만들 때까지 갈 수 있는 체력과 끈기를 주는 거였다.
……좋은 거 맞겠지?
일단 어차피 일 중독자에 가까운 김정현에게는 좋은 효과가 맞긴 하겠지.
"심지어 마을에는 미녀도 있고. 진짜 무슨 사이 아니에요?"
"……넌, 그냥 일이나 해라."
그것도 아주 많이.
아무튼 말은 이렇게 했지만, 김정현은 지금 상태를 잘 이겨 낼 것 같았다.
결과야 지켜봐야겠지만.
왜앵~
"어우?! 깜짝이야. 얘 인형 아니었어요?"
자기한테 한참 동안 관심이 없자 랑이가 존재감을 드러냈다. 그러자 김정현이 옆에 있다가 깜짝 놀랐다.
저거 누가 또 저런 반응이었는데.
아, 그때도 애였던가?
그때의 기억은 까맣게 잊었는지 또 똑같은 반응을 했다.
감 좋다는 걸 취소해야 되나?
김정현의 감은 오로지 일 쪽으로만 발휘되나 보다.

딸랑~ 딸랑~

그때, 문이 열리며 두 사람이 들어왔다.

새로운 손님인가? 랑이와 김정현 때문에 오는 걸 못 봤다.

"어서 오, 아! 오셨어요?"

손님인 줄 알고 인사하다가 얼굴을 보고 익숙하게 맞이했다.

한송이었다. 뒤에 따라 들어온 사람은 이선아였고.

근데 둘이 왜 같이 들어왔지?

"선배님. 저 여기로 이사 오겠습니다."

들어오는 두 사람을 보더니 김정현이 또 호들갑을 떨었다.

얘는 또 왜 이러는 건지.

사람이 많아지니 정신이 없다. 이상하게 주변 사람들의 개성이 강해서 그런가?

"참외 땄다며?"

"그새 들었어? 근데 이장님은 참외 안 하셔?"

"원래 했는데 요즘은 안 해. 손도 많이 가고 빨리 상해서 관리 힘들다고."

"아."

이선아는 한송이에게 듣고 참외를 먹으러 온 거였다.

넓은 과수원집 딸인데도 참 과일을 좋아한단 말이지.

보통 집이 감자탕을 하면 감자탕을 질리고, 과일 집을 하면 과일을 질려 하지 않나?

그런데도 이선아는 한결같이 이곳을 찾아왔다.

왱~

자기를 예뻐해 줄 사람이 오자 랑이가 이선아와 한송이에게 뛰어갔다.

"어휴, 그래그래. 오늘도 잘 지냈어?"

둘 사이에서 어루만져지는 랑이.

덕분에 어수선한 상황이 정리됐다.

"앉으세요. 너도 앉아."

한송이와 이선아도 카운터 쪽에 앉혔다.

다행히 김정현도 눈치는 있는지, 더 이상 헛소리는 안 했다.

"안녕하세요. 아까는 작업부터 한다고 인사도 못 드렸습니다. 사장님의 전 직장 후배 김정현이라고 합니다. 혹시 방수나 단열 말고 또 불편하거나 인테리어하고 싶은 거 있으면 편하게 연락 주시면 됩니다."

"JH 건축 설계 사무소? 설계신데 인테리어나 그런 것도 하시는 건가요?"

"보통은 설계만 합니다."

"아하! 그럼 사장님 인맥으로?"

"그런 셈이죠. 하하."

대신 영업을 했다.

어떤 의미에서 대단한 녀석이 아닐 수 없었다.

안심하고 두 사람에게 줄 음료를 준비하러 주방에 들어갔다.

"오빠 전 회사 후배면, 회사에서 어땠는지 알겠네요?"

"오…… 빠라면 선배님을 말씀하시는 거겠죠? 하하! 회사에서는 뭐, 거의 로봇이셨죠."

밖에서 나를 주제로 자연스럽게 얘기를 나누는 소리가 들렸다.

의외로 질문을 한 건 이선아였다.

말수가 많은 편은 아닌데, 쟤도 좀 신기하단 말이지. 궁금한 건 못 참는 성격이라 그런가?

하긴 복숭아 조림 확인하겠다고 시골에 내려온 애니까.

근데, 그건 그렇고…… 김정현은 아까 내가 참외 셔벗 만들어 주고 기획서를 봐줬을 때보다 어째 표정이 더 밝아 보인다?

어느 쪽이든 상태가 좋아지는 건 다행이다만.

'왠지 기분 나쁜걸?'

쟤도 일만 할 게 아니라 이런 시간이 필요하긴 한 모양이다.

'연애도…… 라고 하기엔 나부터가 문제네.'

음. 뭐 꼭 연애가 아니더라도 회사 사람이랑 일 얘기가 아니라 이렇게 사적인 사람들과 얘기 나누는 것도 좋지.

나도 여기 와서 제일 좋은 게 수아랑 수다를 떠는 거였으니.

종종 오라고 해야겠다.

"참외 셔벗 나왔습니다."

"와아~! 맛있겠다!"

적당히 인사를 나눈 것 같아 보여서 셔벗을 들고 나왔다.

아까 김정현에게 준 것 중 제일 마지막 버전이었다.

그리고 김정현에게도 하나 더 줬다.

오늘 돌아가면 아마 기획서를 새로 마무리할 때까지 또 야근할 텐데, 이때 많이 먹어 둬야지…….

"뭐죠 그 눈빛은?"

"아냐. 많이 먹으라고."

"아깐 많이 먹으면 탈 난다고 하지 않았습니까?"

"그래서 안 먹을 거야? 그럼 선아 더……."

"그럴 리가요."

먹을 거면서 말은.

조용히 이미 반을 비운 이선아가 김정현의 것을 노려보자 그걸 느꼈는지 얼른 자기 몫을 가져갔다.

아무튼 웃긴 녀석이다.

* * *

며칠 후, 대산 그룹 대표실.

"음."

"어떠세요?"

"괜찮구나."

"아니, 원래 기획도 괜찮았잖아요. 그것보다 어느 정도로 협상할지……."

"그냥 그쪽에 맡겨도 될 것 같다는 얘기다."

"엥? 정말요? 저희 쪽으로 더 유리하게 안 가져가고요?"

중요한 결정이 이뤄지는 순간에 또 아들처럼 구는 팀장의 모습에 박대산이 피식 웃음을 터트렸다.

그러자 팀장이 눈치채고 급히 표정 관리를 했다.

예전 같았으면 눈살을 찌푸렸을 텐데 지금은 괜찮았다.

"주도권 넘겨줘도 되니까 계약해."

"진짜죠? 제가 이것 때문에 얼마나 간이 조마조마했는데. 진짜 합니다?"

"그래."

박대산의 승인이 떨어지자마자 팀장은 벌떡 일어나 말했다.

중요한 사업이었다. 팀장 입장으로 꼭 따내야 하는 사업이기도 했다.

상대방 쪽에서 입에 떠밀어 주고 있으니 그것도 좋았다.

하지만 상황상 유리한 입장이 맞긴 해도 이렇게 여유 있을 상황이 아니기도 했다.

누구나 침을 흘릴 사업이었으니까.

이러다 다른 대기업에서 입을 대면 너무 아까울 문제였다.

하나, 그런데도 대표인 박대산은 느긋하게 결정을 미뤘다.

그 모습은 어째 전보다 더 여유로운 것 같기도 했다.

언제였던가? 얼마 전 혼자 카페를 갔다 온 뒤부터였던가?

그거야 아무튼.

한마디로 자신만 똥줄이 타던 시간이 흘러갔었는데……. 그게 이렇게 허무하게 허가가 떨어질 줄이야.

쉽게 마음이 바뀌는 분은 아니지만, 혹시 모르니 얼른 결정을 짓기로 했다.

그렇게 밖으로 나가려던 박선유는 문득 궁금해졌다.

갑자기 아버지이자 대산 그룹 대표인 박대산이 왜 마음을 바꿨는지.

자신이 볼 때 새로 온 기획서는 기존의 것과 달라지긴 했으나, 그렇다고 둘의 차이가 그렇게까지 유의미한 건지는 잘 모르겠다.

오히려 수익성을 따지면 새로 온 게 더 떨어질지도 모른다는 분석도 있었다.

"근데 왜 그런 겁니까?"

"글쎄. 그걸 모르면 팀장 자리에서 더 못 올라오는 거지."

"……에이, 진짜요? 그 정도 차이가 있다고요?"

"박 팀장. 여기 회사야. 자꾸 집에서 쓰는 말버릇이 나오는구나."

"큼큼. 죄송합니다."

결국 한 소리를 들은 박선유지만 그래도 궁금했다. 어디서 그런 차이가 나는 건지.

"일전에 네 친구가 갔다는 카페 알고 있나?"

"아, 거기 말입니까? 그때 아버…… 아니, 대표님이 추천해 주셔서 보냈습니다."

"그 친구, 지금 어때?"

"잘 지내고 있습니다만. 혹시?"

박선유는 살짝 긴장했다.

설마 자기 친구를 회사에 취직시켜 준다거나 그런 건가 싶어서.

물론 그러면 좋긴 한데 그건 아버지답지 않은 결정이었다.

게다가 그게 그 친구 성향을 생각하면, 좋은 일이라는 보장도 없었으니까.

다행히 그런 우려와 달리 박대산의 입에서는 다른 말이 나왔다.

"원래 상태가 안 좋았다지?"

"예."

"갔다 와서는 좋아졌고?"

"음, 그런 것 같습니다."

"그럼 네 친구는 잘 알겠구나."

이게 무슨 수수께끼 같은 말일까?

박선유는 더 물어보고 싶었지만 이제 더 물어보면 안 됐다.

이미 박대산의 눈빛이 그렇게 말하고 있었으니까. 그 정도는 알아내야 밥값을 하는 거라고.

'할아버지 되고는 좀 나아졌나 싶었는데 왜 나한테만

더 심해졌어?'

얼마 전 태어난 제 딸에게는 아주 상냥한 할아버지가 따로 없었다.

내심 자신에게 조금 엄했던 아버지라 걱정했는데 그건 다행이었다.

근데 어째 그 뒤로 자신에게는 더 엄해진 것 같다.

"그럼 가 보겠습니다."

"그래야지. 그 계약 놓치면 알지?"

"……예. 무조건 잡겠습니다."

미룬 건 본인이 미뤄 놓았으면서!

이래서 가족끼리 회사 다니면 안 되는 건가?

박선유는 억울했지만, 자리가 깡패라고…… 어쩔 수 없이 고개를 숙였다.

집에 가서 딸한테 다 일러바칠 거다.

물론 딸은 아직 말도 제대로 못 하지만 아무튼 그럴 거다.

달칵!

그렇게 박선유가 소심한 복수를 꿈꾸며 대표실을 나가고. 혼자 남은 박대산은 조용히 생각에 잠겼다.

'묘하게 호랑이 쉼터가 떠오르는 기획서였어.'

그래서였다. 미루던 계약을 서두르라고 한 건.

문득 그때 마셨던 고소하고 묵직했던 라떼가 떠올랐다.

향과 맛, 그리고 그곳의 분위기도.

언제 다시 한번 가고 싶은 곳이었다.

수많은 사람을 책임져야 하는, 거기에 아직은 조금 부족한 아들까지 챙기다 보니 생긴 무거운 중압감을 잠시 내려놓을 수 있는 곳.

오늘 받은 기획서는 그곳과 조금 가려는 곳이 닿아 있었다.

'신기하군.'

그 젊은 사장이 이 기획서를 썼을 리는 없을 텐데…….

아무튼 덕분에 잠시 또 그때의 쉼이 생각나 기분이 좋았다.

그래서 다 큰 아들의 어리광을 회사에서 조금 받아 주기도 했고.

"언제 또 라떼 한 잔 마시러 가야겠어. 거기 갔다 온 뒤로 다른 곳의 것은 못 마시겠으니."

박대산은 오늘도 거의 마시지 않은 아메리카노가 든 컵을 괜히 만지작거렸다.

아마 조만간 또 찾아가게 될지도 모르겠다.

* * *

사라랑~

김정현이 돌아가고 며칠 뒤, 아우라가 날아왔다.

이미 예상했다.

아까 김정현에게서 문자가 왔으니까.

―선배님 덕분입니다. 조만간 한 턱 쏘겠습니다!

짧은 문자였지만 이유는 짐작할 수 있었다.
밤낮없이 만든 수정한 기획서가 통했겠지.
"조금 기대되네."
그러고 보니 어떤 곳이 만들어질지 궁금해졌다.
나중에 한 번 찾아가 봐야겠다.
그나저나.

〉김정현의 친화력

새로운 재능을 얻었다.
새로운 재능은 언제나 환영이었다.
김정현의 재능, 친화력은 수아의 성장(2) 재능과 함께 묶인 수생에 포함됐다.
그나저나 친화력이라…….
과연 김정현다운 재능이었다.
회사를 같이 다닐 때 가끔 부러웠던 거기도 했다.
나도 나름 회사 생활로 학습된 사회력 있긴 했지만, 타고난 편은 아니었으니까.
그에 반해 김정현은 그냥 숨 쉬듯 그게 됐다.
어딜 가도 사람들에게 금방 섞이는 친구가 바로 녀석이었으니.
이선아와 한송이하고도 금방 친해진 걸 봐도 정말 대단

한 녀석이었다.

둘 다 쉽게 친해지긴 첫인상이 쉽지 않은데 말이지…….

'그러고 보니 나는 언제 두 사람하고 친해졌지?'

친해진 건…… 맞겠지?

그냥 내 생각일 수도.

뭐, 불편하지만 않으면 됐지.

둘 다 여동생 같은 느낌이라 언제 와도 편했다.

근데 한송이는 동생이 맞나?

아무튼 중요한 건 아니었다.

그보다 재능이 정말 많이 모였다.

"만생공이 없었으면 오히려 너무 많아서 곤란할 뻔했네."

여러 재능을 화, 수, 목, 금, 토생의 다섯 가지로 어우러지게 사용할 수 있게 되어 다행이었다.

아무튼.

새로운 재능은 따로 알아볼 필요 없을 것 같다.

김정현의 친화력이야 너무 잘 알고 있으니까.

그리고 금생이나 목생의 재능으로 들어갔으면 고민이 됐겠지만, 친화력은 수생의 재능으로 들어갔다.

수아의 성장과 하나로 묶였다는 건 성질이 비슷하다는 얘기.

'성장은 따로 내가 뭘 하는 게 아니니.'

그 자체로 내게 적용이 되는 재능이었다.

물론, 이걸 음료나 디저트에 효과로 불어넣는다면 한

번 확인할 필요는 이겠지만. 그래도 내가 생각하고 있는 것과 크게 다르지 않을 듯했다.

"아무튼 참, 이걸 이렇게 얻게 될 줄은……."

다른 손님들이야 대부분. 아니, 거의 다 처음 보는 사람들이었다.

그래서 가진 재능들을 알지도 못하기도 하고 다들 상태가 안 좋은 상황이라 재능이 부럽다고 생각한 적은 없었다.

그런데 김정현은 좀 달랐다. 일단 오래 알던 지인이고, 후배지만 배울 점이 있는 친구였다.

그래서 이번에 얻은 재능은 조금 더 느낌이 다른 것 같다.

"잘 쓰마."

괜히 들리지도 않을 말을 중얼거려 봤다.

아참! 지금 이러고 있을 때가 아니지.

얼른 주방으로 들어갔다.

그리고 컵을 꺼냈다. 평소의 유리컵이 아니고 다회용 컵이었다.

이것도 김정현이 주고 간 거였다.

자기 사무실에 많다고.

묘하게 영업의 느낌이 나긴 했지만. 뭐, 좋은 게 좋은 거라고…… 일회용 컵보다 나아 보여서 일단 받아 두었다.

그리고 마침 오늘 쓸 일이 생겼다.

'시원한 게 좋겠지?'

미리 만들어 둔 청들을 꺼냈다.

라임, 레몬, 복숭아, 매실, 사과 민트 등등.

장마 동안 과일들은 대부분 청을 만들어 뒀다.

아무래도 과일은 장기간 상태 좋게 보관하려면 이게 제일 좋았다. 만들기도 쉽고.

과일을 껍질째 깨끗이 씻고 얇게 썬 다음 설탕과 함께 버무려 유리병에만 담아 두면 되니 얼마나 쉬운가?

이렇게 만들어 두면 여름에 쓸 일도 많았다.

아무튼.

지금은 이 중에서 레몬청과 라임청만 쓰기로 했다.

비타민이 풍부해서 짜릿한 맛에 에너지 보충까지 좋은 두 가지였다.

그렇게 메뉴는 골랐고, 그럼 이제…….

"몇 잔이나 필요하려나?"

양을 정해야 하는데 조금 고민이 됐다.

'그냥 넉넉하게 만들지 뭐.'

한 잔만 마실 것 같지 않았다.

몇 명이 올지도 모르고.

이럴 땐 그냥 넉넉하게 만들어서 남기는 게 낫다.

그리고 남은 걸 양손으로 들고 갈 수 있을 만큼 컵을 꺼냈다.

당연히 캐리어에 담아 갈 거니까 두 개는 아니었다.

"반반씩."

컵에 얼음을 채우고 레몬청 반, 라임청 반.

그리고 생레몬과 라임을 얇게 저민 조각도 하나씩.
마지막으로 탄산수를 붓고 민트 잎을 떼어 넣으면 레몬에이드와 라임 에이드 완성!

[레몬 에이드]
*효과
―활력 증진 강화
―농사
―역발산기개세

농사와 역발산기개세는 따로 넣은 효과였다.
라임도 마찬가지.
여기에 조화를 사용하면…….

―일기당천

한 명이서도 충분히 여러 몫의 할 수 있는 효과가 생겼다.
조화가 좋긴 좋았다. 정말 맛도 좋고, 효과도 좋은 음료도 만들고.
'그럼 마실 건 준비가 끝났고.'
바로 영업 준비 대신 작업복을 챙겨 입었다.
갑자기 웬 작업복이냐?
그건 아침 일찍 이장님에게 연락을 받았기 때문이다.

벼농사하는 마을 어르신이 있는데 사람 손이 부족해서 오늘만 도와줄 수 있냐고 한 것.

 원래 일하는 사람이 있는데 일주일 정도 일이 생겨서 못 온다고 했단다.

 사실 정작 농사짓는 분은 나랑은 크게 관계없는 분이긴 했는데…….

 그래도 같은 마을 분이신데다, 그 이장님이 급하게 부탁하셨으니까.

 평소 워낙 이장님한테는 도움받은 게 많아서 당연히 하겠다고 했다.

 원래 이런 건 서로 도우면서 살아야 하는 거니까. 어차피 오늘 하루만 나가면 되는 거라서 부담도 덜했다.

 상황이 급하기도 했고.

 장마가 끝나고 논에 피가 많이 자랐는데 그냥 일주일을 두면 난리가 난다고.

 그래도 지금 뽑아 두면 일주일 정도는 시간을 벌 수 있다고 하니…….

 그래서 가벼운 마음으로 참가했다.

 그런데.

 "작가님도 오셨네요?"

 "재밌을 것 같아서요!"

 "아."

 현장에서 생각지 못한 사람을 만날 수 있었다.

 왠지 신나 보이는 한송이. 그리고 그 옆에는 하기 싫은 표정이 역력한 이선아도 있었다.

하지만 그러면서도…….

"흐음……."

"왜?"

이선아의 손에는 작은 포켓 카메라가 있었다.

컨텐츠 괴물이 또…….

"허허! 다 왔는가? 그럼 출발하지."

아직 해도 완전히 떠오르지 않은 시간.

이장님의 그냥 트럭이 아닌 픽업트럭을 타고 출발했다.

즐거워하는 한송이가 이상하다고 생각했는데 사실 나도 조금 즐기고 있는 게 아닌가 싶었다.

차를 타고 주변 풍경을 보면서 가다 보니 뭔가 이 상황 자체가 재미있었다.

시골에 농활 온 것 같기도 하고.

또래가 둘이나 있어서 그런가?

"농활 같은 거 대학교 때 해 보고 싶었는데 이렇게 하게 되네요."

한송이도 같은 생각이었나 보다.

"언니는 안 해 본 게 많네."

"응. 어쩌다 보니까 한 길만 파서 그런가? 지금 생각하면 좀 아쉬워."

"대신 처음부터 대박 났잖아."

"그렇긴 하지. 헷."

모든 삶에는 장단점이 있는 것 같았다. 그리고 그걸 어떻게 받아들이냐에 따라서 삶의 질도 달라지는 것 같고.

한송이와 이선아가 뒷자리에서 도란도란 얘기를 나누는 소리를 들으며 차는 천천히 시골길을 달렸다.

천호리 마을은 생각보다 지대가 높은 곳에 있어서 논농사를 짓는 곳까지는 거리가 꽤 됐다.

물론 차로는 10분 안팎이지만.

"그나저나 자네 분위기가 좀 바꿨구먼?"

"예? 분위기요?"

이장님이 나를 힐긋 보더니 말했다. 친화력의 효과를 말하는 건가?

"처음 왔을 때만 해도 건들면 터질 것 같았는데 말이지."

"음. 터트릴 수 있을 것 같은 건 아니고요?"

"허허! 이것 보라고. 이런 재미없는 농담도 할 줄도 알고 말일세."

농담이 아닌데.

이장님이면 내가 터지는 것보다 나를 터트리는 게 빠를 분이셨다. 왜 점점 더 커지는 것 같지?

"요즘은 운동 좀 하나?"

"예, 가볍게라도 하려고 하고 있습니다."

말은 이렇게 했지만 사실.

'샤워를 한 뒤, 거울을 보고는 좀 놀라긴 했지.'

만생공이 생각과 정신뿐만 아니라 몸도 확실히 바꿔 주고 있었다.

그래도 아직까진 옷 위로는 크게 티가 안 났다.

이렇게 적당히 둘러대면 나중에 변화를 인지해도 할 말이 있겠지.

"그래그래. 다른 건 몰라도 하체는 꼭 하게."

"하핫…… 예."

이런저런 얘기를 하다 보니 드디어 논밭에 도착했다. 엄청 크진 않아도 사람 손으로 하기엔 넓은 논이었다.

"왔는가?"

"안녕하세요."

"안녕하세요!"

"허허! 그래그래. 고맙구만."

차에서 내리니 논밭의 주인으로 보이는 할아버지가 계셨다.

우리 할아버지가 살아 계셨으면 비슷한 연배가 아니셨을까?

저 나이에도 논농사를 지으시다니. 정정하시네.

하긴 그냥 봐도 건장해 보이셨다. 비결이 있나?

"이렇게 생긴 것들을 뽑으면 되네. 벼는 뽑지 말고."

"예. 아! 이거 먼저 드시고 하시죠."

이후 바로 작업 설명으로 들어갔다.

그 설명을 듣고 푸른 벼들로 가득한 논밭에 장화를 신고 들어가려는 순간.

"아, 맞다."

싸 온 음료가 생각났다.

원래는 차에 타기 전에 주려고 했는데 깜빡했다.

"오, 이런 걸 다……."

"와! 잘 먹을게요!"

바로 앞좌석 바닥에 내려놨던 음료를 꺼내서 모두에게 나눠 줬다.

"으으으음!"

한송이가 한 모금 마시더니 눈에 느낌표를 띄우며 알 수 없는 감탄사를 뱉었다.

다른 사람들도 마찬가지.

"크으! 새그럽기도 하구만."

"너무 새콤한가요?"

"허허! 아니네. 좋구먼. 몸도 깨우고 머리고 깨는 것 같으이."

나쁘지 않은 반응이라 다행이다. 맛보다는 효과가 필요해서 가지고 온 거지만 그래도 맛도 있으면 좋지.

그렇게 다들 맛있게 먹고 이제 진짜 일을 시작할 시간이 왔다.

"한 줄씩 잡고 하고, 또 돌아올 때 한 줄씩 잡고 오고."

"네~"

아직까지 신난 한송이의 대답과 함께 피 뽑기가 시작됐다.

이건 사람 손으로 뽑을 수밖에 없어서 힘든 작업이었다.

논의 진흙은 발을 무겁게 하고, 들쑥날쑥 자란 피는 허리를 숙여야 뽑아야 했다.

또 억세긴 왜 이렇게 억센 건지.

뽑는 것도 힘을 써야 했다.

무엇보다…… 해가 서서히 떠올라 그늘 한 점 없는 논밭을 비추기 시작하면 이제 더위와도 싸워야 했다.

논밭의 피 뽑기는 사실상 사람 피 말리기가 아닐까 싶은 작업이었다.

하지만 그렇다고 그냥 둘 수도 없었다.

피가 논의 양분을 다 먹으면 벼가 제대로 익지 못하니까.

그렇게 되면 한해 농사를 다 망치는 것이다.

그러니 정말 힘들지만 정말 중요한 작업이었다.

이렇게 해서 우리가 먹는 한 끼 밥이 나온다고 생각하면 뭐랄까, 생산의 노동에 대해서 새로운 관점이 생긴다고 해야 하나?

텃밭도 그렇고, 잔디밭을 관리하는 것도 그렇듯, 가장 1차원적이지만 중요한 일들을 하고 나면 그런 생각이 든다.

노동의 산물들은 정말 귀하다는.

이렇게 시골에서의 논농사는 당연했고.

도시에서의 빌딩 숲속에 파묻혀 밤낮없이 만드는 서류를 보는 관점도 뭔가 확장되는 느낌이다.

돋보기로만 보던 세상을 몸으로 느낀다고 해야 하나?

힘든 만큼 보람을 흘리는 땅의 촉감으로 바로 느껴서 그런 걸지도.

도시에선 아무래도 계좌에 월급이 들어와야 일을 했다는 느낌이 드니까, 이걸 바로바로 느낄 수가 없었다.

그래선지…….

'신기하게 일을 하는데도 힐링하는 느낌이네.'

힘든데도, 묘하게 뿌듯하다.

참 신기한 일이었다. 꼭 작물을 수확하지 않아도 이런 걸 느낄 수 있다는 게.

역시 사람은 흙과 땅을 가까이해야 하나?

그렇게 이런저런 생각들을 비우며 계속하다 조금씩 힘들어 올 때쯤 고개를 들어 주변을 봤다.

"와~! 이것 봐요! 저기 새끼 오리예요!"

"허허! 벌레들 잡아먹으라고 푼 거네."

"정말요? 그럼 키우시는 거예요?"

"그럼. 다 우리 집 오리야."

의외로 한송이는 꽤 여유로워 보인다.

논밭을 지나다니는 새끼 오리들을 보고도 감탄하고. 엄청 크게 자란 피를 뽑고도 자랑하고.

참, 사람이 저렇게 밝아질 수도 있구나 싶을 정도로 처음 봤을 때 모습은 상상할 수 없는 모습으로 작업을 했다.

음료 효과도 있지만 진짜 지금 하고 있는 일이 재미있기에 저럴 수 있는 거겠지?

그래서인지 논밭 주인 할아버지도 연신 웃으면서 같이 옆에서 작업을 했다.

'음? 사실 할아버지가 다하고 있는 것 같기도?'

슬쩍 한송이가 맡은 줄까지 할아버지가 지나가며 해 주는 것 같았다.

그리고 이장님은 말없이 이선아의 줄을 도와주고 있었고.

'잠깐만. 그럼 나만 혼자 하고 있는 거 아냐?'

어째 조금 외로워졌다.

앙앙!

그래도 같이 차 타고 따라온 백구가 응원하듯 논 밖에서 짖었다.

차에선 쥐도 새도 모르게 자더니 이제 좀 깼나 보다.

근데 응원 맞겠지?

"와! 벌써 한 줄 다했어요!"

"나도요."

한송이와 이선아가 한 줄을 다하고 내 쪽을 봤다.

당연히 이장님과 주인 할아버지도 다하고 옆에 있었다.

한 줄도 다 못한 건 나 하나뿐.

어쩐지 억울하다.

두 번째 줄을 시작하는 네 사람과 크로스 되는데 살짝 오기가 생겼다.

'제대로 해야겠어.'

이럴 줄 알고 그런 건 아니지만, 오기 전에 쑥쑥이에게 축복도 받았다.

그 말은 즉, 이것도 가능하다는 얘기.

사라랑~

아우라가 손과 몸에 깃들었다.

* * *

덥고 땀나고 습하다.
'아.'
얼른 뭐라도 마셔야 될 것 같은 기분에 홀린 듯 밖으로 나왔다.
그리고 컵 하나를 들어서 벌컥벌컥 마셨다.
"크으!"
짜릿하고 상큼한 레몬 에이드 맛에 정신이 번쩍 들었다.
아우라를 이용해 만생공을 펼쳐 피를 뽑는 작업은 아주 훌륭한 결과를 만들어 냈다. 하지만 그만큼 체력도 쭉 빠졌다.
'이거, 이렇게까지는 써 본 적이 없었는데.'
새로운 사실을 알았다. 제아무리 아우라와 만생공을 쓴다고 해서 무제한으로 움직일 수 있는 건 아니었다.
당연하지만 인지하지 못하고 있던 사실이었다.
한 번도 그렇게까지 써 본 적은 없었으니까.
잡초를 뽑을 때 기진맥진했던 적은 있지만, 그땐 아우라를 쓰진 않았었다.
한마디로 이건 처음 겪는 일이었다.
'텅 빈 느낌이네.'
체력도, 아우라도 없어져서 그런지, 공허한 감각이 느

껴진다.

 하지만 그렇다고 기분이 나쁘거나 그런 건 아니었다. 마냥 텅 빈 건 아니니까.

 거덜 난 만큼 논도 깔끔해져 있었다.

 저기 있는 피를 다 뽑지 않았던가. 그것도 아주 많이.

 "허허! 혼자 진짜 일당백을 하는구먼."

 "자네, 차라리 농사를 지어 보는 건 어떤가?"주인 할아버지와 이장님이 혀를 내두르며 말할 정도니 아주 뿌듯했다.

 수북하게 쌓인 피와 잡초만큼이나.

 "이거 도와주러 온다고 해도 도시 태생이라 크게 기대 안 했는데, 일당을 두 배는 챙겨 줘야겠어. 클클!"

 "괜찮습니다."

 덤으로 주인 할아버지와도 조금 친해진 것 같다.

 김정현의 친화력 덕분인가? 아니, 이 정도는 그냥 내 사회 생활로도 가능한 거라 아직 체감은 못 하겠다.

 뭐, 그래도 좋고 아니어도 좋았다.

 "으으. 이거 엄청 힘드네요."

 "그래도 많이 하셨는데요?"

 "사장님만큼은 안 되죠. 엄청 잘하시던데요? 재능이 있으신 거 같은데…… 아니, 그냥 체력이 좋으신 건가?"

 "뭐, 둘 다 아닐까요?"

 "아하~!"

 한송이도 잠깐 쉬려는 건지 옆으로 와서 그대로 드러누

웠다.

등에 흙이 묻든 말든 상관없는 모습이었다.

그러고는 고개만 돌려 내가 뽑은 피와 잡초를 보고 감탄했다.

저런 걸 보면 온 세상 신기하고 호기심 많은 어린이 같았다.

아, 이선아는 나보다 먼저 와서 이미 드러누워 쉬고 있었다.

체력은 아무래도 한송이가 더 좋은 듯했다. 매일 운동도 할 텐데 어째서지?

'이장님이 운동시키려는 이유가 있었네.'

기초 체력 자체가 약한 모양이다.

"아~ 살 것 같다! 이거 진짜 시원한 것 같아요. 왜 아까보다 시원하지? 얼음은 녹았는데."

"몸이 더워서 그런 것 같네요."

한송이가 일을 시작하기 전에 마셨던 음료를 다시 마시며 말했다.

아무래도 일을 한참 하다가 마시는 음료가 더 꿀맛이고 시원할 수밖에…….

그런 한송이의 모습을 자세히 살폈다.

'힘든 표정이긴 한데 아우라는 더 밝아졌네.'

땀에 젖고 팔을 드는 것도 힘들어 보이는데 참 신기했다.

아까 얼핏 느꼈던 힐링이 된다는 느낌은 그냥 느낌이

아니라 진짜였던 모양이다.

고대로부터 내려오는 노동의 신성한 힘인가?

고개를 돌려 논밭을 봤다.

거의 반을 했다.

사라라락~

어디선가 불어오는 바람에 벼들이 흔들리며 기분 좋은 소리를 냈다.

어쩌면 땅의 생명이 더 풍부해져서 그럴지도.

"응?"

그렇게 생각하며 논을 보는데 이상한 감각이 느껴졌다. 무언가 간질간질하면서 묘한 느낌이었다.

마치 누군가 속삭이는 듯한……!

뭔가 익숙한 느낌이라 생각했는데. 이거, 쑥쑥이가 내게 말을 거는 거랑 비슷하다는 사실을 깨달았다.

근데 쑥쑥이는 여기서 너무 멀리 있는데?

바람을 타고 전달했다고 쳐도 너무 멀었다.

그렇다면 설마?

자연스럽게 눈길이 논에 있는 벼로 향했다.

'네가 말을 건 거야?'

흔들~ 흔들~

이번엔 바람도 안 부는데 내가 보고 있는 벼가 흔들렸다. 진짜 벼가 말을 걸고 있는 거였어?

뭐지?

쑥쑥이처럼 내가 물을 주고 아우라도 쥐가면서 키운 것

도 아닌데…….

'혹시 친화력 때문에?'

같은 재능이라도 만생공의 영향을 받으면 조금 특별해진다.

아마도 그렇다면 지금 일어난 현상도 친화력이 만생공의 영향을 받아서 일어난 일이겠지.

최근에 생긴 재능은 그것뿐이니까.

'설마 사람이 아니라 작물들하고 친해지는 거라니.'

이걸 좋다고 해야 되나?

아무튼 좀 신기하긴 했다. 물론 축복 덕분이긴 하지만, 그래도 카페 밖에서도 자연과 대화 가능하다는 사실이.

고맙다는 듯 말하는 벼의 소리가 더욱 기분 좋게 들렸다.

그리고…….

사라랑~

그런 벼들에게서 아우라가 불어왔다.

설마 손님들처럼 재능을 주는 건가 싶었지만, 그것과는 조금 달랐다.

샤워.

그래 그 표현이 좋겠다.

논과 벼에서 불어온 바람이 샤워할 때 흐르는 물결처럼 아우라를 쏟아내더니, 이내 땀에 젖은 몸을 씻겨 주듯 스쳐 지나갔다.

순간 처음 느껴 보는 상쾌함과 가벼움이 온몸을 적셨

다. 더불어 아까까지 축 늘어졌던 몸에 생기가 듬뿍 차올랐다.

"……비웠더니 금세 채워졌네."

그것도 이전보다 더 맑고 많은 아우라가.

순수하게 봉사하려고 온 건데 뜻하지 않은 보답을 받아버렸다.

이게 또 어떤 효과를 줄지 벌써 기대가 될 정도로.

그런데,

"와. 그 표현 되게 묘한 것 같아요. 혹시 제가 작품에 써도 될까요?"

"예? 무슨."

"비웠더니 채워졌더라~ 그거요."

이 사람은 또 왜 이래.

혼잣말을 중얼거린 건데, 옆에 있던 한송이가 그걸 들었는지 벌떡 일어나서 이상한 소릴 한다.

다행히 그런 소리에 상대하기 전에 옆에서 다른 목소리가 끼어들었다.

"슬슬 출출하겠구먼."

"새참!"

"클클클! 그려. 새참 좀 먹어야지."

주인 할아버지가 새참 먹을 시간임을 알려주었다.

그러자 죽은 듯 쓰러져 있던 이선아가 벌떡 일어났다.

주인 할아버지는 그런 모습도 귀여운지 허허 웃었다.

이장님은 고개를 절레절레 저었지만.

'새참은 나도 좀 기대가 되네.'

방금 논과 벼가 준 아우라 덕분에 체력은 다시 돌아온 것 같았다.

하지만 그것과는 별개로 출출함은 남아 있었다.

하긴, 그렇게 힘들게 노동을 했는데 배가 고프지 않으면 이상한 일이다.

먹은 거라고는 레몬 에이드와 라임 에이드뿐이니까. 물론 그것도 당 충전에는 훌륭했지만.

부우웅~

"허허. 저기 오는구먼."

이미 불렀었는지 작은 트럭 하나가 도착했다.

정확하게 우리 앞에 와서 멈춘 트럭에선 아주머니 한 분이 내렸다.

"아이고, 젊은이들이 고생하네."

"딸이라네. 저 읍내에서 식당을 하고 있지."

주인 할아버지의 따님분이었다.

아주머니는 우리 꼴을 보더니 혀를 차더니 트럭 뒤에서 커다란 바구니를 들고 내리셨다.

"……저 혹시 인원수를 착각하신 건?"

"아휴~ 먹으면 또 다 들어가."

"아."

그럴 리가요.

아무리 잘 먹어도 그건 다 못 먹을 것 같습니다만.

이미 침을 흘리고 있는 이선아와 한송이가 부정하지 않

아서 나도 그냥 있었다.

양은 분명 질릴 만큼 많았지만, 진짜 다 먹을 수 있을 것 같기도 했다.

바구니에 담긴 건 바로 국수와 수육이었으니까.

얼핏 막걸리도 보였다.

"자자! 비빔도 있고 국물도 있으니까 드시고 싶은 대로 자셔."

기본이 두 그릇이라는 말이었다.

새빨간 양념에 각종 채소 채 썰어져 들어간 새콤달콤 매콤 비빔 국수!

잘 우린 멸치 육수가 구수하고 진한 냄새를 풍기는 뜨뜻한 잔치국수!

식당이 아닌 관계로 투박하게 그릇에 툭툭 담아서 주는데 입에 침이 고였다.

"이건 직접 담은 김치야. 배추, 고추 다 농사지었어."

수육은 김치와 같이 내줬다. 이것도 진짜 맛있어 보였다.

야들야들하면서도 촉촉한 것이, 눈으로 봐도 부드러우면서 쫄깃해 보이는 수육에 때깔부터 다른 김치까지.

'아주머니 식당, 꽤나 맛집이겠는데?'

그냥 이것만 봐도 그랬다.

"잘 먹겠습니다!"

"그려, 아버지도 얼른 잡수세요."

이어서 다 같이 그냥 길에 퍼질러 앉아서 그릇째로 먹

기 시작했다.

우선 잔치국수부터 먹어 봤다.

후루룩!

"음~"

콧소리가 절로 나온다.

퍼지진 않았지만 부드러운 면발에 깊은 감칠맛이 우러난 육수가 아주 일품이었다.

별거 아닌데 국물까지 싹싹 먹을 수 있을 것 같았다.

"우와~! 비빔 국수가 진짜 맛있어요! 이거 양념을 어떻게 하신 거예요?"

"호호! 아가씨가 먹을 줄 아네. 우리 집에서 제일 잘나가. 양념은 당연히⋯⋯ 비밀~"

"헤헤. 쪼끔만 알려 주시면 안 돼요?"

"아가씨가 우리 며느리 되면 한 번 생각해 볼까?"

"앗! 아들이 있나요?"

"있지~ 지금 10살이여. 어때? 10년 기다려 볼 겨? 인물은 내가 보장하는데."

"아하핫!"

옆에서 한송이와 나누는 만담 아닌 만담 소리가 새참 맛을 더욱 맛있게 만들었다.

주인 할아버지와 이장님도 웃었다.

물론 이선아는 그 시간에 수육을 한 점 더 먹느라 바빴다.

이 녀석, 왜 이렇게 잘 먹어?

앙앙!

"자. 너도 한 입해. 별로 한 건 없다만."고기 냄새 맡고 옆에서 치대는 백구에게 수육의 기름 부분을 떼서 줬다.

그리고 나도 김치에 싸서 한입 같이 먹었다.

역시 눈으로 본 것과 같았다.

야들야들하면서 쫀득하니, 김치와 딱이었다.

"자네도 막걸리 한잔할 텐가?"

"아, 예. 한잔만 하겠습니다."

"그래그래. 많이는 먹지 말고."

수육을 먹고 있자니, 주인 할아버지가 대접에 막걸리도 한 잔 주셨다.

새참에 이건 또 못 참지.

사실 지난번에 비 올 때 파전을 먹으면서 많이 생각이 났었다.

많이 먹는 편은 아니지만, 또 조합이 조합이니만큼 어쩔 수 없는 궁합이 아니던가.

참 아쉬웠는데 오늘은 더 맛있는 조합이라 사양할 수가 없었다.

시큼하면서도 알싸한 막걸리가 시원하게 목을 타고 내려가니 잡초 뽑느라 힘들었던 게 싹 사라졌다.

물론 아우라 샤워에는 비교할 수 없었지만.

그래서인가? 진짜 딱 한 잔만 마셨다.

딱히 더 마실 생각이 나지 않았다.

대신 비빔 국수에 수육 한 점을 올려서 배를 채웠다.

후루룩!

진짜 맛있네.

비빔이 제일 잘 팔린다니, 그럴 만했다.

나중에 사 먹으러 식당에 한번 가 봐야겠다.

"그런데, 오면서 보니까 수로에 사람들이 있던데 뭐 하는 사람들인지 아세요?"

우리가 먹는 걸 흐뭇하게 지켜보시던 아주머니가 문득 생각이 났다는 듯 이장님한테 물었다.

이장님은 그걸 듣더니 고개를 갸우뚱하셨다.

"사람들? 외지인들인가?"

"차림이 보니까 그런 것 같더라고요."

"글쎄. 따로 들은 건 없는데."

시골에 있으면 신기하게 외지인이 구분이 잘 된다. 차림부터 행동하는 것까지 조금 다르다고 해야 하나?

이쪽에 오래 사신 아주머니나 이장님이 그렇게 봤으면 아마 맞을 확률이 높았다.

근데 외지인들이라…… 왜지?

"뭐 이상한 짓 하는 건 아니고?"

"그건 아닌 것 같은데 잘 모르겠네요. 지나가면서 본 거라. 갈 때 한 번 물어볼까요?"

"음, 이따 내가 가 보지 뭐."

아무래도 그런 일에는 이장님이 가는 편이 대화가 순조로울 듯했다.

이장님이 가 보기로 결정 난 대화를 들으며 새참을 마

저 먹었다.

처음보다 속도가 느려지긴 했지만 그래도 진짜 다 먹을 수 있을 것 같았다.

'많이 먹어야지. 반이 남았는데.'

물론 할 일이 반이나 남았다는 얘기다.

근데 이제 금방 할 것 같았다. 아우라도 채워지고 배도 채워졌으니.

"자~! 다 먹었으면 다시 해 보자고."

이장님이 먼저 자리에서 일어나셨다.

아무래도 일을 빨리 끝내고 아주머니에게 들었던 곳에 가 보려는 듯했다.

나도 바로 일어났다.

다시 열심히 피를 뽑을 시간이었다.

* * *

일을 마치고 돌아와서 카페에서 파김치가 돼서 멍하게 있었다.

아마 나뿐만 아니라 한송이와 이선아도 마찬가지일 거다.

아니지, 나보다 심할지도…… 아무튼 일은 끝냈다.

새참을 너무 많이 먹어서 오히려 몸이 무거워지긴 했지만.

'소화는 다 됐네.'

끝날 때쯤에 다시 소화가 다 됐다.

멍도 적당히 때렸겠다, 오늘은 손님이 안 오는 듯하니 슬슬 집에 갈까 생각하던 그때!

"아저씨~! 들었어요?"

수아가 하교하고 왔다.

그것도 재미있는 소식을 들고서.

2장

 부산스럽게 뛰어온 수아는 숨도 채 고르지 못한 주제에 뭔가를 말하려고 했다.

 안 되겠다.

 "천천히 말해도 되니까 숨 좀 쉬어. 마실 것 좀 줄까?"

 "아니, 그게 중요한 게, 후우…… 아닌데…….'

 그래 봐야 수아가 말하는 것도 중요한 게 아닐 게 뻔했다.

 땀도 송골송골하게 맺힌 모습을 보니 시원한 걸 하나 만들어 주기로 했다.

 물론 팔이 천근만근인 관계로…….

 "자. 마셔."

 "엥? 이게 뭐예요?"

"식혜."

"아저씨가 했어요?"

내가 했으면 좋겠지만 아쉽게도 그건 아니었다. 오늘은 그걸 할 시간이 없었거든.

이건 논밭의 주인 할아버지가 주신 거였다. 정확히는 주인 할아버지의 딸인 읍내 식당 아주머니가 준 거지만.

이것 말고도 고생했다면 받아 온 게 더 있었는데, 지금은 이게 내주기 제일 편했다.

"앗! 거기 진짜 맛있는데! 아싸~!"

"너도 먹어 봤어?"

"네! 히히! 여름엔 거기 비빔 국수 먹으러 꼭 가야 돼요. 다 맛있긴 한데 그게 진짜 최고거든요."

별걸 다 아네. 얘가 이 마을에서 모르는 게 뭘까?

하긴 김정현보다 더 친화력이 좋은 녀석이니 동네방네 소식을 다 알고 있나 보다.

"근데 이거 안 파는데 건데. 이모도 가끔만 해서, 그럴 때나 주변에 조금 나눠주는 건데. 아저씨는 이걸 어떻게 구했어요?"

"노동."

그것도 아주 빡세게 했지.

중간에 새참과 논과 땅이 주는 아우라 샤워가 아니었으면 아마 다 못 했을지도.

"근데 이거 안 파는 거였어?"

"네! 팔진 않고 식사하면 주는 거예요."

"아……."

그런 식당들이 있지. 직접 담근 식혜나 매실차 같은 것을 후식으로 주는…… 수정과를 주는 곳도 있고.

하지만 요즘 도시에선 잘 보기 힘든 서비스였다.

근데 이야기를 들어 보니 여긴 아직도 그렇게 하나 보다.

잘 담근 곳은 식사하고 나갈 때 딱 마시면, 비싼 코스 요리 부럽지 않은데 말이지…….

나중에 진짜 꼭 그 식당은 찾아가 봐야겠다.

호랑이 쉼터의 음료도 드릴 겸.

"저 쪼끔 더 주시면 안 돼요?"

수아가 어느새 다 마신 컵을 들어 올린 뒤, 눈망울을 크게 하고 올려다봤다.

저건 어디서 배운 애교지?

"그런 표정 안 지어도 줄게."

"헷."

꽤 많이 주셔서 넉넉하게 있었다.

그리고 어차피 판매용도 아니었기에 지인들 말고는 따로 먹을 사람도 없다.

한 컵 다시 가득 따라 주니 이번엔 좀 천천히 마신다.

땀에 젖어 이마에 딱 달라붙은 이마도 이제 좀 숨을 쉬는 듯.

"그래서. 무슨 소식인데?"

"아 맞다! 우리 동네에 방송국 사람들이 왔었대요!"

"방송국?"

"네! 되게 유명한 방송국 사람들이에요! 티비 동물 나라라고, 동물들 나오는 거 찍는 사람들이라고……."

"아."

듣자마자 무슨 방송인지 알겠다.

꽤 유명한 방송 중 하나였으니까.

일요일 아침에 멍하니 티비를 보면 늘 틀어져 있는 그거.

근데 그 방송을 찍는 사람들이 왔다고? 이 동네에?

"거기에 뭐가 있었나?"

"저도 그것까진 자세히 모르는데…… 아마 있으니까 오지 않았을까요?"

그렇겠지. 방송국이 어디 놀고 오라고 여기에 사람을 보냈을 리는 없으니.

그나저나 신기한데? 유명 방송 프로그램의 사람들이 이런 시골까지 오다니.

아, 하긴 그 방송은 원래 전국 방방곡곡 찾아가는 걸로도 유명하니까. 아무튼 수아가 헐레벌떡 뛰어올 만하네.

"음? 아까 그 사람들이 그럼 방송국 사람들이었나?"

"어? 아저씨 봤어요?"

"본 건 아니고, 들었어. 외지인들이 근처에 왔다고."

식당 아주머니가 이장님에게 그리 말했다.

방송국 사람들도 외지인이니 아마도 맞을 듯했다.

이거, 가서 보고 올 걸 그랬나?

새참을 먹고 남은 논의 피와 잡초 뽑기에 너무 힘을 많이 써서, 그냥 바로 여기로 왔는데.

'아니다. 내가 가서 뭐 해.'

나중에 편하게 방송으로 보는 게 낫지.

원래 뭐든 그랬다. 가공된 게 재미있는 거지 만들어가고 있는 과정은 생각보다 지루하고 재미없다.

특히 방송이라면 더욱.

편집의 힘이라는 게 그래서 있는 것 아니겠는가?

물론, 이건 이선아를 보고 배운 거였다.

컨텐츠 하나 제작하는 데 걸리는 시간에 비해 결과는 정말 짧은 영상 하나였거든.

그 말은 즉, 그 짧은 영상 속에 담긴 것 말고 잘라 내는 재미없는 부분이 대부분이라는 얘기였다.

"티비 동물 나라에서 온 거면 특이한 동물이 있는 걸까요?"

"글쎄?"

나도 자세한 건 듣지 못했으니 알 턱이 있나. 아마 이장님한테 물어보면 아실 것 같긴 한데.

아까 얼핏 수로를 살핀다는 얘기는 들었다.

거기에 뭐가 있으려나?

"우리 랑이 보면 바로 방송 각일 테데. 아쉽다요~"

"랑이? 쟤 뭐 하는 것도 없는데. 방송 각은…… 백구라면 또 모를까."

"백구는 뭐 했는데요?"

"오늘…… 아주 행복했지."

논에 풀어 놓은 새끼 오리들하고 놀겠다고 아주 행복하게 뛰어놀았다.

그 대가로 백구가 아니라 흑, 아니 흙구가 됐지만.

그러고 보니 그거 이선아가 찍어서 올린다고 했었지.

"그러니까 그게 뭔데요~?"

"벌써 올렸네. 자, 봐 봐."

집에 가서 바로 뻗을 줄 알았는데 이걸 편집하고 올리다니. 대단한데?

영상을 틀어서 재생해 보니 어떻게 이렇게 빨리 올릴 수 있는지 알 수 있었다.

편집을 거의 안 했다.

"앗! 이거 뭐예요? 왜 언니들이랑 아저씨가 저기 있어요?"

"얼굴은 안 나오는데 알아보네?"

"딱 봐도 척이죠!"

"……척 보면 딱 아냐?"

"그게 그거죠."

그래, 그런 걸로 하자.

아무튼 다시 영상을 보니 왜 편집을 거의 안 했는지 알 수 있었다.

딱히 뺄 부분이 없었다.

애초에 엄청 긴 영상도 아니었고.

"프히히! 백구 다리 너무 짧은 거 아니에요?"

"그러게. 거의 잠수했었네. 저러니까 흙구가 됐지."
새끼 오리 쫓는 백구.
그러다가 물에 빠지기도 하고 오리한테 속기도 하는, 그런 자연스럽지만 웃기고 귀여운 모습이 담겼다.
"근데 새끼 오리들이 왜 계속 아저씨 주변에만 있어요?"
"응? 그래?"
수아의 말을 듣고 보니 새끼 오리들이 계속 내 주위를 맴도는 것 같아 보이긴 한다.
백구가 쫓아오든 안 오든 계속.
그래서 영상에는 내 모습도 계속 나오고 있었다. 얼굴을 가리긴 했지만.
그나저나 쟤들은 왜 저랬지?
"이것 봐요. 아저씨 움직이면 쫓아가는데요? 혹시 전생에 엄마 오리였어요?"
"……뭔 소리야."
수아의 이상한 소리에 고개를 절레절레 저었다.
전생에 오리라니…….
아무튼 엉뚱한 아이였다.
물론, 그 말 전에 했던 건 좀 신기하긴 했다.
내가 움직이면 새끼 오리들도 따라 움직이는 게 진짜 어미 오리를 따라가는 것 같…… 크흠.
"잠깐 이랬겠지."
사실 저 때는 피와 잡초를 뽑는데 정신이 팔려서 이러

고 있는지도 몰랐다.

나중에 백구 상태를 보고. 그리고 한송이의 설명을 듣고 이랬다는 걸 알았는데, 거기에 이런 일까지 있었다니…….

"프힛! 티비 동물 나라는 아저씨랑 새끼 오리들이 나와야 될 것 같은데요?"

"……됐네요."

그 프로그램을 나름 좋아하긴 하지만 내가 출연자가 될 생각은 없었다.

그래도 이렇게 대화하다 보니 궁금하긴 하네. 거기서 뭘 찍었는지.

"지금은 갔겠죠?"

"왜? 구경 가려고?"

"네!"

"이장님한테 한 번 물어봐."

"엥? 이장 할아버지가 알아요? 앗! 오잉?"

바로 폰을 꺼내서 뭔가 하던 수아가 고개를 갸우뚱했다. 설마 벌써 연락한 건가?

"아저씨, 이장 할아버지가 그 사람을 여기로 보내도 되냐고 묻는데요?"

"응? 그게 무슨 소리야?"

"단톡방 봐봐요."

그 말에 얼른 폰을 봤다. 그러자 이장님이 올린 메시지가 보였다.

―방송국 사람들인데 밤에 촬영할 수도 있어서 커피 좀 포장하고 싶다는데, 혹시 아직 카페에 있으면 사람 좀 보내도 되겠나?

수아의 말이 진짜였다.
정확히는 그 사람들 다 오는 게 아니고 음료수 픽업해 갈 사람만 오는 것 같긴 하지만.
"아저씨! 얼른~ 얼른 된다고 해 줘요~"
"……알았어, 기다려."
사실 아직 피곤이 남아 있어 조금 귀찮은데…… 그래도 가게에 없던 것도 아니고. 이장님이 따로 소개까지 해 준 걸 굳이 거절하기도 좀 그랬다.
게다가 밤샘 촬영 때문에 커피를 마시려는 거라면……
'그건 투약하겠다는 거잖아!'
너무 짠하지 않은가.
나도 예전 경험이 있어서 동병상련이 느껴졌다.
그런 손님이니 당연히 받아 줘야지.
수아랑 떠드느라 무기력한 것도 어느 정도 달아나서, 음료 만들 힘은 있었다.
'근데 무슨 촬영인데 밤을 새우지?'
관찰 같은 걸 하나? 오면 한번 물어볼까?
음, 괜히 불편할 수도.
일단 상황을 보고 물어보든 말든 하기로 했다.
이장님에게 대답하고 얼마 지나지 않아, 한 사람이 오

솔길을 올라오는 게 보였다.

"저 사람인가 보다."

그런데 칙칙한 아우라를 품고 있었다.

아무래도 하루 이틀 밤을 새운 모습이 아닌데? 게다가 심리적으로도 조금 안 좋아 보였다.

"피디님일까요?"

"그럴 리가, 막내겠지."

일단 그게 중요한 게 아니고 왜 사람이 저 모양인지가 더 중요할 것 같은데…….

어? 잠깐. 한 사람이 아니었다.

둘, 아니 셋……!

사람들이 줄줄이 줄지어서 올라왔다. 그것도 죄다 칙칙한 아우라를 품고서.

'뭐야 저 사람들?'

* * *

자초지종은 이장님의 톡으로 알 수 있었다.

원래는 그냥 픽업하는 사람만 오려고 했는데, 상황이 바뀌어서 그냥 다 오기로 했다는 것.

영업시간까지만 있겠다고 해서, 일단 나도 그러라고 했다.

이미 온 사람들을 돌려보내기도 애매하지만, 무엇보다 상태들이 다 별로였다.

'이렇게 많은 사람이 온 것도 처음인데, 상태가 다 안 좋은 것도 처음이네.'

그나마 최근에 블루 카멜리아가 우르르 오긴 했는데 규모도 다를뿐더러, 무엇보다 상태가…….

"아저씨, 방송국은 어떤 곳이에요?"

"응? 무슨 뜻이야?"

"아니, 왜 사람들이 다…… 저래요?"

아우라를 못 보는 수아도 이상함을 느꼈는지, 아까의 방정맞은 모습은 어디 가고 카운터에서 속삭였다.

하긴 못 느끼는 게 이상하긴 하지. 저렇게 침울해 있는데.

"오늘 좀, 안 좋은 일이 있었나 보지."

"그런가요?"

"그나저나 수아 넌 슬슬 수호 올 때 안 됐어?"

"앗! 저 가 볼게요! 헤헷! 식혜 잘 마셨습니다!"

그렇게 수아는 일단 보냈다.

혹시나 상황 보고 영업시간을 조금 더 길게 가져가야 될 수도 있을 것 같아서.

"저기, 주문하면 될까요? 저희가 너무 늦은 시간에 갑자기 와서 죄송하네요."

"아닙니다. 주문하세요."

수아가 호다닥 나가자, 마침 주문하려는지 한 사람이 대표로 카운터에 다가왔다.

딱 보아하니 아메리카노 통일 같은데…… 하긴 다들 딱

히 다른 메뉴가 먹고 싶은 상태들이 아닌 듯했다.
 '이렇게 많은 사람이 상태가 다 안 좋은 건 나도 처음이라 뭘 추천 메뉴로 해야 될지 모르겠네.'
 하나하나라면 거기에 맞춰 볼 텐데.
 아무튼 일단 다들 피로 누적은 기본으로 장착하고 있었다.
 그리고 세세하게 보면…… 다른 사람보다 지금 주문하러 온 남자가 제일 상태가 안 좋았다.

 [고동석]
 *상태
 ―불규칙한 수면으로 피로 누적
 ―불가항력적인 무언가에서 오는 무기력과 우울.

 무기력과 우울이라…….
 당연한 말이지만 자세한 사정은 알 수 없으니 어디서 기인한 건지도 모른다.
 그러니 우선은 대체적으로 안 좋은 상태인 피로 누적부터.
 사라랑~
 바로 추천 메뉴로 시선이 갈 수 있도록 매력 효과를 불어넣었다.
 그러자 자연스럽게 주문하려던 손님의 눈이 그쪽을 향했다.

"어, 음…… 잠깐 다시 갔다 와도 될까요?"
"예. 물론이죠."
그러더니 다시 일행들 쪽으로 돌아갔다.

힘없이 의자와 테이블에 늘어져 있던 사람들에게 손님이 뭐라 말하자 다들 고개만 끄덕였다.

"저, 이걸로 8잔 부탁드립니다."

그리고 주문하러 다시 온 손님은 통일된 메뉴로 주문했다.

당연히 추천 메뉴로 적은 레몬 에이드였다.

저렇게 기운이 없고 무기력할 땐 역시 상큼하고 시원한 걸 먹어 줘야 했다.

게다가.

[레몬 에이드]
*효과
─활력 증진
─식욕 촉진

레몬 에이드에는 원래 이렇게 식욕 촉진의 효과도 있었다.

음료 먹고 배고파져서 배도 든든하게 먹으면 조금 나아지겠지.

그리고 여기에 역발산기개세 효과까지 넣어 주면 좀 낫지 않을까.

'일단 이번에는 이렇게 조금씩, 차례차례 단계적으로 가야겠어.'

한 사람씩 맞춤으로는 갈 수 없으니.

주문을 받고 곧장 주방으로 들어왔다. 그리고 슬며시 홀 쪽으로 귀를 열었다.

"이번에도 놓치면 구조는 늦겠죠?"

"잡아야지."

구조? 아무래도 이번 방송 컨셉은 무언가를 구조하는 건가 본데……

그게 저 사람들을 저렇게 만들었나?

* * *

레몬 에이드를 만들면서 살짝 대화를 들어 보니 밤샘 작업을 하는 이유는 일단 무언가의 구조 때문인 것 같았다.

아마도 오늘 살핀 수로 근처에서 무언가를 구조하는 작업.

그나저나.

'아까 주문하러 온 손님이 메인 피디였다니.'

보통 막내가 하지 않나?

아무튼 지금 저 일행은 방송국에서 나온 사람에 구조를 하러 온 사람까지 섞여 있는 듯했다.

티비 동물 나라라는 프로그램에서 그런 컨텐츠는 꽤 자

주 보는 거였다.
 야생동물을 구하기도 하고, 유기견이나 다친 동물들을 구하기도 하는.
 이번에도 아마 그런 것 같다.
 그리고 이미 앞서 몇 번 실패를 한 듯했다.
 "왜 우리 마음을 몰라 주는지 모르겠네요. 사람도 동물도 참……."
 "저는 동물은 이해해요. 걔들은 우리가 무서울 거니까. 대화도 안 되고. 그런데 사람은 왜 그럴까요?"
 그런데 듣다 보니 단순히 그냥 구조에 실패해서 저런 상태인 건 아닌 것 같았다.
 사람이 문제가 있다?
 "자자. 다들 힘들지만 그래도 한 생명을 구할 수 있는 일이니까 조금만 더 파이팅 해 보자고. 이거 내가 사비로 사는 거다?"
 "으…… 제작비 또 다 썼죠? 피디님 맨날 적자 아니에요? 아니, 우리 프로그램 그래도 평균 시청률이 있는데 제작비 좀 올려 주지."
 음, 일단 여기까지만 듣기로 했다.
 음료 만드는 데 너무 오래 걸려도 좀 그러니까.
 피로 누적부터 풀어야 하기도 하고, 여기서 음료를 마시고 어디 가서 배라도 채워야 하니.
 "주문하신 음료 나왔습니다."
 원래 레몬의 효과에 역발산기개세만 추가로 붙인 레몬

에이드를 내줬다.

이번엔 혼자서 음료를 다 옮길 수 없어서, 아까와 다른 세 사람이 함께 왔다.

아마 이쪽이 막내 라인이지 싶다.

'상태는 그래도 저 피디보단 낫네.'

피로 누적과 우울은 같았지만, 아우라의 상태로 볼 때 좀 더 나았다.

저 피디는 지금 사람들을 다독이며 웃고 있지만, 사실 상태가 제일 안 좋았고.

"와! 이거 엄청 시원할 것 같아요."

"아메리카노 말고 다른 건 오랜만에 마시네요."

"가격도 괜찮은데요?"

컵을 들고 가며 떠드는 소리에 잠시 웃음을 지었다.

막내 라인끼리 사이도 좋네.

그렇게 음료가 사람들에게 돌아가고 잠시 후.

"우와!"

"크으!"

지친 몸에 짜릿한 탄산과 상큼한 레몬 향에 여기저기서 탄성이 나왔다.

그리고 이것만으로도 여기 온 대부분이 가진 칙칙한 아우라가 꽤 옅어졌다.

메인 피디만 빼고.

"오. 이거 괜찮은데? 레몬 에이드가 원래 이렇게 신선한가?"

"보통은 제품 써서 그냥 달고 시기만 한데 여기 거는 진짜 찐 상큼 레몬을 쓴 것 같아요."

"네가 그런 것도 아냐?"

"이래 봬도 카페 알바 좀 해 봤으니까요."

정말 내색은 하나도 하지 않는다.

피로 누적 상태가 풀렸음에도 칙칙한 아우라가 그대로인 걸 보아, 무기력과 우울이 정말 심한 것 같은데 말이다.

그래서 더 신경이 쓰였다.

차라리 티가 나는 게 더 좋을 때가 있었다. 속에서 곪아 손을 쓰지 못할 때까지 참는 것보단 그게 나았으니까.

'근데 접근하는 게 쉽지 않네. 혼자 왔으면 말이라도 붙이겠는데.'

확실히 지금까지와는 다른 패턴의 손님들이었다.

이것도 호랑이 쉼터와 내가 성장해서 일어난 변화일까? 그럴지도 모르겠다.

"사장님. 혹시 여긴 특이한 동물들은 안 내려오나요?"

그때 고맙게도 막내 라인 중 한 명이 말을 걸었다.

원래 스몰 토크는 별로 안 좋아하지만, 지금은 환영이었다.

"특이한 동물은 모르겠고, 가끔 소동물들은 보입니다."

"아하! 아쉽당. 핑계 대고 또 오고 싶었는데."

막내 중 한 명이 슬쩍 눈치를 살피며 말했다. 근데 그 눈치가 왠지 들으라고 하는 소리 같다.

아니나 다를까.

"하하. 알바도 많이 하고 그래서 빠릿빠릿하기도 해서 참 요즘 애들답지 않습니다. 가끔 이렇게 건방져서 그렇지."

메인 피디가 슬쩍 끼어들었다.

팀 분위기가 좋다.

상사부터 막내까지 뭔가 하나인 느낌.

이건 좀 부럽네.

하지만 그래서 더 안타깝기도 했다. 무엇이 이런 팀을 저렇게 힘들게 만들었는지 참.

이제 슬쩍 물어볼까?

"근데 무슨 촬영하시는 건가요? 물어봐도 될까요?"

"아, 그럼요. 뭐 비밀도 아닌데요. 하하! 이번에 장마 때문에 수로에 휩쓸려 간 야생동물 구조하는 겁니다."

"아아, 그렇군요. 고생하시네요."

"저희야 뭐 밥 벌어 먹고살려고 하는 건데요. 뭐, 진짜 고생하는 건 구조가 필요한 동물들이죠."

피디의 말끝에 살짝 씁쓸함이 묻어 있었다.

그 모습을 보니 이 사람, 진짜 하는 일에 진심이구나 싶었다. 그리고 그건 다른 사람들도 마찬가지 같았다.

피디의 말에 다들 얼굴에 씁쓸함이 스치는 걸 보면 말이다.

"아참. 오늘 밤샌다고 들은 것 같은데, 어디서 새는 건가요?"

"아, 바로 아랫마을에 집 하나를 빌렸습니다. 거기를

일단 베이스 삼고 근처에는 텐트를 치고 계속 불침번을 돌아가면서 설 것 같네요."

"불침번이요?"

"아무래도 야생동물은 밤에 움직이는 경우가 많아서요."

불침번이라니. 이건 진짜 극한 직업인데?

물론 나도 현장에서 밤을 새운 적은 있었다.

근데, 텐트까지 치고 그런 적은 없었다. 그리고 보통 그걸 숙직 혹은 야근이라고 하지 불침번이라고는 하지 않았다.

군대에서 빼고.

"텐트까지 치는군요."

"카메라 몇 대 설치 해 두고 베이스캠프에서도 계속 관찰하긴 하는데 조금 거리가 있다 보니…… 아무래도 그래야 될 것 같네요. 그래도 다 텐트 생활 아닌 게 어딥니까? 하하!"

이런 상황에서도 웃을 수 있다니.

이 사람, 진짜 일류였다.

저렇게 할 수 있는 이유는 뭘까? 문득 궁금해졌다. 사명감?

"그렇군요. 그럼 야식 같은 거라도 좀 챙겨 드릴까요? 따뜻한 음료도 같이."

"그럼 좋죠. 물론 도시락도 있고 빌린 숙소에서 라면 정도는 끓여 먹어도 된다고 하긴 했습니다만."

피디의 말에 뒤에서 도시락과 라면은 물린다는 볼멘소

리들이 나왔다.

물론 진짜 그렇다는 뜻은 아니고 장난을 치는 것 같은 분위기로.

하지만 내가 보이겐 어느 정도는 진심이 담겨 있는 것처럼 보인다.

'뭐가 좋을까.'

원래는 이럴 생각이 없었다.

이장님이 그냥 음료나 조금 주라길래, 거기까지만 하려 했다.

그런데 대화를 나누다 보니 그렇게만 하기엔 조금 아쉬운 느낌이었다.

뭔가, 여태 왔던 손님들과 느낌이 다르기도 했고.

제각각인 자신들의 고민과 힘듦을 가지고 오는 손님들은 많았지만, 저들처럼 누군가를 위한 고민을 하는 사람들이 있던가?

"혹시 마을은 어느 집에 머무는지 알 수 있을까요?"

"예? 아, 어디더라? 그 꼬마 여자아이랑 남자 고등학생 친구가 사는 집이라고 하던데, 정확한 위치는 저희도 찾아가 봐야 해서…… 그런데 그건 혹시 왜?"

설명만 듣고도 어딘지 바로 알겠다.

수아, 수호네에 묵기로 했나 보다. 바로 옆집이니 좋네.

"별 건 아니고, 새벽까진 무리지만 야식 정도는 조금 만들어 드릴까 해서요. 뭘 만들어 드릴 지도 한 번 생각해 보고."

"아이구! 안 그러셔도 됩니다. 보온병에 따뜻한 음료 정도만 많이 주셔도 충분히 감사한데——!"

우우우!

순간, 사양하는 피디의 말에 뒤에서 야유가 터져 나왔다.

내가 굳이 그러겠다는데 왜 막냐는 의미였다.

이에 피디는 뒤를 돌아보며 인상을 찌푸렸지만, 다들 찔끔하는 표정을 연기할 뿐 진짜 무서워한 사람은 없었다.

'일종의 전우애 같은 건가.'

다 같이 고생하다 보니 생긴 끈끈함이 보이는 듯했다.

물론 같이 저렇게 고생한다고 해서 다 저런 모습일 리는 없었다.

저 피디가 쌓은 공덕이 자연스럽게 저렇게 따르는 팀을 만들었을 거다.

"바로 옆집이라서 그렇게 부담가지지 않으셔도 됩니다. 저야 어차피 바로 자는 것도 아니고요. 시골이라 밤은 생각보다 심심하답니다."

사실 오늘은 조금 피곤한 날이라서 일찍 자려면 잘 수 있었다. 하지만 또 그러지 않으려면 그러지 않을 수도 있었으니…….

무엇보다 저런 사람이 무기력, 우울이라는 상태라는 게 조금 걸렸다.

보아하니 지금은 그 상태가 레몬 에이드 한 잔으로 호전될 것 같지 않아 보이기도 하고.

그러니 오늘은 나도 야근이었다.

논과 벼로부터 아우라 샤워를 받아서 참 다행이었다. 김정현에게 친화력을 얻은 것도 타이밍이 좋았고.

"으음. 그럼 부담이 안 된다면, 좀 부탁드려도 되겠습니까? 사실 저도 이 레몬 에이드를 마셔보니 야식이…… 벌써부터 침이 고이려고 하네요, 하하!"

"저도요! 사장님 이거 너무 맛있어요읍읍!?"

피디 뒤에서 막내가 또 소리치려다가 옆의 다른 막내 직원에게 제지당했다.

참 재미있는 사람들이었다. 그래서 더 안타깝고.

'진짜 뭘 만들지 한 번 생각해 봐야겠어.'

음료를 다 마신 손님들은 베이스캠프에 짐도 풀고 텐트도 쳐야 한다며 슬슬 일어났다.

누구 하나 싫은 기색 없이 말이다.

"그럼 이따 뵙겠습니다."

그렇게 손님들이 나갔다.

보통의 순서였으면 그들의 맑아진 아우라가 카페에 흘러들어올 차례였지만, 오늘은 아니었다.

여러모로 조금 다른 오늘이었다.

아무래도 텃밭을 조금 둘러보며 뭐가 좋을지 한 번 생각을 해 봐야 할 듯했다.

조금 더 진심을 담아서 만들어 줄 게 있을 테니.

"자, 그럼……."

이제 해가 지기 시작해서 조금 붉게 물든 텃밭은 또 다른 정취를 가지고 있었다.

그리고 그곳의 작물 또한 탐스럽게 익었다.

'음.'

빠르게 주변을 훑으면서 머릿속으로 레시피를 떠올렸다.

그리고 동시에 아까 찾아왔던 사람들이 주로 먹었을 것들도 떠올렸다.

'도시락이라고 해 봐야 짜고 달고 자극적인 거겠지.'

현장에서 정말 간단하게 먹는 거니까 그리 질이 좋진 않을 거다.

조금은 영양도 생각하고 늦은 밤에 먹기에도 부담스럽지 않은 것.

문득 낮에 새참으로 먹은 비빔 국수가 떠올랐다.

물론 당연히 그건 자극적이기도 하고 양념을 똑같이 만들 수 있을지 모르기 때문에 패스였다.

카페라서 그런 양념을 만들 재료도 없었고.

대신 자극적이지 않으면서도 괜찮은 게 떠올랐다.

"이거다!"

신선한 바질과 잘 익은 토마토를 땄다.

그리고 잘 익은 과일들도 땄다.

* * *

수아랑 수호의 집에서 티비 동물 나라 제작진이 잠을

자면 둘은 어디서 자는 건가 싶었는데 이장님 댁에서 잔단다.

아, 수호는 원정 경기 때문에 오늘도 외박.

그래서 호랑이 쉼터에는 오랜만에 야간인데도 손님이 둘이나 있었다.

"왜 집에 안 가고 여기에……?"

수아와 이선아였다.

이장님 댁에서 자기로 했다면서 왜?

"들어 버렸거든요. 아저씨가 야식 만든다는 걸."

"애 혼자 두지 말라고 해서."

수아와 이선아의 목적은 각각 달랐다. 하지만 여기 둘 다 와 있다는 건 같았다.

굉장히 부담스럽게 보면서 말이다.

"뭐예요~? 뭐 만들 거예요?"

"……파스타에 미숫가루 라테."

"우아! 맛있겠다!"

"알았어. 네 것도 만들어 줄 거니까 오버 좀 하지 마."

"헤헷! 아차참! 아저씨, 들었어요? 티비 동물 농장에서 왜 여기 나왔는지?"

넉살 좋게 자기 야식도 챙긴 수아가 물었다.

그러고 보니 그걸 못 들었네.

야생동물이라는 건 들었는데.

"넌 알아?"

"에헴! 저는 들었죠. 뭐게요~?"

집을 빌려주면서 들었던 모양이다.

사실 그렇게 궁금한 건 아닌데, 물어보길 원하는 것 같아서 특별히 물어봐 주기로 했다.

물론 그러면서 손은 분주히 움직였고.

"뭔데? 고라니 같은 건가?"

"땡!"

"토끼?"

"때엥~!"

뭐 죄다 땡이래.

그렇게 신나게 땡을 외치는 사이 두 가지 맛의 파스타 소스를 만들었다.

토마토 베이스 하나, 바질페스토 하나.

지잉~징~!

"타이밍 딱 맞네."

문자가 왔다.

야식을 찾으러 가도 되냐는 문자였다. 수아와 이선아가 같이 있으니 내가 가지고 간다고 했다.

"슬슬 땡은 그만하고, 이거나 들어."

"앗! 야식 배달 가는 거예요? 아싸!"

밤에 배달 가는 게 뭐가 신난 건지 모르겠다만, 이젠 맞추려고 하지도 않았는데 여전히 신나게 땡을 외치며 수아가 앞장섰다.

생각해 보니 수아, 수호네 집에 들어가는 건 처음 같은데……

그렇게 마을로 내려와 수아, 수호 집에 들어서는 순간!
"떠, 떴다!"
안쪽에서 소란이 일었다.

* * *

"자! 다들 침착해. 지금 현장 쪽에 누가 나가 있지?"
"어, 그러니까 막내 둘이랑 구조대 쪽 분 한 분이요."
"얼른 연락해서 바로 움직이지 말고 대기하라고 해. 그리고 구조대장님?"
어수선하던 수아, 수호네 집 마당을 메인 피디가 정리했다.
분위기를 보니 우리가 지금 끼어들 곳은 아닌 것 같은데…… 하지만.
"우아! 뭐예요?"
이미 수아가 달려갔다. 저 녀석도 참.
"넌 뭐 해?"
"컨텐츠."
"허락은 받고?"
"응, 방금 받음. 메이킹 영상으로 컨펌 받고 쓸 수 있으면 쓰기로."
뭐야, 언제 그걸 받은 거지?
이선아의 말에 황당한 표정이 절로 나왔다…… 왠지 주변에 이상하고 대단한 사람으로 가득한 것 같다.

"오! 이걸로 보는 거예요? 실시간?"

"그렇지. 저기 카메라 보면 빨간 불 들어와 있지? 녹화 중이라는 거야."

"앗! 그럼 저도 나가요??"

"그건 아니지, 꼬마 아가씨 나가려면 출연료도 줘야 되는 걸? 아, 우선 출연 동의도 받아야 하고 말이지. 그거 안 하면 무조건 편집이야."

"아하!"

수아는 어느새 메인 피디인 고동석 옆에 딱 붙어서 마치 원래부터 제작진이었던 것처럼 스며들었다.

여기서 따로 노는 건 나밖에 없는 것 같은데…….

"어? 카페 사장님이시죠?"

"아, 예. 아까 연락받았는데 지금 바쁘신가 봐요."

"예. 그동안 애 먹인 녀석이 드디어 보였거든요. 일단 안으로 들어오세요."

막내 라인 중 한 명이 나를 아는 체했다.

다행이다. 조금 뻘쭘할 뻔했는데.

포장한 파스타를 들고 따라 들어갔다.

수아, 수호네 집은 크지 않은 일반 양옥 형태의 집이었다. 시골에 가면 흔히 볼 수 있는 그런 집.

마당도 시멘트로 마감했다.

청소나 관리는 편하겠네.

아마 그걸 염두에 두고 마감했겠지.

주로 학교에서 시간을 보내는 아이들이 살기엔 오히려

낫다.

 왜앵~

 "사람이 많지?"

 랑이가 한쪽 구석에 있다가 나를 보자 달려와서 머리를 비볐다.

 평상시엔 도도한 척 하는 녀석이, 갑자기 많은 사람이 집에 있으니 조금 당황한 모양이다.

 카페에서도 이렇게 많은 사람은 본 적이 없을 테니.

 '오늘은 우리 집에 데리고 가야 하나? 아, 수아가 데리고 가겠구나.'

 랑이를 쓰다듬어 주며 바쁘게 움직이는 제작진을 살폈다.

 당연한 일이지만, 당장 야식을 먹을 수 있는 상황은 아닌 듯했다.

 "구조대 준비되셨나요?"

 "예."

 "그럼 갑시다."

 들어가기 무섭게 제작진들과 구조대 사람들이 자리에서 일어났다.

 그리고 뒤늦게 고 피디가 나를 발견하고는 난감한 표정을 지었다.

 "이거 죄송하게 됐네요. 저희가 지금 가 봐야 할 것 같아서……."

 "피디 삼촌~! 우리도 따라가도 돼요? 절대 방해 안 하구 옆에 조용히 있을게요!"

"어? 음."

언제부터 삼촌이 된 거지?

수아가 고 피디의 옆 붙어서 친한 척을 했다.

고 피디가 조금 난감해하는 기색이라 말리려는데…….

"그러자. 어차피 우리도 구조대분들이 하시는 거 찍는 것뿐이라 수아랑 별반 다를 거 없으니까. 대신 우리랑 딱 붙어 있는 거야?"

"네! 아저씨! 얼른 가요!"

고 피디가 의외로 허락했다. 그새 진짜 많이 친해진 건가?

수아가 눈을 찡긋하며 손을 잡았다. 그리고 제작진을 따라 이동하기 시작했다.

다행히 차에 자리는 있었다.

"일단 완전히 모습을 보인 건 아니라서 당장 현장에 가서도 대기할 겁니다. 그리고 구조대 신호에 따라서 포획이 되면 곧장 현장감 있게 찍을 겁니다."

가면서 브리핑을 했지만 별 건 없었다. 티비에서 봤던 내용 그대로였다.

"삼촌! 질문!"

이에 수아가 손을 번쩍 들었다.

"그래. 꼬마 아가씨. 뭐가 궁금해?"

"인터넷에 막 잡았다고 놔줬다고 또 잡았다가 놔주다가 그림 나오면 그제야 촬영 끝낸다는 소문 있던데 그건 아니죠?"

"어?…… 너도 그런 소문 들었니?"

"들은 건 아니고 그냥 댓글로 봤어요. 아니라고 생각하긴 했지만."

수아의 말에 주변에서 한숨이 나왔다.

확실히 나도 들은 적이 있는 소문이었다. 그렇다면 제작진들은 더 잘 알겠지.

하지만 내 생각엔 진짜 근거 없는 소문 같았다.

카페에서 본모습이나 지금 모습을 보면 그럴 사람들처럼은 안 보였으니까.

물론 사람은 보여지는 것만 믿을 게 못 되지만…….

'그런 사람이면 저런 상태가 될 수도 없겠지.'

내겐 아우라를 볼 수 있는 힘이 있었다. 그래서 소문이 틀렸다는 쪽에 무게가 실렸다.

그러니 야식도 만들어 준 거니.

"그런 소문이 있긴 하지. 근데 아니야. 카메라를 여러 대 설치해 놓기 때문에 컷마다 편집하느라 그런 소문이 난 거지."

"오히려 답답한 쪽은 우리라고. 차라리 그렇게 했으면 영상 편집이라도 더 쉽지. 컷이 많을 테니까."

"그래 맞아. 있는 컷, 없는 컷 모아서 짜깁기하는 게 얼마나 힘든데."

"위에서는 시간 줄일 수 없다고 하고 우린 없는 시간 쥐어짜서 늘려야 하고."

"저희도 오해하는 사람들이 많더라고요. 돈 받고 구조한다고."

수아의 질문이 시발점이 되었을까?

다들 쌓였던 억울함이 터져 나왔다.

그저 순수하게 물었던 수아가 그 기세에 주눅을 들었을 정도로.

그걸 진정시킨 건 역시 고 피디였다. 여기서 제일 억울하고 또 상처를 많이 받았을 사람이 그인데.

"자자. 어차피 우린 아닌 거 알잖아? 지금은 구조에 먼저 집중하자고. 수아야, 네가 한번 보렴. 우리가 어떻게 하는지."

"네에······."

"하하. 그렇다고 수아가 잘못한 건 아니니까 그렇게 풀죽을 건 없어."

오히려 주눅 든 수아를 위로했다.

사람이 참, 된 사람이 아닐 수 없었다.

그럼에도 조금 어색해질 수 있는 시간.

"도착했습니다."

그때 마침 운전하고 있던 구조대원이 도착을 알렸다.

제작진들도 수아에게 괜히 사과하면서 하나둘 내렸다.

"괜찮아. 네 질문에 악의가 없다는 건 다들 알 거야."

"히잉. 진짜요?"

"그래."

그리고 우리도 내렸다.

그러자 익숙한 풍경이 보였다. 아침과 낮에 열심히 일했던 논밭이었다.

"저쪽으로 가시죠. 차는 소리가 나서 놀랄 수 있으니 여기서부턴 걸어야 합니다."

불빛도 최소화한 채로 고동석 피디를 따라 걸었다. 이러니까 진짜 구조대의 일원이라도 된 듯했다.

시무룩했던 수아도 그런 기분인지 언제 그랬냐는 듯 생기 도는 표정이었다.

"넌 뭐가 찍히긴 찍혀? 어두워서 안 보일 것 같은데."

"야간 촬영 가능."

"……그래."

카메라만 잡으면 이상해지는 말투를 쓰는 이선아도…….

그래도 마찬가지로 방해하지 않고 잘 따라갔다.

그렇게 다들 조용히 따라가던 그때!

"쉿!"

갑자기 고 피디가 몸을 숙이며 조용히 해 달라는 사인을 보냈다.

그러자 구조대가 앞으로 나갔다.

"지금 수로 바로 앞에 있는데, 경계를 워낙 많이 해서 도통 완전히 밖으로 나오질 않습니다."

"먹이를 앞에 놔도?"

"예."

미리 와 있었던 구조대원과 제작진 일부가 상황을 설명

하며 정보를 교환했다.

잘 안 보이긴 하지만, 저쪽에 난 농수로 쪽에 구조하려는 게 있는 모양이다.

하지만 난항을 겪고 있는 듯, 그 표정들이 밝지는 않았다.

"목에 뭐가 꼈던데 뭔지는 확인했고?"

"살짝 봤는데 플라스틱 통 같습니다. 아마 그것 때문에 더 경계하는 것 같기도 합니다. 먹이를 먹을 수도 없는 상태 같고…… 오늘 바로 구조 못하면 이거 좀 위급할 것 같은데요?"

"후우— 강제로 꺼낼 방법은 없나?"

"수로 안쪽은 시멘트 구조체라…… 내부 구조라도 알면 좋은데, 카메라를 넣으면 더 안쪽으로 도망갈 테니 그것도 안 됩니다."

얘기를 듣고 있으니 상황이 진짜 곤란한 듯했다.

그런데, 그거 나 아는데.

"수아야. 잠깐만 이것 좀 들어 줄래?"

"엥? 아저씨? 우리 끼어들면 안 돼요……."

속삭이며 만류하는 수아를 뒤로하고 제작진들과 관계자들에게 다가갔다. 그리고 설명해 줬다.

"수로 내부 구조면 간단합니다. 제가 알려 드릴게요."

"예?"

"그러니까 보통 I자로 많이 만들긴 하는데 동물이 숨어 있으려면……."

마침 내가 이쪽 전공이었으니까.

그림까지 그려 가면서 설명해 주자 긴가민가하던 표정들이 금방 수긍하는 얼굴로 바뀌었다.

특히 고 피디는 잠시 생각에 잠겨 있다가 내게 물었다.

"들어 보니, 혹시 그럼 다른 쪽으로 연결된 곳도 있을까요? 이장님은 잘 모르겠다고 하셨는데."

"예, 있습니다. 위로 드러난 수로보다 더 아래 수로로 향하는 하수구가 있을 겁니다. 거기로 가면 사람도 들어갈 수 있죠. 그리고 아마 이 구조라면…… 거기서 손을 뻗으면 잡을 수 있을 겁니다."

"대박! 흡!"

희망을 찾았다고 생각한 걸까? 주변에서 소리를 지르려다가 급히 참았다.

아직 상황이 끝난 건 아니니까.

고동석과 몇 명은, 따로 빠져나와 내가 말한 곳으로 움직이기로 했다.

나머지는 여기서 대기하다가 혹시나 이쪽으로 놀라서 튀어나오면 잡기로 했다.

나는 당연히 고동석 피디와 함께 움직였다.

"여긴가요? 꽤 깊은데…… 조심해야겠습니다. 어두워서 더 안 보여요."

아래로 깊게 파인 하수도로 향하는 구멍을 찾았다.

다들 조심해서 내려간 뒤, 구조대원이 먼저 수로로 들어가는 입구로 진입한다.

"어! 저긴 것 같습니다."

구조대원의 말에 카메라맨과 제작진, 그리고 구조대원들이 움직였다.

수로 안쪽으로 들어가니 사람 하나 들어갈 통로가 위로 하나 나 있었다.

그쪽에 위쪽 수로랑 연결되는 통로가 있는데, 거기서 소리가 들렸다.

끼잉…… 끼잉…….

고통스러운 듯 헐떡이는 소리.

바로 구조를 시작했지만…….

"음…… 이거 조금만 더 이쪽으로 오면 될 것 같은데……."

구조대원들과 제작진들이 신음을 내며 안타까워했다.

코앞에 있는데 구조를 할 수 없다니…… 보는 나도 안타까웠다.

"차라리 밀어 볼까요?"

"지금 상태가 많이 안 좋아서 자극하면……."

구조대원에게서 여기서도 어려운 상태라는 말이 나왔다.

……아무래도 안 되겠다.

"저, 잠깐 제가 봐도 되겠습니까?"

웬만하면 구조 자체에는 나설 생각이 없었는데. 하지만 숨을 헐떡이는 소리를 바로 들으니 그럴 수가 없었다.

"예? 잘못 자극하면……."

"한번 시도만 해 보겠습니다."

말은 그렇게 했지만 다른 생각이 있었다.

구조대원은 잠시 고민하더니 곧이어 옆으로 자리를 비켜 주었다.

아무래도 여기까지 찾게 도와준 덕이 큰 듯했다. 당장 할 수 있는 것이 없기도 했고.

나는 혼자 들어갈 수 있는 통로에 몸을 집어넣으며, 조용히 아우라를 일으켰다.

그리고 어떤 상태인지 살폈다.

'떨고 있구나.'

지금 필요한 재능들이 떠올랐다.

소통, 매력, 조율 등등의 금생 재능과 친화력을 합쳐 아우라를 펼쳤다.

둥— 둥—

따뜻한 품속에서 느끼는 심장박동 소리처럼 아우라가 만들어내는 박동이 조심스레 닿았다.

그러자 떨림과 신음 소리가 줄어드는 게 느껴졌다.

"이리 와. 괜찮아."

다른 사람들은 듣지 못하게 조용히 속삭였다. 그러자 천천히 좁은 수로에서 모습을 드러내는…… 누더기?

저게 도대체 뭘까.

[뭉치]
*상태

―두려움, 공포

뭉치? 그런 동물이 있나?

아! 이름인가? 근데 야생동물에 이름이 있다고?

이상한 것투성이지만 거기에 정신 팔릴 여유는 없었다.

두려움과 공포 아래에 자리한 더 안 좋은 상태들이 보였으니까.

면역력 저하는 기본에 피부병, 못 먹어서 체중미달까지.

그야말로 최악의 상태였다.

'아우라야 제발……'

녀석의 상태를 보니 더욱 간절해졌다. 좀 더, 손을 뻗으면 닿을 수 있는 위치까지만.

사라랑~

이런 내 마음을 알기라도 한 듯, 아우라가 더욱 힘을 냈다.

낮에 아우라 샤워를 받은 보람일까?

끼잉.

"……잡았다. 괜찮아."

손에 닿는 거리에 오자마자 바로 녀석을 잡았다.

녀석이 뭔지는 중요하지 않았다.

"어어!?"

내가 누더기 같은 걸 잡고 내려오자 제작진과 구조대가 난리가 났다.

"상태가 안 좋네요. 여기."

"아!"

"잡았다! 잡았다고!"

벌벌 떠는 녀석을 바로 구조대원에게 넘겼다.

안정도 안정인데 얼른 치료와 머리에 씌워진 페트병인지 뭔지부터 치워야 했으니까.

환호성을 내던 사람들도 그제야 상황을 파악하고 분주하게 움직이기 시작했다.

그리고……

스르릉~

사방에서 아우라가 흘러나와 하수로 안을 가득 채웠다.

* * *

고동석과 제작진, 그리고 구조대원들에게서 흘러나온 아우라가 수로 안을 가득 채웠다.

순간 이곳이 낮인 듯 환하게 느껴진다. 그리고 습하고 기분 나쁜 하수로가 아닌 상쾌하고 산뜻한 곳으로 변했다.

사방에서 기분 좋은 향기가 났다.

무슨 향기인지는 모르겠다. 어쨌든 기분이 좋은 그런 향기였다.

그 아우라의 향기는 일부는 내게로, 또 다른 일부는 구조된 뭉치에게 향했다.

스르륵!

그리고 대다수의 아우라는 주변으로 퍼졌다.

어디로 흘러가는 걸까?

수로를 따라 아우라는 그렇게 흩어졌다. 그리고, 그렇게 무사히 구조가 끝났다.

* * *

고동석의 지시 아래, 상황은 정리가 됐다.

먼저 구조된 무언가부터였다.

누더기처럼 보이는 가운데 머리와 목을 조이던 건 다름 아닌 누군가 버린 일회용 컵이었다.

그것 때문에 밥도, 물도 못 먹고 버텼던 탓에 뭉치의 상태는 최악.

바로 응급조치 후에 동물병원으로 옮겨졌다.

"정말 감사합니다. 덕분에 무사히 구조할 수 있었네요. 물론 아직 지켜봐야겠지만……."

"뭉치. 아니, 쟤는 살 것 같네요. 살고 싶어 하더라고요."

"그렇겠죠? 하하!"

뭉치를 따라 동물병원에 간 제작진들과 달리, 고동석은 아직 여기에 남아 있었다.

이곳의 일을 정리하기 위함이었다.

그리고 바로 내게 감사부터 표했다.

아 참, 뭉치는 떠돌이 강아지로 밝혀졌다.

멀리서 봤을 땐 워낙 누더기라서 야생동물 중 하나가 아닐까 했었는데 아니란다.

강아지였다. 그것도 아직 어린.

추후에 어떻게 될지는 모르겠지만, 일단은 동물병원에서 상태가 호전될 때까지는 지켜본다고…….

"이번 제작비도 병원비로 다 나가겠네요."

그때 고 피디와 함께 남은, 자신을 작가라 소개한 여자 제작진이 그리 말해 왔다.

그리고 보니까 카페에서도 그런 말을 했었지. 제작비가 부족하다고.

그래서 사비로 내는 거라고.

이야기를 들어 보니 이런 적이 한두 번이 아닌 듯한데…… 그렇게까지 인가?

"제작비로 병원비가 많이 나가나 봐요?"

"아무래도 그렇죠. 물론 동물병원에서도 최대한 편의를 봐주긴 하지만, 약부터 치료에 드는 모든 게 다 비싸니까요. 제아무리 원가 가깝게 해도 금방금방 다 써 버리네요."

"아하."

동물병원비가 비싸다는 사실은 알고는 있었다.

하지만 그게 그 정도일 줄은 몰랐네.

문득 예전에 봤던 방송이 떠올랐다. 내 기억에 있는 것만 해도 한두 마리를 구조하는 게 아니었지.

가끔은 농장 같은 곳에서 학대당하는 동물들을 단체로 구조하기도 했다.

그냥 방송으로 볼 땐 생각하지 않았던 부분인데, 그런

것 하나하나를 생각하면 들어가는 돈이 장난이 아닐 거 같다는 생각이 든다.

"고생하시네요."

"그렇긴 한데, 뭐. 괜찮아요. 누구 말처럼 고생할 줄 알고 따라온 거니까."

작가가 슬쩍 고동석을 보며 말했다. 그는 그 시선에 머쓱한 듯 뒷머리를 긁적였다.

음, 이건 무슨 신호지?

"저 따라오면 힘들 거라고, 다른 좋은 프로그램 가라고 했었거든요. 하하."

"착각도 유분수지. 피디님 따라간 게 아니라 그냥 이 프로그램이 좋아서였는데 말이에요."

멋쩍은 표정의 고동석과 어이없다는 표정의 작가가 서로를 보며 말했다.

말은 안 했지만, 그 모습에 느껴지는 게 있었다. 이 사람들은 정말 자신들이 하는 일에 신념을 가지고 있구나. 하는…….

'이런 사람들도 있구나.'

자신을 위해서 살아가기도 벅찬 세상이다. 그런데 그렇지 않은 사람들도 있었다.

아마 이런 사람들 덕분에 아직 좋은 세상이 남아 있는 걸까?

뭔가 참 몽글몽글하고 따뜻한 기분이었다.

"방송은 여기서 구조하는 모습하고 병원에서 치료받는

모습을 크로스해서 나갈 겁니다."

뒤이어 고동석은 남은 일들을 정리하기 시작했다.

우선 숙소부터.

원래 당분간은 수아, 수호의 집에서 머물기로 했지만, 다행히 일찍 구조가 돼서 그럴 필요는 없었다.

일부만 동물병원에서 대기하고 또 내일 아침 추가 촬영만 조금 하면 된다고, 오늘은 이만 철수하기로 결정했단다.

"이건 저희가 들고 가서 먹겠습니다. 늦은 시간인데도 고생해 주셨는데…… 뭔가 죄송하네요."

"아닙니다. 좋은 일을 하는 거였잖아요? 고생하셨습니다."

"저희보다 사장님이 다 하셨죠. 하하, 진짜 어떻게 하신 건지 아직도 신기합니다. 겁먹어서 꽁꽁 얼어붙은 동물은 절대 그렇게 사람한테 안 오는데요."

고동석이 신기하단 듯이 하는 말에 어깨를 으쓱하며 화제를 돌렸다.

"구조대분들이 다하신 거죠. 마침 저는 타이밍이 좋았고. 그나저나 영상은 괜찮겠습니까?"

"걱정 마십시오. 편집하면 됩니다. 하하."

사실상 구조하는 장면 자체는 찍지 못했으니까.

제작진이 아니었던 내가 나선 것도 있고…… 애초에 안을 살펴본다고 했지, 구조한다고는 하지 않아서 놓친 거다.

그래서 그 장면이 중간에 붕 뜰 수도 있었다.

하지만 고동석은 괜찮다는 듯, 손사래 치며 신경 쓰지 말라고 했다.

이런 경우가 아예 없었던 건 아니란다.

하긴, 짜고 치는 거면 모를까. 현장에선 이런 일이 비일비재하겠지.

'오히려 이게 조작이 아니라는 증거이기도 하네.'

방송으로만 보는 사람들은 어떻게 느낄지 모르겠지만 말이다.

그런데 문득 궁금해졌다.

왜 이렇게까지 하는 건지.

본인이 스트레스를 받으면서, 사람들의 오해를 받으면서까지 그러는지.

"정말, 덕분에 우리 때문에 고통받은 소중한 생명을 살릴 수 있었네요."

"아."

우리 때문에 고통을 받았다……

듣고 보니 수긍이 갔다.

그래서 이렇게까지 했던 거였구나.

그는 일종의 부채감을 가지고 있었던 듯싶다. 결국 여기저기 함부로 버려진 페트병으로 죽을 뻔했던 거니까.

슬쩍 고동석의 상태를 살폈다.

우울과 무기력은 사라졌다.

하수로에서 유기견을 구하는 순간, 모두에게서 터져 나

온 아우라의 영향을 받은 것은 고동석도 예외는 아니었다.

아니, 오히려 더 진하고 아름다운 향기를 품은 아우라를 뿜었다.

그의 우울과 무기력은 업무의 부담이나 세간의 시선이 아니라, 그저 한 생명이 꺼져 가는 걸 무력하게 보는 것에서 생긴 것이다. 그러니 구조로 해결하는 순간 사라진 것이고.

'생각보다 더 강한 사람이었네.'

그리고 바른 신념이 서 있는 그런 사람.

이런 이가 아우라를 회복했으니, 앞으로 쉽게 무너지진 않을 거다.

물론 가끔 이렇게 좋은 일도 있어야겠지만.

"그나저나 지금 생각해도 참 신기한 일이네요."

"예?"

"경계심 많던 아이가 사장님 품에 조용히 안겨 있길래요. 심지어 구조대원이 안을 땐 또 경계하고 있던데……."

"그냥 우연이겠죠. 많이 지쳤으니까 잠깐 기댔다가 살 수 있을 것 같으니까 성격 나온 걸 수도."

"그렇겠죠? 하하! 사장님한테 그런 힘이 있으면 바로 섭외하고 싶은데 아쉽네요."

음, 그런 힘이 있는 건 사실이지만, 섭외까지는 조금…….

아무리 좋은 사람이라지만 역시 방송국 놈들은 믿는 게 아니랬다.

고동석은 계속 뭔가 아쉬운 듯했지만, 은근슬쩍 화제를 돌렸다.
"피디님, 이제 가요. 자자! 다들 수고했습니다!"
작가가 상황을 정리했다.
그렇게 제작진들이 모두 떠나가고.
"우리도 가자."
"아저씨. 배고파요……."
"야식 먹을래?"
"앗! 좋아요!"
이선아도 고개를 끄덕였다.
제작진들에게 만들어 줬던 파스타와 미숫가루 라테는 그들이 가져갔다. 편집하러 가는 피디들이 나눠 먹는다고 했다.
하지만 아직 소스도 넉넉하게 남았으니 새로 만들기 어렵진 않다. 야식으로 먹을 정도는 금방 만들 수 있다.
별로 한 건 없었지만 나도 좀 출출하니…… 그렇게 늦은 시간에 카페에 불이 켜졌다.
메뉴는 바질 페스토 파스타와 미숫가루 라테로 제작진에게 만들어 준 것과 같았다.
"이건 오늘 논밭 주인 할아버지가 주신 거야."
"앗!"
우선 미숫가루 라테부터.
라테라고 했지만, 그냥 미숫가루를 우유에 탄 거였다. 거기에 꿀을 조금 넣고.

그런데 미숫가루에 뭐가 섞였는지 엄청 고소한 냄새가 났다.

"으으음~ 맛있어요!"

"그러네."

냄새뿐만 아니라 맛도 좋았다.

꿀의 단맛을 빼도 고소한 향이 입과 코를 가득 채운다. 거기에 출출한 밤에 먹기 딱 좋았다.

살짝 든든하면서도 부담스럽지 않은 느낌.

다만 문제점이라면······.

"더 배고파졌어요!"

식욕을 아주 폭발시켰다는 점에서 야식으로는 안 좋을 수도······.

수아의 성화에 얼른 파스타를 만들기 시작했다.

우선 면부터 삶았다.

푹 익히지 말고 적당히 익으면 팬에 옮겨 담는다. 그리고 바질 페스토를 듬뿍 떠서 넣고 비비듯 볶으면 끝.

"그건 어떻게 만들었어요?"

"페스토? 바질을 엄청 열심히 갈았지. 잣도 볶아서 갈고."

페스토가 있어서 파스타는 간편하게 만들 수 있지만 정작 페스토를 만드는 게 힘들었다. 계속 손으로 갈아야 했거든.

믹서에 갈아도 되긴 하는데······ 그러면 향이 조금 아쉬울 수 있다.

그래서 직접 손수 갈았다.

팔이 떨어져 나가라 갈고 찧고.

그렇게 만든 바질 페스토는······.

"와! 향이 엄청나요!"

다행히 원하던 대로 엄청 향긋한 향을 품으며 파스타로 만들어졌다.

볶은 잣이 내는 고소한 맛과 바질의 향긋함을 올리브유가 감싸고, 소금과 후추가 부족한 간을 맞춘다.

둘 다 정신없이 파스타를 마시듯 먹는 모습에 나도 한입 먹었다.

산뜻하면서 부담스럽지 않은 파스타였다.

이 정도면 카페에서 브런치로 내어 놔도 괜찮을 듯.

물론 지금은 브런치도 아니고, 디너도 한참이나 지난 시간이긴 했지만. 아무튼 가볍게 먹기 딱 좋았다.

"이건 가져가서 면이랑 비벼 먹으면 돼. 초록색 고추장이라 생각하고 써."

"아싸~!"

하도 잘 먹길래 남은 바질 페스토는 수아와 이선아에게 가져가라고 했다.

이것만 있으면 정말 간단하게 파스타를 해먹을 수 있으니까.

그렇게 배가 적당히 부른 야식 시간도 끝이 났다.

엄청나게 길었던 하루도 이제 끝을 향해 간다.

"선아 넌 편집하고 잔다고?"

"응."
"그래, 너도 고생하네."
물론 아직 끝나지 않은 사람도 있었지만.

* * *

주말 아침.
카페에 사람들이 모였다.
이게 무슨 일이냐면…….
"에헴! 나중에 제가 아이돌이 되면 자료화면으로 나갈 수도 있다고요. 그러니까 다들 본방 사수!"
수아 때문이었다.
티비 동물 나라를 본방 사수해야 된다며 사람들을 불러 모은 것이다.
한송이, 이선아, 그리고 수호, 이장님까지.
다들 수아의 초대에 아침부터 카페로 모였다.
"아니, 그럼 너희 집에서 모이지 왜 여기로?"
"여기가 넓잖아요."
그건 그렇긴 한데…….
수아의 말에 반박할까 하다가 말았다.
그래 봐야 또 T세요? 란 말만 듣겠지.
무엇보다…….
"허허! 마을에 젊은이들은 다 모였구먼."
이장님이 좋아하셔서 뭐라 할 수 없었다.

동네의 젊은 사람들끼리 친하게 지내는 것 같아서 아주 만족하시는 듯했다.

"다들 음료 주문해 주세요."

"서비스?"

"아닌데?"

"칫."

이선아가 혀를 찼다.

쟤는 왜 자꾸 서비스에 집착하는 거지? 돈도 잘 번다고 하더만.

물론 서비스를 안 줄 이유도 없긴 하지만, 저 모습이 웃겨서 괜히 장난을 치게 된다.

"민초푸! 아저씨 저는 민초푸요!"

수아를 시작으로 하나씩 주문을 했다. 그리고 주문받은 음료를 만드는 사이,

"오오!"

수아의 소란스런 리액션과 함께 이선아가 들고 온 노트북에서 방송이 시작됐다.

그리고 잠시 후.

"엥? 왜 저는 안 나와요!?"

수아가 통통한 볼을 감싸 쥐었다.

당연하지. 고동석이 우리는 편집한다고 했으니까.

어쩔 수 없었다. 갑자기 방송 주제와 관계없는 일반인들이 등장하면 사람들이 '이게 대체 뭔 내용이지?' 싶을 테니까.

구조에 직접적으로 관련된 나도 편집됐는데 수아나 이선아만 남아 있을 리가 없었다.
 "자, 이거 마셔."
 얼른 마실 걸 들고 가서 줬지만, 수아는 이미 그게 입으로 들어가는지 코로 들어가는지 모를 정도로 화면을 뚫어지게 쳐다보고 있었다.
 그러나 아무리 봐도 수아는 나오지 않는다.
 '편집이 아주 귀신인데?'
 이러니까 조작설이 생기는 걸지도?
 되레 너무 편집을 잘해서 말이다.
 "히잉."
 하지만 그래서 수아는 더욱 실망했다.
 그때!
 "자, 내 거 봐."
 이선아가 자기가 편집한 영상을 슬쩍 틀었다.

* * *

 S 방송사의 편집실.
 "선배님. 이거, 이렇게 하면 또 조작이라고 말이 나올 것 같은데요? 후우— 한 번 보세요."
 "음……."
 편집된 영상이 화면으로 재생이 됐다.
 그걸 보던 고동석은 침음을 흘렸다.

후배 피디의 말처럼 그렇게 보일 수밖에 없는 영상이었다.

왜냐면 정작 구조되는 장면이 없고, 갑자기 구조대원의 품에 안겨 있는 모습으로 연결이 됐으니까.

천유진이라는 카페 사장을 지우면서 어쩔 수 없이 이렇게 됐다.

'괜찮다고 호언장담은 했다만…….'

아예 괜찮은 건 아니었다.

이 바닥에 하루 이틀 있던 것도 아니고, 벌써부터 사람들이 수군거리는 소리가 들려오는 듯했다.

방송 반응 확인차, 어쩔 수 없이 봐야 하는 댓글들이 눈앞을 어른거리는 것 같기도 했다.

신들린 편집이 오히려 독이 되는 상황.

하지만…….

'우린 옳은 일을 했어. 우리가 당당하면 되는 거야.'

속사정의 모르는 사람들의 비난보다, 이번에 이뤄낸 것들이 주는 기쁨이 더 컸다.

그러니까 그거 좀 의심받고 오해받는 정도는 괜찮았다.

그리고…….

"괜찮아. 이미 방법을 다 만들어 놨으니까. 게다가 위에서도 승인 났잖아?"

"국장님이야 좋다고 하겠죠. 욕은 우리가 다 먹으니까. 그래서, 그 방법이라는 건 뭔데요?"

"있어. 기다려 보면 알 거야."

후배의 말에 고동석은 피식 웃으며 어깨를 두들겨 줬다.
툴툴거리면서 말해도 굳이 자기 밑에 계속 있겠다는 후배였다.
일 잘해 놓고 늘 조작으로 오해받아서 힘 빠질 텐데도……
그래서 고맙고 든든했다. 그러니 이번엔 좀 다를 것이다.
"에휴~ 어쩔 수 없죠. 넘길게요. 제발 이번엔 조금 덜 하기를 바라야겠네요."
후배는 그런 고동석의 마음을 안다는 듯 피식 웃으며 마무리했다.
그리고 대망의 방송 날.
편집실에 다들 모여서 방송을 시청했다. 동시에 영상 반응도 옆에 띄웠다.
—장맛비가 세차게 내리던 어느 날 발견된 정체불명의 야생동물?
—이게 뭐라고 보이나요?
—글쎄요. 너구리?
—뭐가 삐죽 솟은 것이 닭인가?
—뭔 소리여~ 네 발이잖여. 딱 보니 고라니 새끼네!
나레이션과 함께 주변 사람들의 인터뷰가 나왔다. 그리고 제작진이 발로 뛰어다니며 정체불명의 무언가가 있을 곳을 찾는 모습으로 연결이 됐다.
"누가 편집했는지 기깔나게 했네."
누군가 툭 던지듯 내뱉은 소리가 들려온다.

하지만 그 누구도 그 말에 반응하지 않았다. 아니, 못했다.

영상과 영상을 본 시청자들의 반응을 살피기 바빴으니까.

하지만 반응을 보는 편집실 사람들의 표정은 밝지 않았다. 아니나 다를까 벌써부터 조작에 대한 말이 나오기 시작한 것이다.

모두의 입에서 한숨이 새어 나오기 시작했다.

그렇게 영상은 어느새 구조 장면으로 바뀌고, 피디가 구조대원들과 급박하게 하수로를 찾아 들어가는 장면부터는 아예 조작이란 말로 도배가 됐다.

저길 알면서 왜 이제야 들어가냐는 둥. 이미 다 만들어 둔 판을 동물을 희생시킨다는 둥.

예상했지만 오늘따라 그 정도가 심하다고 느껴졌다.

하긴, 천유진이 나오는 부분이 삭제되는 걸 모르는 시청자의 입장에서야 그럴 수밖에.

뭉치가 구조된 후 동물병원으로 옮겨져 치료받는 모습을 끝으로 방송이 종료되었지만, 방송이 끝났어도 사람들의 성화는 멈추지 않고 더욱 거세졌다.

웃긴 건 이걸 승인했던 윗선에서도 반응을 봤는지 이번엔 자기들도 쉽게 못 넘어가겠다는 문자를 남겼다는 거다.

이에 모두가 힘이 빠진 듯한 표정을 짓고 있던 그때.

"엥? 뭐 하십니까?"

"아직 안 끝났어."

방송이 끝났는데 아직 안 끝났다니?

다들 의아한 표정으로 고동석을 봤다. 하지만 그러거나 말거나, 고동석은 방금 너튜브에 올라온 영상 하나를 계속 보고 있었다.

"이거면 충분해."

그곳엔 윗선에서 승인이 나지 않기에 따로 전달할 수 없던 것들이 모두 담겨 있었다.

어떻게 보면 고동석이, 그리고 자기 팀들이 전달하고 싶었던 진심들이.

"피디님, 이거……."

"대박."

* * *

이선아가 찍고 편집한 영상은 두 가지 효과가 있었다.

바로 수아의 엄지척!을 받는 효과가 하나.

그리고…….

―와 제작진들 진짜 고생하네.

―조작은 무슨, 개고생하고 그런 소리 들으면 진짜 할 맛 안 나겠는데.

―나였으면 진작 때려치웠음.

―다들 고생하셨고, 뭉치도 잘 살기를.
―쓰레기 좀 버리지 맙시다, 진짜.
―강아지 키우다 버릴 거면 키우지도 말고.

일종의 메이킹 영상 개념의 컨텐츠였기에 사람들은 볼 수 있었다. 화면의 뒤에서 티비 동물 나라 제작진들이 얼마나 고생하고 진심이었는지를.

날것으로 전해진 제작진의 모습들은 그만큼 임팩트가 강했다.

처음 제작진을 봤을 때 그 모습이 어땠던가, 한 눈에도 정상이 아닌데? 싶었다.

어떤 음료를 줄지 고민할 정도로.

그것은 제아무리 영상이라는 필터를 통해 전한다 해도 넘칠 만큼 많은 정보를 전달했다.

물론 그 와중에도 못 믿는 사람들은 여전히 믿지 않고 제 할 말만 했지만.

그건 어쩔 수 없었다.

안 믿기 위해서 못 믿는 사람을 어떻게 설득할까.

"이게 이렇게 되네."

그럼에도 대다수는 고생하는 제작진을 향해 찬사를 보냈다.

작게나마 위로의 말이나, 응원의 댓글까지.

이렇게나마 그들의 진짜 모습을 알리게 되니 나도 마음 한편으로 조금 편해졌다.

고동석과 제작진들의 아우라 상태가 좋아지긴 했지만, 잘못하다간 또 사람들의 시선에 다시 악화될 수 있었는데…….

"잘했네."

"히히! 잘했죠? 근데 언니 영상에도 아저씨는 얼굴 안 나오는데."

"응? 아, 괜찮아."

이선아에게 잘했다는 거였지만 수아도 뭐, 잘했다면 잘했다.

우리를 제작진이 있는 곳에 끌고 가거나, 거기에 자연스럽게 스며든 것도 수아였으니까.

그리고 내 얼굴이 안 나오는 건 오히려 좋았다.

영상에서 목소리나 몸은 슬쩍슬쩍 나왔지만, 그 정도는 어차피 나인지 모를 테고.

'귀찮은 일만 안 생기면 나쁠 게 없지.'

안 그래도 티비 동물 나라나 이선아의 영상 둘 다 지역이 특정되진 않았다.

기껏해야 어디의 깊은 산골~ 같은 수준?

아마도 지역 자체의 이슈나 외부인들의 이야기로 생길 후폭풍의 방지 겸, 잡다한 주변이 아닌 사연 자체에 집중하게 만들기 위한 오래된 프로 나름의 노하우겠지만.

그게 이쪽에선 크게 도움이 된 것이다.

선아야 뭐…… 평소에도 자기 관리를 위해서 어느 동네인지 밝히지 않아 왔고.

아무튼.

"허허. 그럼 나는 이만 가 봐야겠군."

"저도 연습 때문에 먼저 가 볼게요."

이장님은 일이 바쁘다며 먼저 떠났다. 밭일도 많은데 시간을 많이 쓰긴 하셨다.

수호도 주말이지만 연습이 있었고.

나머지는…….

"아쉽다아~ 나도 알았으면 좋았을 텐데."

"언니한테도 연락했는데요?"

"그날은 집에 가자마자 뻗어서 어쩔 수 없었어."

한송이는 조금 아쉬워했다.

하필 그날 고된 일을 해서 못 왔으니까.

그걸 생각해 보면 이장님의 이선아 트레이닝은 생각보다 더 효과가 있어 보인다.

논에서 같이 일했는데도, 이선아는 멀쩡했던 걸 보면 말이다.

"아 참! 그리고 보니 그 바질 페스토, 저는 안 주시는 거예요?"

"아, 그거요? 드릴까요?"

"네!"

"계산 도와드리겠습니다. 손님."

"앗!"

내 장난에 깜짝 놀라는 반응을 보이는 한송이의 모습에 피식 웃으며 바질 페스토를 담은 병을 꺼냈다.

이번에 하면서 맛이 괜찮은 것 같아서 조금 더 만들어 됐다.

문제는 어차피 들이는 공은 적으나 많으나 비슷하기에, 생각보다 더 많이 만들어졌다는 것.

어차피 보관 기간이 길진 않으니, 다 먹지 못해서 버리는 것보다는 낫지.

"감사합니다!"

"뭘요. 이웃끼리."

이선아와 수아가 옆에서 묘한 눈빛으로 쳐다봤다.

"방금 되게 의미심장했어요. 속내를 숨긴 악당 같은."

"음모 클리셰인데."

이것들이 나를 뭐로 보고…… 물론 틀린 건 아니다만.

"어머 부탁하실 일이 있나요?"

하는 수 없지. 들킨 이상 바로 말하기로 했다.

그것은 바로.

"아, 그게…… 이번에 명함 겸 쿠폰을 만들려고 했거든요."

"아하! 그럼 로고가 필요하시겠네요?"

"예. 근데 이게 쉽지 않네요."

전에 말했던 명함 겸 쿠폰의 제작에 관련된 일이었다.

결국 어중간하게 마무리됐으니까.

그래서 기왕 이렇게 된 거, 이쪽 전문가의 도움을 받고자 했다.

그러자 한송이는 잠시 턱에 손을 얹으며 고민하더니.

"음…… 로고라면, 저보다는 친구가 더 잘하는데."

"친구요?"

"네! 예전에 절 여기 데려왔던 그 친구요. 걔가 시각 디자인과 나왔거든요."

그러고 보니 한송이가 처음 왔던 게 친구와 함께 온 거였지. 아마 수아, 수호 말고 첫 손님이었던 걸로 기억한다.

텃밭에서 텍스트창도 처음 보고 손님에게서 아우라도 처음 봤던.

생각해 보면 한송이가 여기로 이사 올 때도 비슷한 걸 말했던 거 같다.

친구랑 같이 일을 하게 됐는데, 종종 올 수도 있다고.

"친구한테 한 번 물어볼까요?"

"그래 주시면야 감사하죠. 아, 물론 비용은 드리겠습니다."

"에이~ 괜찮아요. 이웃끼리."

내가 했던 말을 그대로 돌려주며 한송이가 손사래를 쳤다.

그러자 수아와 이선아가 품! 하고 웃음을 터트렸다.

사이가 참 좋네, 좋아.

"그럼…… 응?"

사라랑~

슬슬 자리를 정리할까 싶었는데 갑자기 아우라가 불어왔다. 정말 갑작스러워서 어디서 불어오는 아우라인지도 알 수 없었다.

'갑자기? 왜?'

카페에 있는 일행이 뿜는 아우라는 아니었다. 그랬으면 바로 알았겠지.

그럼?

살랑~ 살랑~

카페로 불어온 아우라는 마치 여름의 바람처럼 찰나를 스쳐 갔다.

아주 짧은 찰나.

하지만 그 순간 느낄 수 있었다. 이 아우라가 어디서 오는 것인지.

'제작진들!'

그때 뭉치를 구조하면서 한 차례 맑은 아우라를 뿜었다. 마치 논밭에서 받은 아우라 샤워와 같은 느낌으로.

그래서 그걸로 이번 손님들이 주는 건 끝인 줄 알았는데……

그런데 그게 아니었나 보다.

사라라랑~

한 사람, 한 사람의 아우라가 스쳐 지나갔다.

그리고 마지막.

'고동석 피디.'

그의 아우라 또한 날아왔다. 다른 이들보다 월등히 밝고 맑은 아우라였다.

그것은 카페 주변에, 그리고 내게도 날아와 스며들었다.

〉고동석의 신념

"응?"
 당연히 편집 관련이나 그런 재능이 흡수될 거라고 생각했는데 아니었다.
 근데 신념이라…… 뭔지 알 것 같기도.
 그 사람에겐 분명 선한 의지가 담긴 신념이 있었으니까.
 어쨌든 얻은 재능은 왜 이게 들어왔는지보다는, 이걸 어떻게 쓰느냐를 생각하는 게 더 중요했다.
 '희생이랑 같이 화생의 재능이네?'
 그렇다면 아마 아우라를 소모해서 뭔가 효과를 불어넣을 수 있는 재능이라는 말이었다.
 이미 희생의 효과는 꽤 여기저기서 쓰고 있으니, 유용한 걸 얻은 셈이다.
 "왜요? 무슨 문제라도 있어요?"
 "예? 아, 아닙니다."
 앞에 사람이 있는지도 모르고 너무 아우라만 보고 있었네.
 한송이가 고개를 갸우뚱하며 물었다.
 무슨 말을 하고 있었더라?
 아! 명함 겸 쿠폰 얘기를 하고 있었지?
 "방금 하나한테 연락해 봤는데, 조만간 오겠다네요. 그때 얘기하시면 될 것 같은데 어떤가요?"

"좋습니다. 감사합니다."

그러자 한송이가 쑥스러운 듯 배시시 웃는다. 이번에 도움을 받으면 제대로 보답해야겠다.

근데 뭘 해 주지?

'카페에서 해 줄 수 있는 게 음료랑 빵밖에 없는데…… 아 참! 우유가 다 떨어져 가는데.'

깜빡할 뻔했다.

바로 배준호에게 문자를 남겼다. 그런데 역으로 전화가 왔다.

"예. 안녕하세요."

—아, 예. 봉황 마트 배준홉니다. 그게 죄송한데, 당분간 우유 공급이 어려울 수도 있을 것 같아서요.

어?

"우유가요?"

—예, 문제가 조금 생겨서…… 당장 급하신가요?

"아니요. 아직 쓸 게 조금 남긴 했는데…… 혹시 무슨 일인지 알 수 있을까요?"

—아, 그게…….

갑자기 일이 생겼다니 놀라서 물어봤다.

뭔가 문제라도 있는 건지. 하지만 다행인지 불행인지 봉황 마트의 문제는 아니었다.

"음, 그렇군요. 일단 알겠습니다."

—예. 죄송합니다.

"아뇨. 배준호 씨 잘못도 아닌데요. 그래도 다행입니다.

기약이 없을 수도 있는데 미리 얘기를 들어서."

―양해해 주셔서 감사합니다.

일단 그렇게 배준호와 연락을 끊었다.

"엥? 누구예요? 봉황 마트면 배 할아버지네 아니에요?"

"아, 수아 넌 알지?"

듣고 있었는지 수아가 물었다.

비밀은 아니라서 간단하게 설명해 주기로 했다.

이건 수아에게도 중요한 문제니까.

3장

왜냐면 민초푸에도 우유가 들어가니까.

민초푸 귀신인 수아는 알고 있어야 했다.

"당분간 우유 공급이 어려울 수 있다고 하네. 그래서 민초푸를 못 만들 수도 있어."

"앗! 왜요!?"

"마트에 우유 공급하던 곳에 문제가 좀 있나 봐. 그게 해결될 때까진 그렇다네."

"히잉."

수아가 시무룩한 표정을 지었다.

누가 보면 민트 초코 프라푸치노를 먹는 맛에 사는 아이인 줄 알겠네. 아, 틀린 말은 아닌가.

아무튼 안타깝지만 이건 내가 해결할 수 있는 일이 아

니었다.

"농장에 무슨 일인데요?"

"그것까진 못 들었는데."

"젖소가 아프기라도 한 거 아니에요?"

"그럴 수도 있지."

"그럼 아저씨가 가서 안 아프게 해 주면 되겠당!"

"응. 안 되겠당."

내가 그걸 어떻게 해결해?

수아의 말에 어이없다는 듯 되받아쳤다.

수아의 볼이 또다시 뽀로통해졌지만 나라고 기분이 좋은 건 아니었다. 카페에는 우유를 쓸 일이 많으니까.

'마트에서 사야 하나?'

하지만 그러자니 품질이 아쉽다.

봉황 마트에서 받는 재료는 일반적으로 대량으로 떼어 오는 게 아니라, 직접 농장과 계약해서 가져오는 듯했다.

그래서 효과가 붙어 있진 않아도 거의 최상급의 질을 가지고 있었다.

그런 걸로 만들다가 일반 마트에서 사서 쓰면 맛에 조금 차이가 있을 것 같은데······.

"흠."

게다가 봉황 마트에서 받는 건 후원 형식이라 따로 돈을 내지 않았다는 점도 컸다.

이후 배홍석 할아버지에게 괜찮다고 말을 해도, 언제나 허허 웃으며 사양하셨으니까.

대신 늘 카페에 오는 손님들에게 편한 쉼을 제공해 달라고 부탁했지.

　그거야 당연한 건데 말이다.

　'무슨 일인지 몰라도 잘 해결됐으면 좋겠네.'

　"그럼 라테 종류도 당분간 못 먹는 건가요?"

　"음, 아무래도 그럴 수도 있을 것 같습니다."

　그 말엔 한송이도, 이선아도 아쉬움을 표했다. 아무래도 자주 오는 단골들이라 더 아쉬워했다.

　"여기 거 말고는 이제 못 먹겠는데."

　"맞아. 나도 얼마 전에 읍내에 나가서 카페에 가서 먹었는데…… 맛이 없는 건 아니지만 자꾸 여기 음료가 생각나더라고."

　그때 수아가 벌떡 일어나서 소리쳤다.

　"언니들! 우리가 가자요!"

　"응?"

　"우리가?"

　"어딜?"

　"당연히 그 농장이죠! 가서 우리가 문제를 해결하는 거예요!"

　와…… 정말 애만 생각할 수 있는 발상이었다.

　납품 문제를 자기들이 해결해 보겠다니.

　어처구니가 없어서 참신하기까지 한 이야기다.

　문제는…….

　"그럴까?"

"오, 컨텐츠."
두 어른이가 그 의견에 동참했다는 것이다.
아니, 근데 이 사람들이 진심인가?
이선아야 그렇다 치고 한송이는 또 왜 저래? 일은 안 하는 건가?
가끔 밤낮없이 하는 것 같긴 한데…… 어째 노는 시간이 더 많은 것 같기도 하고?
예전에 상태 안 좋았을 때를 생각하면 나쁘진 않다만, 그래도 이건 아니지.
"어딘지 알고 가는 건 그렇다 치고, 가서 어떻게 하려고요?"
"그건 일단 가서 생각해야죠! 거기가 어디예요? 이럴 게 아니라 지금 가요!"
수아는 진짜 진심인 듯했다.
그리고 다른 둘도.
이런, 이장님과 수호를 먼저 보낸 게 실수였다.
둘이 있었다면 이 폭주 기관차가 진화됐을 텐데…… 최소 저 셋 중 둘은 잡혀서 집으로 돌아가게 됐겠지.
그런데 지금 이 사람들을 말릴 사람은 나뿐이었다.
"자, 다들 침착해요. 주말이라 심심한 건 알겠는데, 남의 농장에 막 찾아가고 그럴 순 없을 겁니다. 절차라는 게 있잖아요? 그리고 문제가 있는데 괜히 저희가 가서 방해만 하면 일이 더 늦게 해결될 수 있어요."
일단 일어선 수아부터 다시 앉혔다. 그리고 차분하게

설득하려고 했다.

그런데 이 사람들, 눈이 이미 약간…….

"주세요."

"뭘요?"

"번호나 주소요."

"저도 그건 모르는데요?"

한송이의 말에 고개를 저었다.

시침 떼는 게 아니라 진짜 몰랐다. 배준호에게 그런 것까지 물어보진 않았으니까.

"저 알아요!"

"어? 네가 어떻게?"

그런데 수아가 손을 번쩍 들며 소리쳤다. 쟤가 그걸 어떻게 알지?

"배 할아버지한테 물어봤죠! 프히히!"

"아니, 배홍석 할아버지랑 네가 어떻게…… 아."

수아라면 번호쯤은 있을 법했다.

할아버지가 있을 때부터 알고 지냈다고 했으니까.

그렇다고 바로 이렇게 알아낼 줄이야…….

"심지어 가까워요."

"왜?"

아차, 나도 모르게 반사적으로 삐딱한 말이 튀어나왔다. 물론 수아는 신경도 안 썼다.

"가까우니까요?"

"어머! 잘 됐다. 그럼 바로 가자!"

수아와 한송이가 일어나자 이선아도 고개를 끄덕이며 카메라를 주섬주섬 꺼냈다.

아니, 저게 어디서 나오는 건데? 그보다 진짜 간다고?

"하아."

……이젠 나도 모르겠다. 갈 테면 가라지.

의기투합한 세 명은 자리에서 일어났다.

당연히 나는 따라나서지 않고, 배웅만 해 줬다.

계속 반대했는데 굳이 내가 나설 필요가 있을까.

수아 혼자라면 또 모르겠지만, '일단' 성인 둘이 더 있으니…… 뭐 어떻게든 되겠지.

셋은 한 번 더 나에게 권했다가 거절당한 뒤, 자기들끼리 하겠다고 밖으로 나갔다.

그리고 오후가 다 된 시간에 돌아왔다.

"히잉."

누가 봐도 실패한 얼굴을 하고서 말이다.

* * *

실망한 이들에게 꿀차를 한 잔씩 주며 자초지종을 들었다.

정확히는 하소연이었지만.

"냄새가 난다고 민원이 들어온대요. 근데 냄새 진짜 안 나던데."

"농장 주인분들은 되게 친절하셨어요. 이것도 주시고."

민원이라…… 그래서 문제가 생겼다고 한 건가?

축산이 원래 그런 문제가 많다고는 들었다. 축사나 정화조 쪽 일은 해 본 적 없지만 그래서 건너 건너 들은 건 많았으니까.

후임 중 하나는 관련 일을 하다 들어온 녀석도 있었고.

일단 민원이 들어오면 조사가 들어오고, 그때 뭔가 걸리는 게 있으면 조정 기간이 주어진다.

그사이에는 판매나 뭘 할 수 없으니 우유도 당연히 공급할 수가 없다는 게 그쪽 설명이었다고 한다.

그래도 문전박대는 받지 않았던 모양이다. 갓 짠 우유 몇 통을 가지고 왔으니.

"음~ 고소하네요."

조금씩 맛을 보니 확실히 갓 짠 우유가 더 고소했다. 신선하기도 했고.

그래서 더 아쉬웠다.

"냄새난다는 민원이 들어왔다고 했던가요?"

"네에. 그렇다더라고요. 근데 안에 들어가 본 저희는 모르겠거든요?"

"그거야 거기 주변에 사는 사람들하고 잠깐 들른 사람하고 달라서 그렇지 않을까요?"

"그럴까요?"

그렇지 않고서야 신고를 할까. 분명 뭔가 문제가 있겠지.

그나저나, 민원이 문제면 해결될 때까지 예상보다 더

오래 걸리겠는데?

시골의 행정은 도시의 행정보다도 더 느릴 수도 있으니까.

"그럼 인근 군청에서 나오겠네요."

"어? 어떻게 아세요?"

"회사 다닐 때 종종 있었던 일이라서요. 아, 물론 같은 일은 아니고 비슷한 일이었습니다. 공사 소음이나 공해 등등으로 민원이 들어오곤 했었거든요."

그때의 경험으로 미루어 보면 상황을 이해하기 쉬웠다.

민원이라는 게 일단 들어오면 곤란한 경우가 많았기에 쉬이 잊히지도 않는다.

신경을 많이 써야 했으니까.

"사장님은 뭔가 신기한 경험이 많네요?"

"예? 신기한 경험이라고까지는……."

골치 아픈 경험이라면 모를까.

냄새, 소음 등등 눈에 보이지 않는 것들에 대한 것이라 참…….

뭐, 어쨌든 그런 상황인 걸 알았으니 나도 조금 대책을 세우긴 해야겠다.

우선 우유가 들어가는 메뉴부터 정리해야겠지.

"빵은 일단 만들어 둔 것만 쓰고, 라테 종류는…… 일주일 정도 되겠네."

"앗! 빵 안 만들어요?"

"그래야지. 빵이 우유를 은근히 많이 먹어."

물론 반 이상이 우유인 라테만 하진 않겠지만.

아무튼 사용을 줄인다면 역시 빵 쪽이다.

호랑이 쉼터는 특성상 베이커리보다는 잠시 들려서 음료를 마시고 가는 곳이라고 봐야 하니까.

눈앞에 있는 사람들은 단골이라서 그렇지, 이들이 여기에 오기 전까지는 분명 외지에서 어쩌다 흘러들어온 사람들이 많았다.

"응?"

지금처럼 말이다.

오솔길 너머로 한 사람이 올라왔다.

칙칙한 아우라를 품은 사람이었다.

"누구 왔…… 어!? 그 아저씨다." "아는 사람이야?"

"농장 아저씨요!"

"농장? 설마 아까 찾아갔던?"

"네!"

농장 주인이라니…… 수아의 말에 다시 공터를 봤다.

* * *

유성수는 농장을 운영했다.

원래 하던 일은 아니었다.

집안에서 하던 사업을 부모님이 돌아가신 뒤 물려받은 거였다.

학창 시절은 줄곧 도시에서 살았고, 학교를 졸업하고도

마찬가지.

여기에 내려온 건 거의 오십을 바라보는 나이였다. 하던 일까지 내려놓고 도시에서 시골로 내려와 정착해야 했다.

때문에 농장 일은 익숙하지 않았다.

하지만 오래전부터 이어지던 집안의 가업을 잇는 건 제법 뿌듯한 일이었다.

어릴 적엔 왜 이걸 몰랐는지.

중년이 다 되어서야 그걸 깨달은 게 아쉬울 정도.

그래서 열심히 배웠다.

농장 일은 그냥 밥만 주면 되는 게 아니다. 생각보다 더 과학적이고 복잡했다.

다행이라고 해야 할지, 아내 되는 사람이 많이 도와주고 또 부모님이 잘 정리해 주고 떠나셔서 그럭저럭 운영은 했다.

특히 도움이 됐던 건 연줄이었다.

사업은 어쩔 수 없이 이게 중요했다. 아무리 좋은 걸 만들어도 유통되지 않으면 썩혀 버리는 거니까.

특히 유제품은 그게 매일, 매일이 중요한데 그 문제가 부모님 덕분에 해결됐으니 자신은 유지하는 것부터 시작하면 됐다.

그리고 그건 제법 잘됐다.

아니, 정확히는 잘 되고 있었는데…… 요즘은 그렇지 않았다.

"휴우—."

"군청에선 뭐래요?"

한숨을 쉬자 아내가 따뜻한 우유를 건네며 물었다.

평소라면 이걸로 도시에 있는 자식 걱정 같은 적당한 근심쯤은 다 털어 냈을 텐데…… 오늘은 그렇지 못했다.

"민원이 벌써 몇 번이나 들어왔다고 어쩔 수 없다더라고. 무조건 새 냄새 저감 장치 설치하고 점검하겠다네."

"아니, 그거 바꾼 지 일주일도 안 됐는데 또요? 과태료도 냈잖아요."

"후…… 그러게. 뭐가 문제인지."

"아니, 직접 나와서 확인도 안 해 보고 도대체 왜 그러는 거래요?"

아내도 답답한지 옆에 앉았다. 그러고는 줬던 우유를 뺏어서 본인이 마셨다.

처음에 들어왔던 민원까지만 해도 이렇지 않았다. 자신들이 초보니까 뭔가 잘못했다고 생각했다.

그래서 새로 장치도 들이고 또 연구도 했다.

그런데 벌써 몇 번째 민원이었다.

군청에서도 민원이 반복되니 처음에만 몇 번 찾아오더니, 이젠 오지도 않고 전화로만 통보했다.

본인들이 봐도 뭐가 잘못된 건지 알 수 없기 때문이라고 부부는 생각했지만…… 이쯤 되면 부부도 민원이 악의적인 게 아닐까 의심이 될 정도다.

아무튼 그거야 어쨌든 부부만의 생각이고, 결국 근본적

인 문제는 민원에 있었다.

악취.

"농장 내부에서도 안 나는 냄새가 도대체 어디서 난다는 건지…… 민원인이 누군지, 어디서 맡았는지라도 좀 얘기를 해 주든가."

아내의 말에 유성수는 공감한다는 듯 고개를 끄덕였다.

그리고 그럴수록 더욱 할 말이 없어졌다.

자신만 믿고 따라 내려온 아내였다. 그런데 호강은 못 시켜 줄망정, 이렇게 고생이나 시키고 있다니.

게다가 이번 민원으로 영업까지 정지당했다.

"거래처는 어때요?"

"봉황 마트는 기다려 준다는데…… 정작 우리가 기약이 없으니."

부모님이 일궈 놓은 거래처마저 끊기면 진짜 힘들어진다.

그렇기에 그 전에 다시 원래대로 돌려야 했다.

"아 참. 아까 왔던 아가씨들하고 여자애는 어디서 왔다고 했죠?"

"봉황 마트에서 납품받는 카페라고 했던 것 같은데? 호랑이 쉼터라고 했나?"

"이러지 말고 일단 거기에 가보는 건 어때요? 거기도 지금 우유 공급 끊겼다는 얘기 들었을 텐데……."

"아."

아무튼 이대로 손을 놓고만 있을 순 없었다.

가만히 있는다고 바뀌는 건 없으니 뭐라도 해야겠지.

"그럽시다. 일단 가서 사과라도 하든 사정을 말하든 어떻게든 해 봐야지."

그 말에 결심이 섰다.

이미 연락은 돌렸다고 하나, 조금이라도 더 버틸 수 있도록 다시 한번 거래처들에 찾아가서 어떻게든 사과와 양해를 구해 보자.

이대로 그냥 거래처가 끊기는 걸 가만히 지켜보고 있는 것보다는 그게 나았다.

이게 도움이 될지는 모르겠지만…… 지금은 지푸라기라도 잡아야 하니까.

그리고.

'그 카페에도 들러야겠다.'

봉황 마트에서 이미 이야기를 전했겠지만, 그래도 어쨌든 자기들 탓에 피해를 본 사람이었다.

아예 먼 곳이거나 몰랐으면 모를까 그렇지 않으니, 직접 찾아뵙고 인사를 드리는 것이 나쁘지 않을 것이다.

최소한 지금의 이 진심을 전하는 데는 말이다.

* * *

우성수라고 소개한 농장의 주인은 자신들의 사정을 얘기하며 양해를 구했다.

"저희야 괜찮습니다. 다른 메뉴도 있고, 그렇게 사람이 많이 오는 것도 아니니까요."
"양해해 주셔서 감사합니다."
 우유가 들어가는 메뉴가 많긴 하지만, 또 없다고 해서 다른 메뉴가 없는 건 아니었다.
 에이드도 있고 커피류도 있고.
 사실 우리 카페에서 소모하는 우유의 양은 개인으로 치면 많지만, 업체로 치면 많지 않았다.
 그럼에도 여기까지 와서 양해를 구한다는 건 그만큼 절박한 상황이라는 말이기도 했다.

 [유성수]
 *상태
 —책임감으로 인한 압박감에 극도의 스트레스.
 —심리적으로 불안정

 아우라에 보이는 텍스트창도 그러한 상태를 보여 주고 있었다.
 생각보다 더 몰려 있는 듯했다.
 '한두 번 민원으로 저렇게 될 리는 없을 테고.'
 아마 여러 번에 걸쳐서 민원을 받았을 것 같다.
 한 번 민원을 넣기 시작하면 해결될 때까지 계속 넣는 경우가 많으니까.
 참 피 말리는 일이었다.
 해명하는 데도 시간이 필요할뿐더러, 어떻게 설명을 한

다 해도 설득이 쉽지 않은 게 바로 민원이니까.

물론 민원을 넣는 쪽에도 사정이 다 있을 터.

피해를 봤으니까. 당하는 사람의 고통은 피해받은 사람만 알고 있는 거였다.

그러니 그 고통을 넘겨짚을 수도 없었다.

아무튼 어느 쪽이든 골치 아픈 문제다. 그러니 그 중심이 필요했다.

이게 과한 건지, 아닌지 판단할 수 있는 상식적인 기준 말이다.

그게 군청에서 할 일인 거고.

"과태료를 물으셨다고요?"

"예."

"기준이 뭐였나요?"

"예? 음. 배설물 관리법 위반이었던가? 정화, 정수 관리법 위반이었던 것 같군요."

"그런가요?"

과태료 명분이 확실하면 뭐, 할 말이 없지. 잘 해결됐으면 좋겠다.

그러니 여기서 당장 내가 해 줄 수 있는 건······.

"음료 좀 드릴까요?"

"아유. 괜찮습니다."

"아뇨. 항상 좋은 우유 잘 쓰고 있는데 음료 하나 드릴게요. 제공하시는 우유로 어떤 게 만들어지는지 한번 맛도 좀 보시고요."

"음, 그럼 부탁드리겠습니다."

이 정도는 가능했다.

물론 이걸로 과연 우성수 씨의 상태가 괜찮아질지는 모르겠다.

호랑이 쉼터의 특별함이 저것까지 해결해 줄 수 있을까?

아무튼 지금 당장 음료에 넣을 효과를 고르는 것도 쉽지 않았다.

일단 스트레스와 심리적 압박감을 덜어 주는 효과가 있는 재료를 쓰고, 효과도 부여할 생각이지만…….

'쉽지 않네.'

티비 동물 나라 제작진 때를 생각해 보면, 그들도 조작설을 해명할 메이킹 영상을 이선아가 올리자, 그제야 완전히 맑아진 아우라를 보냈다.

본인의 내부적인 심리 안정 외에 외부적인 일의 해결도 중요하다는 얘기였다.

내부와 외부는 단절된 게 아니라 연장선에 있으니까.

'어렵네, 어려워.'

막상 주방에 들어와서도 고민이 됐다.

조금이라도 저 압박감과 스트레스를 줄여 주고 싶은데…….

역시 라테가 좋을까?

아차! 원두도 다 써가는데?

'우유만 생각하다가 깜빡할 뻔했어.'

바로 원두 양을 살폈다.

음, 없는 건 아니지만 역시 많이 줄었다. 양을 조심해서 써야겠는데?

배준호한테 우유를 말할 때 같이 말했어야 했는데 깜빡했다.

"저, 사장님?"

"예. 필요한 거 있으신가요?"

"아니, 그게 아니라 죄송하지만 제가 지금 바로 가 봐야 할 것 같아서요. 혹시 벌써 음료를 만들고 계신가요?"

"어, 이제 만들려고 했는데…… 바로 가셔야 하나요?"

"예. 급하게 가 봐야 할 것 같습니다."

원두에 손을 뻗으려는 순간, 우성수가 난감한 표정으로 말했다.

만드는 거야 금방 만든다. 그리고 포장으로 준다고 하면 잠깐 기다리겠지.

근데 어차피 그래 봐야 지금 우성수에겐 큰 도움이 되지 않을 것 같다는 예감이 들었다.

아마 이건 그냥 예감이 아니라 감각이 주는 예견에 가깝지 않을까?

그렇다면…….

"아쉽네요. 그럼 다음에라도 꼭 들러 주시겠어요? 아, 아니다. 저희가 농장에 한 번 가도 될까요?"

"농장에요?"

"네, 이야기하다 보니까 저도 제가 쓰는 우유가 어떻게 만들어지는지 조금 궁금해서요. 실례가 안 된다면 혹시 볼 수 있을까요?"

"그럼요. 농장 체험은 얼마든지 오셔도 됩니다. 그러고 보니 여기 세 분도 저희 농장에 와서는 제대로 구경도 못 하고 가셨네요. 다들 한 번 오세요."

슬쩍 다음을 기약했는데 농장 주인 우성수는 흔쾌히 허락했다. 덕분에 일단 시간은 벌었다.

상태가 안 좋은 채로 보내기 좀 그랬는데.

"괜찮겠죠?"

우성수 씨가 떠나고 한송이가 조심스럽게 물었다.

아마 상태가 안 좋아 보여서 물은 듯했다. 아우라가 아니더라도 표정이나 안색이 밝진 않았으니.

여기에 내가 뭐라고 대답할 수는 없어서 고개만 살짝 저었다.

아직 장담할 수 없었다.

"아차! 우리 얼룩얼룩 젖소도 못 봤어요! 보고 싶었는데…… 아저씨! 그럼 우리 이따가 농장 체험하러 가는 거예요?"

"그럴 생각인데 혹시 가실 분 있으신가요? 아까 갔다 와서 굳이 안 가도 되……."

"갈 거예요! 그치 언니들?"

다소 귀찮을 수도 있을 것 같아서 안 가고 싶으면 안 가도 된다고 말하려고 했는데, 다들 수아의 말에 고개를 끄덕였다.

아니, 근데 다들 진짜 일이 없나?

"오늘 주말이라서 쉴 거니까 상관없어요."

"아. 맞다. 오늘 주말이었지."

잠깐 까먹고 있었네.

그럼 나는 주말에 일하고 있었던 거네?

이거 내가 더 불쌍한 건 아니겠지?

뭐, 원래도 나올 예정이었으니 괜찮…… 아니지.

'생각해 보니 원래는 다 같이 방송 시청하자고 나온 거였잖아?'

결국 놀러 나와서 일을 하고 있었다는 소리다.

저도 모르게 자기최면을 걸려다 진실을 깨달은 셈.

아무튼.

'가기 전에 조금 알아보긴 해야겠어.'

농장에 정확하게 무슨 일이 일어난 건지. 그리고 또 해결 방법은 뭐가 있는지.

이걸 내가 굳이 생각하는 게 맞는 건가 싶지만…… 우성수의 농장에서 나오는 우유를 생각하면 나쁠 건 없었다.

무엇보다 직접 본 농장 주인 우성수는 꽤 괜찮은 사람처럼 보였다.

직접 이렇게 양해까지 구하러 오기도 했고.

"선아야, 혹시 이장님한테 그 농장에 대해서 뭐 아시는 게 있냐고 물어봐 줄 수 있어? 여기서 멀지 않은 거면 대충은 아실 것 같은데."

"아. 응."

이런 쪽 문제는 역시 지역 유지만큼 잘 아는 사람이 없었다.

잘하면 민원을 넣은 사람을 알 수도 있고, 또 군청에서 어떻게 처리하는지도 알 수 있으니.

이장님과 친하게 지내길 잘했다.

이선아는, 섭섭하지 않게 쿠폰을 만들면 바로 줘야지.

"저희는 뭘 할까요?"

"저도 도울래요!"

내가 이선아에게 부탁하니 한송이와 수아도 뭔가 기대하듯 봤다.

근데 이 두 사람한테는 딱히 시킬 게 없는데…….

"청소 좀 해 줄래요?"

"네…… 에? 청소요?"

"예. 오늘 갑자기 누구 덕분에 일찍 나와서 청소를 못 했네요."

카페 청소를 시키기로 했다.

청소라는 말에 슬쩍 도망가려는 수아도 바로 붙잡았다.

"히잉. 내 방도 안 치웠는데."

"그건 당연히 해야 하는 거니까, 이따 집에 가서 하고. 여기 랑이 발자국이랑 털 보이지? 랑이 주인이 누구더라?"

"헤헷…… 아저씨?"

"요 녀석이?"

슬쩍 주인을 바꿔치기하려는 수아에게 꿀밤을 먹이며

물수건을 쥐여 줬다.

그렇게 일단 농장에 가기 전까지 각자의 일을 하기로 하고…… 나는 텃밭으로 나왔다.

라테를 만들려다가 생각이 났다.

쑥쑥이가 커피나무였고, 열매가 맺혀 있었다는 사실을.

그리고…… 정화라는 재능 또한 가지고 있다는 걸.

"정화……."

재능을 얻긴 했는데 딱히 어떻게 써야 할지 몰라서 아직 쓰지 않았던 재능이었다.

물론, 그냥 그대로 두면 알아서 안 좋은 것들을 정화하겠지 싶던 것도 있었다.

그런데 왠지 이번에 이게 필요할 것 같은 느낌이 들었다. 역시 냄새 문제라서 그럴까?

"배수 처리 쪽 문제로 과태료를 받았다고 했으니까……."

축산에는 어쩔 수 없이 따르는 문제였다.

수많은 동물이 내뱉는 배설물은 적지 않은 양이니까. 그걸 처리하는 시설은 당연히 중요했다.

거기에 혹시 문제가 있다면 이게 도움이 될지도.

물론 처리 기계도 새로 들여오고 이리저리 신경을 썼다고 하니 도움이 안 될 수도 있다. 하지만 그래도 혹시 모르니.

"쑥쑥아. 네 힘이 필요할 것 같은데?"

사라락~

마치 허락한다는 듯 쑥쑥이의 나뭇잎이 흔들렸다.

그럼 사양하지 않고…… 열매를 땄다.

체리처럼 탐스럽게 익은 붉은 열매들. 이게 바로 커피콩이 되는 거다.

물론 이대로는 아니었다.

과육을 벗기고 씨앗이 되는 부분만 남겨야 했다.

"어디 보자……."

물론 내가 그 방법을 알 리가 없었기에 찾아봤다.

이건 할아버지도 해 보지 않은 거라, 레시피북에도 없었다.

다행히 인터넷이나 책, 동영상으로도 자료가 많아서 미리 알아보는 데 어려움은 없었지만.

'자연 건조를 시키면 과육의 향이 원두에 들어가서 더 좋다고 하던데.'

건조가 바로 되진 않으니, 그 방법은 일단 다음에 쓰기로 했다.

그럼 워시드펄프라고 불리는 방법을 조금 변형해서 써야겠다. 말이 저래서 그렇지, 결국 물에 불려서 과육을 벗겨 내는 거였다.

커피 체리라고 불리는 열매의 껍질 안쪽에는 과육 부분, 그리고 씨앗을 감싼 끈적거리는 막이 있었는데 이것까지 깔끔하게 제거해야 했다.

그래서 발효도 조금 필요했다.

"토리야, 좀 실례할게."

삐!

토리가 어쩔 수 없다는 표정으로 굴을 사용하게 해 줬다.

나야 나쁠 게 없지. 시간도 절약되고 효과도 좋으니까.

우선 잘 익은 커피 체리 열매를 따서 깨끗하게 씻었다.

그리고 물에 담가 토리의 굴에 넣었다. 이대로 조금 불리면서 발효가 되면, 그때 꺼내서 과육을 분리할 생각이었다.

그런데.

"응?"

삐!

그때 토리가 안으로 들어가더니, 갑자기 안에서 뭔가 부산스럽게 움직였다.

왠지 불안해서 안을 보니…….

"헉?!"

토리가 커피 과육을 이빨로 갈아 먹고 있었다.

생두가 상하는 건 둘째 치고, 저걸 쟤가 먹어도 되나 싶은 생각에 얼른 꺼냈다.

"야야. 너 괜찮…… 큽!"

커피 체리의 과육에서 나온 붉은 물로 입가와 앞발이 물든 토리가 뭐가 문제냐는 듯 쳐다봤다.

아니 귀엽긴 한데…… 진짜 괜찮은 거냐고.

"음."

계속 고개를 갸웃거리는 걸 보니 큰 문제는 없는 거 같다.

그나저나.

"이거 먹어도 괜찮은 거야?"

삐!

"진짜?"

삐!

마치 들어 보라는 듯, 앞발을 까닥거리는 토리.

어디 그렇다면?

그렇게 나도 하나 먹어 보니…….

'어? 달다.'

엄청 달았다.

원래 이런가? 내가 알던 체리 맛은 아니지만, 조금 신기한 맛이었다.

다만 양이 진짜 적었기에 그 맛은 순식간에 지나가 버렸다.

이거, 한 줌씩 먹어도 제대로 맛은 느낄 수 있을까 싶다.

이래서 커피를 만들어 먹는 걸 수도?

"뭐야, 너. 언제 그렇게 많이 먹었어?"

뿅?

잠깐 열매 맛을 보는 사이, 토리의 앞에는 어느새 생두가 된 씨앗이 수북하게 쌓였다.

툭—!

그리고 타이밍 좋게 왜 그러냐는 듯 쳐다보는 토리의 입에서 씨앗이 나오며 거기에 보태졌다.

"그세 다 먹었네."

어이가 없게도 그게 마지막이었다.

고개를 절레절레 저으며 우선 바닥에 쌓인 생두를 챙겼다.

다행이라고 해야 하나?

토리 덕분에 시간 들일 필요 없이 생두를 얻을 수 있었다.

괜찮은 방법 같긴 한데, 왠지 지양하고 싶은 방법이기도 했다.

"……다음엔 그냥 말려야겠네."

맛이 좋으면 또 다른 생각이 들겠지만 아무튼 그건 나중의 일이고.

우선 얼떨결에 바로 얻은 생두를 가지고 들어왔다. 그리고 한 번 세척 했다.

아주 **빡빡**!

그렇게 물기까지 제거하니 디디어 울퉁불퉁한 생두의 진짜 모습이 드러났다.

"이게 커피콩이 되는 거란 말이지?"

"앗! 이게 커피콩이에요?"

"응? 언제 들어왔어?"

"히히! 청소하고 있었죠."

물수건으로 바닥을 훔치는 척하며 수아가 너스레를 떨었다.

홀 쪽을 보니, 한송이도 청소를 다 했는지 카운터를 기웃거리고 있었다.

그럼 아직 이선아도 오지 않았으니 천천히 해 볼까.

"그래. 이걸 이제 볶으면 그 커피콩이 되는 거지."

"오! 저 그건 처음 봐요!"

역시 할아버지는 해 본 적이 없었나. 이거 좀 어깨가 으쓱하는데?

아, 그럴 때가 아니지.

로스팅 기계에 넣고 돌리기엔 너무 적은 양이라서 이번엔 그냥 팬에 직접 볶기로 했다.

원하는 정도는 풀 시티 로스팅, 강배전 중 한 단계였다.

신맛은 거의 없어지고 진하고 쌉쌀한 맛이 잘 어울리는 단계였다.

무엇보다 부드러운 크림과 잘 어울리는 단계여서 라테로도 좋았다.

"와~! 이거 무슨 냄새예요? 엄청 좋다!"

생두를 볶기 시작하자 한송이가 코를 씰룩이며 물었다.

확실히, 커피를 볶는 냄새가 나니 진짜 향이 진하긴 했다. 카페의 느낌도 물씬 나고.

이건…… 매일 하고 싶어질 것 같은데?

그렇게 생두를 볶고 있던 그때!

딸랑~ 딸랑~

이선아가 지금 볶고 있는 생두처럼 상기된 얼굴로 돌아왔다.

＊　＊　＊

 생두를 볶으면서 한송이와 이선아가 하는 얘기를 들었다.
 "민원인에 대해서 아빠도 얼핏 들었대요. 누군지는 당연히 말해주진 않았는데, 진상은 아닌 거 같다고 하더라고요."
 "진상이 아니라면 농장에 문제가 있긴 있다는 거네?"
 이선아의 말을 들은 한송이가 미간을 찌푸렸다.
 "왜요? 뭐가 문제 있어요?"
 "그냥, 우리가 갔을 땐 전혀 냄새도 안 났잖아. 그래서 혹시 민원인이 나쁜 마음으로 가짜 신고를 한 게 아닐까 했었거든."
 "아하."
 "물론 그게 맞다고 해도 곤란한 상황이지만, 아니라니까 더 모르겠네…… 사장님?"
 내가 듣고 있다는 걸 아는지 한송이가 잠시 불렀다. 아직 커피콩을 볶고 있어서 나도 고개만 내밀었다.
 "예."
 "농장에 문제가 있었다고 하면 어떻게 되는 건가요?"
 "그걸 왜 저한테?"
 "아, 왠지 사장님은 알 것 같아서요."
 "음……."
 모르는 건 아닌데 저렇게 말하니 괜히 말해주기 싫어지네.

물론 말해 줄 거지만.

"그러면 문제를 찾아서 해결하면 끝이죠. 민원인이 진상은 아니라니까 오히려 다행일 수도 있어요."

최악은 면했다고 해야 하나? 문제가 해결되면 그쪽에서도 깔끔하게 민원을 거둘 테니까.

아, 아니구나.

농장 주인도 나름 노력했다고 하는데 문제를 못 찾았으니 더 문제인가?

조금 복잡한 문제였다.

민원인도, 농장 주인도 문제가 없다니.

"그럼 나쁜 사람은 없는 거예요?"

열심히 듣고 있던 수아가 물었다.

그에 나 포함 세 어른은 고개를 끄덕였다.

그래, 이것만 해도 어디냐.

다른 건 어떻게 찾으면 되겠지만 사람만큼 골치 아픈 문제가 없으니까.

'농장에 가 봐야 할 이유가 하나 더 생겼네.'

여기까지 찾아왔던 농장 주인 우성수.

그리고 원인을 알 수 없는 이유를 한번 알아봐야겠다.

무엇보다 이유야 어찌 됐든 호랑이 쉼터에 온 손님인데 그냥 보낸 게 마음에 걸리기도 하고.

"근데 진짜 향 좋다~ 이게 로스팅 할 때 나는 향인가요?"

"아차! 예. 잠시만요."

한송이의 말에 다시 로스팅에 집중했다.

로스팅 기계는 고루 섞어 주면서 온도도 유지, 조절해 주는 장치가 있지만 팬에 볶는 건 순전히 감으로 하는 거다.

한쪽만 타지 않게 고루 섞어 주는 것도 내 손이라는 얘기였다.

다행히 얘기하는 사이에도 손은 부지런히 움직였는지, 한쪽만 과하게 볶아진 건 없었다.

목생의 재능이면 이 정도는 쉽지.

팬을 보니 어느새 약배전에서 중배전의 색으로 변해 가는 생두를 볼 수 있었다.

향도 달라졌다.

방금까지는 새콤하고 가벼운 과일 향이 많이 나는 느낌이었다면, 이젠 조금은 묵직한 느낌이 드는 과일 향이 가미된 커피 향이었다.

그래도 아직까진 과일 향과 꽃 향이 더 진하게 나네.

색은 아이보리에서 점점 구릿빛으로 변해 갔다.

이제 조금만 더 볶으면 될 것 같다.

근데 참 신기하다.

대체 이런 작은 열매의 씨앗을 볶고, 또 갈아서 뜨거운 물에 내려 마실 생각은 어떻게 한 건지.

그게 또 맛있는 건 얼마나 많은 우연이 겹쳐야 일어날지.

하긴 그렇게 생각하면 세상에 안 신기한 게 없긴 하지만.

'그러고 보니 이 생두는 쑥쑥이한테서 나온 건데.'

뭔가 더 있지 않을까?

효과가 기대됐다.

근데 아까는 워낙 정신이 없어서 확인을 못 했다 생각했는데, 지금 보니 딱히 다른 효과가 보이지 않았다.

뭐지? 아무런 효과가 없진 않을 텐데…….

일단 다 볶을 때까지는 기다려 봤다. 뭐가 있어도 있겠지.

그리고 그렇게 잠시 후.

다 볶아진 원두는 이제 광택이 살짝 날까 말까 하는 구릿빛을 넘어서 살짝 흑갈색의 톤이 됐다.

"어? 다 됐어요? 저, 보고 싶어요!"

"저도요."

팬에 불을 끄고 원두를 식히려고 바구니에 담으니 수아가 소리쳤다.

그리고 옆에서 한송이와 이선아도 궁금한 듯 고개를 내밀었다.

뭐지? 왜 이렇게 딱딱 타이밍이 맞지? 너무 죽이 잘 맞는데? 셋이 숨겨진 자매 뭐, 그런 거 아냐?

"뜨거우니까 만지지는 말고 보세요."

보여 주는 거야 어렵지 않으니 카운터 앞에 놓아 줬다.

그러자 세 명은 마치 온 세상에 신기한 것들이 넘치는 어린애들처럼 눈을 반짝이며 잘 볶은 원두를 구경했다.

그 순수한 모습에 피식 미소를 지은 뒤, 바로 다음 해야 할 것을 이었다.

이게 어디 있더라…….

'여깄다!'

찬장 위에 있는 핸드 그라인더.

모처럼 손수 볶은 원두인 만큼, 오늘은 이걸로 갈 것이다.

어차피 핸드드립으로 내리면 에스프레소 추출보단 옅게 뽑히니, 라테에 쓸 거면 입자 크기는 곱게 갈아야 하기도 하고.

노력한 만큼 맛있는…… 한마디로 손이 갈린다는 얘기지.

"엥? 그걸 손으로 해요?"

"그냥 이렇게 해 보고 싶어서. 왜? 해 볼래?"

"네!"

"자."

다 식어 가는 원두를 그라인더에 넣은 뒤, 수아에게 넘겨줬다.

좋아, 자연스럽게 넘겼다.

물론 수아가 바로 호기심을 가질 줄 알고 굳이 수동 그라인더를 꺼낸 건 아니었다.

손수 볶은 것을 손수 간다는 로망도 있고, 지금 그라인더 내부에는 이 전에 갈아 놓은 것들이 있기에 섞이면 안 될 거 같아서 새롭게 꺼낸 거다.

자, 그러면…….

갈갈갈!

"으아아아~!"

"도와줄까?"

"네! 터치!"

"좋아!"

수아가 힘들어하자 한송이가 받아서 갈았다.

저게 저럴 일인가 싶은데…… 잠깐, 그걸 또 왜 찍고 있니 선아야?

"헉! 이거 생각보다 힘든데요?"

"그래요? 이제 주셔도 됩니다."

"여기요."

말이 끝나기 무섭게 바로 건넨다.

근데 보니까 이미 다 갈렸다.

곱게 잘 갈린 원두에서는 아까보다 더 좋은 향이 올라왔다.

이거 진짜 기대가 되는데?

시험 삼아 바로 핸드드립으로 내려 봤다.

쪼로록~

이전에 내릴 때보다 더 천천히 떨어지는 커피 방울.

한 방울, 한 방울. 또옥~ 또옥~ 하고 내려질 때마다 향이 일렁거리면서 퍼지는 듯했다.

진한 듯 연한 듯한 색깔의 커피 향.

과일 향은 옅어졌지만 대신 묵직하고 차분한 향이 낮게 깔린다.

"아저씨. 저도 이 커피 마셔도 돼요?"

"음, 조금 맛만 볼래? 다 주는 건 좀 그렇고."
"네!"
그 정도야 괜찮겠지.
요즘은 초등학생들도 커피를 마신다고 하니.
한송이와 이선아도 기대되는 얼굴로 조금 맛만 보기로 했다.
"됐다."
맛을 볼 정도만 빼고 나머지는 잘 챙겼다. 그리고 이제 효과가 붙었는지 보려는 순간!
"어?"
뭐야?
'왜 여기에 효과가?'
기대했던 커피에는 효과가 아직 안 보이는데 엉뚱한 곳에서 효과가 발견됐다.

[커피 잔여물]
*효과
—정화

바로 커피 찌꺼기에서였다.

* * *

농장으로 향하는 길은 멀지 않았다. 다만 조금 더 산속으로, 그리고 더 시골로 들어갔다.

그래서 이선아의 경차를 타고 이동했는데…….

"윽!"

"우아! 아저씨 머리 닿네요?"

시골길이라 좀 험했는데, 경차다 보니까 그게 더 심했다.

다리도 못 펴고 머리는 자꾸 위에 부딪히고.

여기저기가 저린 것이, 마치 벌을 받고 있는 기분인데? 그런데 수아는 그 모습도 신기하다는 듯 쳐다봤다.

자기는 다리도 여유롭고 머리도 자유롭다 이거지?

"다 왔어요."

다행히 차로 오니 금방 도착했다.

농장 입구에 차를 대고 기웃거리니 카페에 왔던 농장 주인과 그의 부인으로 보이는 중년 여성이 다가왔다.

"안녕하세요."

"어서 와요~ 이 사람한테 얘기는 들었어요."

"그런가요? 아, 이거. 아까 그냥 가셔서 아쉬울 것 같아 가져왔습니다."

"아이고. 뭘 또 이런걸."

농장 주인의 아내분은 굉장히 밝은 인상이었다.

물론 그 안에 그늘이 있어 보였지만, 그럼에도 이런 반응인 걸 보면 어쨌든 원래 성격은 무척 밝은 사람 같았다.

선물 겸으로 카페에서 내려온 라테를 건네니, 손사래를 치면서도 기쁘게 받으셨다.

"어서 들어와요. 아까는 정신이 없어서 아가씨들하고 여기 귀여운 숙녀한테 구경도 못 시켜 줬지 뭐야?"

사모님의 안내를 따라 농장 안으로 들어왔다.

그런데 그 규모가 꽤 됐다.

이 정도면 운영하는 데도 돈이 꽤 들 테니, 과태료가 문제가 아니라 영업 정지에서의 타격이 더 크겠는데?

"앗! 저기 새끼 젖소도 있어요!"

"호호! 새끼 젖소한테 가 볼래요?"

"네!"

관광과 농장 체험은 수아와 나머지 두 사람에게 맡기고, 나는 우선 주인분 쪽으로 붙었다.

그리고 슬며시 농장을 둘러봤다.

'냄새도 안 나고, 관리도 되게 체계적으로 깨끗하게 되어 있는 것 같은데?'

수아와 한송이, 이선아가 갔다 와서 했던 말 그대로였다.

농장 안이 이 정도면, 외부에도 냄새가 날 것 같진 않은데…… 설마 배설물 같은 걸 밖에다가 버리나?

"혹시 배설 처리는 어떻게 하세요?"

"그야 처리 기계로 다 하지요. 생분해부터, 화학적, 물리적 다 쓰고 있습니다."

"그렇군요. 그래선지 냄새가 안 나네요. 안에도 깨끗이 치워져 있고."

"후우— 그러게 말입니다. 여기서 뭘 더해야 하는 건

지. 군청 쪽에서도 일단 민원이 들어왔으니 조치를 취해야 한다는 말만 하고……."

아까 봤을 때보다 더 어두워진 아우라를 한 농장 주인이 하소연을 했다.

그 모습에 호응해 주면서 슬쩍 감각을 사용했다.

그리고 물었다.

"혹시 실례가 안 되면 주변을 좀 둘러봐도 될까요? 제가 사실 카페 하기 전에는 건축 쪽 일을 했거든요."

"아! 그렇습니까? 그럼 저야 좋죠! 문제가 뭔지만 찾아 주시면 제가 진짜 사장님 카페에는 신선한 우유를 직접 매일 드리겠습니다!"

"아니, 뭐. 그렇게까진 하시지 않으셔도 되는데……."

웬만하면 나도 예전의 경력을 꺼내지 않으려고 했는데, 이번엔 예외였다.

과한 기대를 하게 한 것 같아서 조금 부담이 되긴 했지만…….

'보인다.'

농장에 오니까 확실히 보였다

감각이 알려 주는 반짝거림이 말이다.

그럼, 이제 허락도 받았으니 농장 주인과 연결된 반짝거림을 찾아서 움직이려는데…….

"앗! 얼룩아!"

"아이구!"

한쪽에서 소란이 일었다.

뭔가 하니, 새끼 젖소가 있는 우리 안으로 들어갔던 일행들이 내는 소리였다.

문을 제대로 안 닫고 들어갔는지, 어느새 새끼 젖소가 밖으로 나와서 뛰어다니고 있었다.

새끼라고는 해도 젖소인 만큼 덩치는 이미 성인만 했다.

그런 게 뛰어다니니 저 난리가 날 수밖에.

"응?"

그때 이쪽으로 새끼 젖소가 달려온다.

그러고는…….

할짝!

내 쪽으로 얌전하게 와서 손과 머리를 차례로 핥았다.

"음."

표현이 좀 찝찝한 거라 그렇지, 좋다는 표현인 거 같다.

"허어? 원래 송아지들이 겁이 많아서 사람한테는 잘 안 오는데."

"그런가요?"

농장 주인 말이 끝나기 무섭게 울타리를 빠져나온 새끼 젖소들이 모두 이쪽으로 몰려온다.

애들이 왜 이래. 너희 사람 잘 안 따른다며?

"……자, 들어가자."

결국 피리 부는 사나이처럼 새끼 젖소들을 이끌고, 원래 우리에 넣었다.

아우라와 만생공의 재능 때문인 것 같은데 참…….

'어!?'

그렇게 새끼 우리에서 나오려던 순간.

뭔가가 번뜩! 하고 느껴졌다.

갑자기 감각의 반짝거림이 심한 곳이 보인 것이다.

그건…… 새끼 우리 넘어, 바깥쪽으로 이어지는 곳이었다.

"저기 혹시 뭐가 있나요?"

"저긴, 부모님이 계실 때 처리 기계가 있던 곳입니다만. 근데 기계가 노후화돼서 치우고 새로 아예 처리실을 만들었습니다."

"음. 저기 좀 봐도 될까요?"

"그럼요. 혹시나 싶어서 물건도 싹 치워 놨으니, 보셔도 괜찮을 겁니다."

우성수의 설명을 들으며 반짝임이 이끄는 곳으로 향했다.

그런데.

'응? 이건……?'

우성수의 자신만만한 말과 다르게 뭔가 느낌이 싸했다.

이건…… 일반적인 그런 느낌은 아닌데?

몽글몽글한 감정과 감각.

이것이 말하는 것은 바로…….

'이건 아우라야.'

보통 사람은 느낄 수도 볼 수도 없었다. 그러니까 지금 내가 느끼는 것도 모르겠지.

저도 모르게 불쾌함이 올라오는 이 감각을 말이다.

"여기, 원래 부모님께서 쓰시던 처리 시설이 있었던 곳이라고 했습니까?"

"예. 그렇죠. 보시다시피 싹 치웠지만."

"혹시 여기에 대해서 부모님께서 하신 말은 없나요?"

"글쎄요······? 무슨 문제라도?"

있다.

정확하게 옛날 처리 시설이 있었다는 그 땅에서 칙칙한 아우라가 보였으니까.

사람이 아닌 땅에서 칙칙한 아우라라니?

심지어 텍스트창도 보였다.

[오염된 땅]
*상태
―오랜 기간 지기의 소모로 오염됨.
―무취의 악취

이건 어떻게 받아들여야 하는 걸까?

카페의 손님에 혹시 하나 더 추가해야 되는 건가?

사람도, 동물도 아닌 땅을······?

아니 뭐, 그건 그렇다 치자.

땅의 상태는 왜 이렇고, 무취의 악취는 뭔데?

오염된 아우라에서 나는 거라 그런 건가? 그렇다면 이해가 되긴 하네.

이러면 그냥 냄새만 맡아서는 아무도 모르는 게 맞으니. 민원인은 어떻게 맡았는지 몰라도 일단은 무취니까.

'……그건 나중에 생각하고. 일단 이것부터 해결하자.'

그동안의 민원이 이것 때문에 일어난 일이라면, 그 해결 방안은 마침 내게 있는 것 같았다.

아우라.

그것도 오염된 아우라를 처리할 방법.

여기에 있는 효과가 아니었다면 굳이 가지고 오지 않았을 텐데, 마침 여기 딱 쓸 곳이 있을 줄이야.

'정화'의 효과가 깃든 커피 잔여물을 꺼냈다.

바로 생각난 걸 해 보려고 하던 그때.

주섬주섬 커피 찌꺼기를 꺼내려다 문득 느껴진 시선에 멈칫했다.

생각해 보니 이거 조금 이상하게 보일 것 같기도 했다.

아니, 이상했다.

아무것도 모르고 보면, 남의 농장에 와서 갑자기 커피 찌꺼기를 버리는 것 아닌가?

일단 꺼내려던 커피 찌꺼기는 잠시 다시 넣어 두고…….

"전문가가 여긴 아무 문제 없을 거라고 했는데…… 혹시 무슨 문제가 있을까요?"

다행히 우성수 씨의 표정은 어떤 의심도 담겨 있지 않았다. 그저 내가 뭘 하려는 건지 궁금할 뿐.

근데 뭐라고 설명하지?

당연히 내가 보고 있는 걸 그대로 설명할 순 없었다.

믿을 리 없을 테니.

좀 더 근거가 있는 말을 해야 했다.

그때! 문득 드는 생각이 있어서 농장 주인에게 물었다.

"혹시 여긴 언제 치우셨을까요?"

"그렇게 오래는 안 됐습니다. 지난 장마 시작되기 전에 바꾼 것 같네요."

"장마 전이라…… 그래선가?"

"예? 혹시 원인을 찾으셨습니까?"

"아직 확실한 건 아닙니다."

슬쩍 땅을 살펴보는 척했다.

그리고 살짝 자세를 낮춰서 여기저기 만져 보는 척을 했다.

물론, 전문 업체에서 해체하고 처리한 만큼 아주 깔끔했다.

하지만 여전히 머릿속에는 불쾌한 냄새가 나는 듯 미간이 절로 찌푸려졌다.

다른 사람은 맡지 못하는, 아우라에서 나는 냄새.

한참을 그러고 있자, 우성수 씨가 걱정되는 표정으로 조심스럽게 물어왔다.

"혹시 처리하는 과정에서 어떤 문제라도 있었을까요?"

"그렇다기보단…… 음, 민원이 들어오기 시작한 건 언제부터라고 했죠? 장마 전? 후?"

"그것도 장마 전부터였죠. 그래서 처리 기계도 바꾼 거고."

"그렇군요."

농장 주인의 말에 퍼즐이 하나 맞춰졌다.

악취 민원이 지금 내가 맡고 있는 냄새가 그 악취가 맞다면. 결국 여기서 흘러간 냄새일 터.

이 정도면 상식적인 문제로 설명할 수 있을지도?

물론, 아직 하나 의아한 점은 있었다.

분명 농장에 들어올 때만 해도 이 냄새를 못 느꼈다. 땅에서 나는 냄새가 멀리 퍼지지는 않는다는 얘기인데…….

그렇다면 민원인은 어디서 이 냄새를 맡았을까?

그 답은 이것밖에 없을 거 같다.

"여기 흙을 파내셨죠?"

"예, 아무래도 처리 기계가 있던 자리니까 조금 퍼내고 다시 덮었습니다."

"혹시 그 흙은 어디로 가져갔는지 아십니까?"

"그거야 업체에서 처리하고 수거해 갔는데…… 잠깐. 설마?"

"업체에 한 번 연락해서 어디에 뒀는지 물어봐 주실 수 있을까요? 보통 그런 흙이면 멀리 가지고 가지 않고, 인근 산이나 공터 같은데 버렸을 가능성이 높습니다."

"아아! 잠시만요."

농장 주인은 급히 어딘가로 전화를 했다.

흙을 주변에 버렸을 거라고 생각은 못 했던 모양이다. 보통은 가져가서 따로 폐기 처리했을 거라 생각하긴 하지.

'이 정도 양이면 사실 그냥 주변에 뿌려도 상관은 없겠

지만.'

 찝찝할 수는 있어도 일단 겉보기엔 그냥 흙이니까.

 아마 업체도 그렇게 생각했을 거다. 심지어 그 사람들은 이 냄새를 맡지도 못했을 테니까.

 어디까지나 이 냄새는…… 응?

 '잠깐, 그럼 민원인은 어떻게 맡았지?'

 그렇게 잠시 새롭게 생겨난 의문에 대해서 생각하던 무렵.

 "어? 여기는 냄새 나요……."

 "그러게? 저기선 안 났는데."

 농장 주인이 전화하러 간 사이, 수아와 한송이가 뭐 하는지 궁금한지 이쪽으로 다가오다가 멈칫했다.

 그리고 황급히 코를 막았다.

 그 모습에 얼른 물었다.

 "수아야, 혹시 지금 맡은 냄새 무슨 냄새인지 설명할 수 있어?"

 "넹? 그냥 구리구리하공 머리강 어찌러웅데용."

 수아가 코를 막으며 맹맹한 목소리로 말했다. 옆에서 한송이도 비슷한 말을 했다.

 역시 내가 맡는 냄새랑 비슷했다.

 "거기서 조금 물러나 보실래요? 거기서도 나나요?"

 "어? 신기하게 여기선 안 나는데요?"

 "음."

 나만 맡을 수 있을 거라고 생각했는데 그건 또 아니었다.

수아, 한송이, 그리고 이선아까지 이 냄새를 맡을 수 있었다.

 그렇다면 처음 생각했던 그 이유가 맞는 듯했다.

 보통은 아우라의 냄새를 맡지 못하지만 맡을 수 있는 사람도 있다면, 그리고 그게 민원인이라면.

 '결국 이 땅이 원인이긴 하네.'

 물론 중간에 업체가 땅의 흙을 엉뚱한 곳에 버리지 않았다면 민원인도 냄새를 못 맡았을 테니 괜찮았으려나?

 음…… 땅의 상태를 보면 꼭 그렇지만도 않았을 거라는 생각도 들었다.

 땅에 이런 아우라가 박혀 있으면 결국엔 문제가 생겼을 것 같으니까.

 뭐, 아무튼 그거야 가정이고.

 지금은 민원 문제의 의문점이 다 풀렸으니, 일단…… 커피 찌꺼기를 꺼냈다.

 다른 사람들은 냄새난다고 금방 가 버려서 눈치 볼 사람은 없었다.

 오염이 가장 심한 곳에 찌꺼기를 살살 뿌렸다.

 그러자……!

 팟!!

 커피 찌꺼기가 뿌려진 곳의 아우라가 사라졌다.

 주변에 더 뿌리니 땅에서 스멀스멀 나오던 칙칙한 아우라들도 닿자마자 없어졌다.

 '진짜 되네.'

정화라는 효과가 여기에 쓰이는 것일 줄이야…… 쓰임도 여러모로 놀라운 상황의 연속이었다.

얼추 가져온 커피 찌꺼기를 다 뿌리자 악취도 사라졌다.

땅에서도 더 이상 칙칙하고 냄새나는 아우라도 올라오지 않았다.

의외로 쉽게 해결했지만. 사실 정화 효과가 아니었으면 참 난감했을 일이라 쉬웠다고 얘기할 순 없었다.

뭐, 그래도 다행히 해결은 한 거 같네.

그렇게 생각한 순간.

사라랑~!

칙칙하고 악취가 나던 아우라가 사라진 자리에서 맑은 아우라가 일렁이며 나왔다.

마치 무지개의 그 빛처럼 알록달록한 색깔의 아우라였다.

꽃송이가 피어오르듯 볼록 나타난 아우라는 꽃잎에 그 빛을 머금었다.

보기만 해도 아름다운 광경이었다.

하지만 그 모습은 오래가지 않아 금방 땅속으로 돌아가며 사라졌다. 그리고 동시에 땅의 상태를 보여 주는 텍스트창의 내용이 변했다.

[정화된 땅]
*상태
—지기를 자연 회복 중

—잠재 효과 회복 중

더 이상 오염되지 않고 회복 중이라 한다. 별다른 일이 없다면 아마 이대로 회복될 듯했다.

물론 그게 얼마나 걸릴지는 모르겠지만.

'게다가 잠재 효과까지 회복된다니……'

저런 것까지 될 줄은 몰랐네.

무척 기대가 된다.

어쩌면 저게 여기 우유가 맛있었던 이유랑 관계가 있는 거 아냐?

"사장님! 사장님! 전화를 해 보니까 업체에서 말씀하신 것처럼 여기 밑의 산속에 버렸답니다. 어휴!"

"그렇습니까?"

"예예. 그렇다네요. 뭐, 업체 말로는 처리 다 한 거라 냄새가 날 리가 없다는데…… 딱 민원이 들어온 시점이 그때부터였으니."

"그래서 어떻게 한다고 하던가요?"

"그게…… 어휴, 자기들은 다 처리했으니 모른다고 하네요. 직접 가 보라고. 냄새 하나도 안 난다고 하는데 이걸 어떻게 해야 할지, 참."

그렇겠지. 업체도 억울할 수 있었다.

진짜 다 처리해서 남은 흙만 조금 산에 버렸는데 그걸로 시비 거는 걸로 생각할 수도 있었다.

그 흙에서만 나는 '무취의 악취'를 맡지 못한다면 어쩔 수 없는 일이다.

하는 수 없지.

"위치는 어딘가요? 일단 가 보죠."

"예예, 그래야죠. 정 안 되면 제가 직접 다시 농장으로 옮기든 해야겠습니다. 사실 우리한테 무슨 억하심정이 있어서 그런 민원을 그렇게 계속 내서 괴롭히나 싶었는데⋯⋯."

우성수 씨는 의외로 속이 후련한 표정이었다.

하긴 막막하던 때에 비하면 지금은 그래도 뚜렷한 방향성이 보여서 그런 듯했다.

'막상 가서 냄새가 안 나면 또 고민되겠지만.'

거기에 대해서는 내가 적당한 이유를 붙일 수 있어서 괜찮을 것 같았다.

"아저씨! 우리 젖소들이랑 산책 간대요!"

"응? 산책?"

마침 수아가 소리쳤다.

이에 수아 쪽을 바라보니, 그곳엔 젖소들이 밖으로 나가고 있었다.

근데 저거 괜찮나?

"하하. 이쪽으로 다 저희 땅이라 날씨 좋으면 저렇게 풀어 놓습니다. 물론 울타리는 쳐 놨죠."

"아아."

의아하게 보고 있으니 우성수 씨가 설명을 해 줬다. 여유를 찾은 모습을 보니 뭔가 달라 보이는 것 같기도 했다.

그나저나 다 저희 땅이라고? 도대체 땅이 얼마나 넓은

거지?

"마침 흙을 버린 땅도 우리 농장 소유 산 쪽이긴 하네요."

"산도 가지고 계십니까?"

"그냥 노는 선산이죠, 뭐. 넓기만 하지 아무것도 없습니다. 그래서 소들한테 준 거고."

이 아저씨…… 엄청난 지주셨잖아? 이거 아무래도 친해져야겠는데?

물론 그건 그거고, 일단 지금은 흙을 버렸다는 곳을 먼저 확인해야 한다.

아저씨는 바로 밑이라 하셨지만…… 이동에는 무려 카트를 타고 갔다.

"와아아!"

뒤에 수레를 매단 카트 두 대를 우성수 씨와 그의 부인이 각각 몰고, 우리는 거기에 실려서 이동한다.

시원하게 스쳐 지나가는 바람.

그래선지 다들 신났다.

물론 목적지에 도착하자 바로 인상을 찌푸렸지만.

"윽! 냄새."

"어? 아까 맡았던 냄새가 여기도 나네요?"

하지만 농장 부부는 수아와 한송이의 말에 고개를 갸웃했다. 그들은 냄새를 맡지 못했기 때문이다.

하지만 나도 맡았다.

"여기 뿌렸나 보네요."

"이게 괜히 그러는 게 아니라, 진짜 저희는 냄새가 안 나는데…… 사장님은 나시는 건가요?"

"그런가요? 두 분이 냄새를 맡지 못하는 걸 보면 아마 업체에서 제대로 처리했다는 말은 사실인 것 같네요. 저희처럼 예민한 사람만 맡을 수 있나 봅니다."

"아아……."

이래서 수아와 나머지 두 사람도 같이 온 거였다.

저 셋은 나처럼 냄새를 맡을 수 있으니까.

혼자보다 셋이서 함께 이야기하면 납득하기 더 쉬울 테니까.

특히나 수아의 저 날것의 표정은 의심조차 하지 못하게 만들 거다.

"그렇군요. 후우…… 본의는 아니지만 어쨌든 주변에 피해를 끼쳐 버렸네요. 여보, 여기 주변에 집이 있었나?"

"아마 저쪽에 마을 하나 있을 거예요. 그럼, 거기서 신고가 들어왔나 보네요."

"음, 그럼 일단 이거부터 처리한 다음에, 같이 한 번 찾아가서 사과드리자고."

"그래야겠어요. 아휴! 이것 때문에 속이 얼마나 썩었는데…… 고마워요, 사장님!"

그제야 우성수 씨가 어두운 표정 대신, 미안함이 섞였지만 후련한 듯한 얼굴을 한 채 부인과 이야기를 나눴다.

그리고 나에게도 바로 감사를 표했다.

아직 모두 해결된 건 아니지만 어쨌든 둘의 스트레스는

많이 해결된 듯했다.

"근데 이 흙은 어쩌지?"

"음…… 그 업체를 다시 부르기는 좀 못 미더운데."

부부가 흙을 보며 고민했다. 물론, 이에 대한 답도 이미 생각해 뒀다.

"이 흙, 카페로 가져가도 될까요?"

"예? 이 흙을요? 냄새가 날 텐데."

"카페에서 나오는 커피 찌꺼기랑 섞어서 텃밭에 비료로 주려고요."

"그래도 될까요?"

"예. 괜찮을 것 같습니다. 저도 일단 한번 해 보고 안 괜찮으면 얘기할게요."

흙을 호랑이 쉼터에 가져가서 처리할 생각이었다.

가지고 온 커피 찌꺼기는 이미 다 쓴데다…… 궁금한 점도 하나 있었고.

'잠재 효과라는 게 뭘까?'

아까 그 땅에서도 봤지만 여기 뿌려진 흙에도 비슷한 텍스트창이 보였다.

[오염된 흙]
*상태
―지기가 오염된 땅에서 난 흙
―무취의 악취

아마 이것도 정화 시키면 잠재 효과가 회복할 수 있지 않을까?

그게 궁금했다.

아니면 뭐, 말고.

"이거 사장님한테 너무 신세를 지는 것 같습니다. 어떻게 보답을 해야 할지."

"전 맛있는 우유 계속 공급해 주시는 걸로 충분합니다."

"그거야 문제없죠. 언제든지 말씀만 해 주세요!"

우성수 씨와 부인이 연신 감사하다고 말했다.

수아와 옆에 두 사람은 아직 정확한 상황을 몰라 어리둥절한 표정.

그러다 수아가 뭔가 눈치를 챈 듯.

"앗! 그럼 이제 민초푸 계속 먹을 수 있는 거죠?"

"……그래. 금방 해결된 것 같네."

"아싸!"

음, 역시 눈치가 빠른데 느린 것 같기도…….

어쨌든 정리는 이렇게 하기로 했다.

민원인과 군청 쪽 나머지 일은 우성수 씨와 부인이 알아서 할 테니, 내가 신경 쓸 일은 아닌 것 같고.

그럼…… 내가 할 일은 저 흙을 가져가서 정화하는 일만 남았나?

그건 어렵지 않을 듯했다.

* * *

 수아와 한송이, 이선아는 농장에 더 있고 싶어 했지만, 앞으로 우성수 씨도 이 일의 마무리를 해야 할 테니 바쁠 거다.
 지금은 자리를 피해 주는 게 맞겠지.
 게다가 내 쪽도…… 지금은 이게 먼저니까.
 "자, 어디 보자……."
 카페로 돌아와서는 우성수 씨가 옮겨 준 흙을 뒷마당 쪽으로 옮겼다.
 그리고 쑥쑥이의 원두로 커피를 내리고 남은 찌꺼기를 그 흙과 섞었다.
 예상대로 이변 없이 흙은 잘 정화가 됐다.
 그리고…….

[정화된 흙]
*상태
―지기를 자연 회복 중
―잠재 효과 회복 중

 농장에서 봤던 땅과 같은 텍스트창을 보여 주었다.
 역시 잠재 효과 회복도 있었다.
 "와, 이게 되네."
 그렇게 텃밭에 새로운 흙이 추가되었다. 과연 이게 어

떤 영향을 끼치게 될지…….

또 기다리는 즐거움이 하나 생겼다.

쑥쑥이 다 큰지 얼마나 됐다고.

'이런 게 체질인가?'

나도 몰랐는데 그럴지도.

그나저나 진짜 그 땅은 왜 그런 걸까?

우성수 씨에겐 그럴듯하게 설명하긴 했는데…… 진짜 이유가 그건가?

오랜 시간 처리 시설이 자리 잡고 지기가 손상됐다는 가설은 우성수 씨에게도 그렇지만, 내게도 그럴듯한 이유였다.

사실 그거 말고는 설명할 길이 없기도 했다.

처음 보는 거였으니까.

땅에서 칙칙한 아우라라니…….

"생각지도 못했네."

'터'라는 게 진짜 있나?

건축 쪽 일을 하다 보면 정말 많이 듣는 이야기였다.

터가 좋다느니, 지맥이 약하다느니, 땅의 힘이 다해서 건물을 올리면 재수 없다느니.

일할 때는 대체 뭔 뚱딴지같은 소린가 싶었는데…….

오늘 본 거라면 정말 있을지도? 아니지. 눈으로 직접 봤으니 분명 있었다.

"가끔씩 밖으로도 나가야 하나."

이번처럼 오염이 된 땅이 있다면 또 그렇지 않은 땅도

있겠지.

그렇다면 그런 땅에는 대체 어떤 신비로운 일이 있을까?

문득 궁금해졌다.

물론 오늘 같은 일이 또 어디에, 언제 일어날지 모르니 그냥 생각만으로 그쳤지만.

어디까지나 나는 호랑이 쉼터의 주인일 뿐이니까.

이번처럼 인연이 닿으면 또 모르겠다.

아무튼 농장에는 나중에 또 놀러 가야 할 거 같다.

정화된 땅은 어떻게 됐는지, 또 그 일은 어떻게 해결됐는지도 확인할 겸.

조만간 변화가 보이면 한 번 더 가 보기로 했다.

* * *

며칠 뒤.

"음."

그래도 이렇게 빨리 다시 가게 될 줄은 몰랐는데…….

"아저씨가 꼭 놀러 오랬어요! 지난번에 너무 급하게 갔다고."

"농장 주인 아저씨랑도 연락해?"

"당연하죠. 별그램도 하시던데요?"

수아의 친화력을 조금 간과했다.

농장에서 돌아온 지 며칠 지나지 않아서 수아가 또 가

자며 졸라 온 것이다.

이번엔 한송이, 이선아는 물론. 수호와 랑이, 백구까지도 있었다.

아예 마을의 젊은 애들이 다 우르르 가는 셈이다.

"수아 때문에 형님이 고생이신 것 같네요."

"고생은 아닌데, 좀 색다른 경험이긴 해."

수호가 옆에서 머리를 긁적이며 말했다. 동생의 유별남에 민망하기도 하고 고맙기도 해서 그러는 거였다.

사실 저런 아이를 겪어 본 적이 없어서 그렇지, 나쁜 건 아니었다.

그저 당황스러운 거지.

"다 왔음."

이선아의 말에 대화를 멈추고 내렸다.

그러자…….

"아이고! 사장님 오셨어요?"

전과 달리 격하게 맞으러 나온 농장 부부가 있었다.

표정과 아우라를 보니…….

'잘 됐나 보네.'

오면서 혹시나 했었다. 보통 괜찮아지면 카페로 아우라가 날아오는데 이번엔 아직까지 그런 게 없었으니까.

좀 더 시간이 필요한 건가 싶었는데…… 지금 보니 다 해결된 것 같다.

"민원인하고는 얘기는 잘됐습니다. 그날 이후로 머리를 아프게 했던 악취가 사라졌다면서 좋아하시더라고요.

오히려 유난을 떤 게 아닐까 미안하기도 했다면서 저희 보고 고생했다고…… 잘 해결됐으니 이참에 잘 지내보자고 하더라고요."

"그래요? 다행이네요. 그럼 군청에서는?"

"거기도 얼마 전에 다시 나와서 확인하고 갔습니다. 그리고 오늘 마침 공문이 왔습니다. 이제 문제없다고."

"오. 정말 잘됐네요."

"이게 다 사장님 덕분입니다! 이 은혜를 어떻게 갚아야 할지……."

전에도 맞아 주시는 게 아주 친근하셨는데 지금은…… 역시 내 예상이 맞았네.

너무 격해서 어떻게 반응해야 할지 모를 정도다.

심지어.

사라랑~ 사랑~

이 순간, 농장주인 부부의 격한 인사만큼이나 격한 아우라가 몰려들었다.

어디부터 반응해야 할지 갈피를 못 잡을 정도로 정신이 없었다.

두 사람에게서 나오는 밝은 아우라가 주변을 가득 채우고 있었다.

"이모~ 우리 좋은 곳 언제 보여 줘요~?"

"아 참! 사람 불러 놓고 딴소리만 잔뜩 했네. 우리 거기로 가 볼까?"

"네!"

다행히 수아가 적절하게 끼어들어서 일단 두 사람의 시선은 흩어졌다. 덕분에 아우라에도 집중할 수 있었다.

샤랑~

아우라는 마치 안내라도 하고 싶다는 듯 주위를 맴돌았다. 그 방향은 전에 오염된 땅이 있던 곳.

"저, 혹시 저는 잠깐 거기에 갔다 와도 될까요?"

"아, 물론입니다. 저랑 같이 가서 보시죠."

나와 우성수 씨만 따로 나와서 아우라를 따라갔다. 그리고 그곳에서 예상하지 못한 것을 발견했다.

'열매?'

정확히는 아우라가 뭉쳐진 공 같은 형태인데 열매보다 더 좋은 설명이 없었다.

바로 텍스트창을 보니…….

[땅의 정수]
*효과
―터 강화 또는 터 확장

'헉!?'

순간 나도 모르게 소리를 낼 뻔했다.

그만큼 텍스트창의 내용이 놀라웠다.

터 강화, 터 확장 효과가 있는 거라니…….

근데 땅의 정수? 뭔지는 몰라도 와보길 정말 잘했다.

"하하! 어떻습니까? 이제 냄새는 안 나지요?"

"아, 예. 그러네요. 정말…… 깨끗해졌습니다."

뒤에서 들린 목소리에 놀라움은 일단 뒤로 했다. 그리고 이상하게 보이지 않게 조용히 손을 뻗어 땅의 정수를 흡수했다.

손을 뻗으니 그냥 알아서 스며들어서 뭔가 따로 할 필요는 없었다.

게다가 땅도.

'별로 달라지는 건 없어 보이네.'

다행히 땅의 정수가 흡수됐는데도, 문제는 없었다.

"이제 걱정 없겠습니다."

"그럼요. 처리 시설을 옮긴 곳은 좀 더 철저하게 보수도 했습니다. 그리고 매년 계속 확인하고 보완할 예정입니다."

우성수의 말에 고개를 끄덕였다.

그렇게 했음에도 또 이런 일이 생길지는 알 수 없는 거니까.

그래도 뭐, 이렇게 철저하게 관리하다 보면 큰 문제는 생기지 않으리란 생각이 들었다.

그러면 우선 오늘은…….

"그럼 진짜 라테 한잔하러 가시죠."

"하하! 그럽시다. 이거 우리가 대접을 해야 되는데."

"아닙니다. 전부터 계속 라테를 드린다고 해 놓고 못 드렸네요."

축배부터 들기로 했다.

여러 가지 이유로 말이다.

카트를 타고 전과 다르게 농장 위쪽으로 이동했다. 그러자 자연스럽게 위에서 내려다보는 위치가 됐는데······.

'우리나라에 이런 곳이 있었어?'

어디 북유럽의 그곳 같은 풍경에 깜짝 놀랐다.

농장이 크다고 생각했는데 생각보다 더 컸다.

그리고 지형도 색달랐다.

낮고 넓은 언덕 같은 산등성이의 목초지라니······.

"우유가 맛있을 수밖에 없네요. 이런 곳에서 자란 젖소라면."

"그렇죠? 저도 물려받은 지는 얼마 안 됐는데, 부모님께서 정말 정성도 많이 들인 것 같더군요."

왠지 우성수의 말에서 나와 같은 느낌을 받았다.

나도 할아버지의 카페를 물려받으면서 했던 생각이라 그런가.

"아저씨이~! 얼른~민초푸 주세요!"

"하하! 다 왔습니다."

물론, 그런 상념은 수아의 외침에 곧바로 묻혔다.

마침 우성수 씨도 카트를 세우며 도착을 알렸다.

도착한 곳에는 작은 정자가 있는 곳, 그곳은 딱 농장을 두루 볼 수 있는 위치에 있었다.

바람도 솔솔 불고, 사방이 푸릇푸릇한······ 마치 푸른 호수 위에 떠 있는 섬 같은 느낌.

'호랑이 쉼터 공터만 한 곳이 없다고 생각했는데, 여기

도 좋네.'

매력이 다른 좋은 풍경이었다.

정자 아래로 보이는 산등성이에는 젖소들도 보였다.

"되게 이국적인 풍경이네요."

"그쵸? 저도 보자마자 감탄했어요. 우리나라에도 이런 곳이 있을 줄이야. 그동안 너무 좁게 살았나 봐요."

감탄하고 있으니 한송이가 와서 동의했다.

근데 이선아가 안 보인다.

"선아는요?"

"아, 저기요."

"응?"

뭐 하나 했더니 백구랑 뛰어다니고 있었다.

백구는 젖소들 주변을 뛰어다니고 있었는데, 그걸 카메라 들고 찍는 듯했다.

물론 젖소들은 전혀 신경을 안 쓰고 자기들 할 일만 했다.

묘한 그림이다.

"이거 어때요? 괜찮죠?"

"오? 그림 그렸어요?"

"네. 잠깐 앉아서 그려 봤어요."

탭을 들고 왔는지, 한송이가 내민 화면엔 그림 하나가 띄워져 있었다.

그곳엔 방금까지 본 풍경들이 고스란히 담겨 있었다.

정자에서 손을 흔들며 외치는 수아와 그리고 그걸 말리

는 수호.

산등성이를 뛰어노는 백구, 이선아, 그리고 젖소들.

"짠! 방금 사장님도 그렸어요."

잠깐 탭을 다시 가져가더니 나도 그려 넣었다.

한송이 본인과 옆에 서서 이야기를 나누는 모습이었다.

농장 주인 내외가 랑이를 예뻐하는 모습도 있었다.

"고양이가 어떻게 이렇게 얌전하지?"

"우리도 한 마리 키울까 봐."

참 평화로운 풍경이었다.

음. 하나 아쉬운 게 있다면…….

슥슥!

"엥? 왜 지워요?"

"조금 다른 모습을 그려 줬으면 해서요."

내 모습과 한송이 모습을 지웠다.

그리고 카트에 실어 온 보냉 가방을 꺼냈다.

거기엔 미리 내려온 쑥쑥이표 커피와 수아가 먹고 싶다고 노래를 부른 민초푸의 재료가 있었다.

그리고 가장 중요한 우유도 가득.

"기왕이면 이런 모습으로 그려 주실래요?"

"와아—! 네! 너무 잘 어울려요!"

다 우유와 섞기만 하면 되는 거라 만드는 데 크게 어렵진 않았다.

그래도 효과는 줘야지.

사라랑~

아우라를 일으켜 목생의 재능으로 음료를 제조했다.

사람들 눈에는 보이지 않겠지만, 순식간에 아우라가 영롱하게 스며든 음료가 만들어졌다.

"여기 주문하신 카페라테, 민트 초코 라테 나왔습니다."

"앗! 민초푸가 아닌데요?"

"라테로도 한번 맛보렴. 우유 맛이 더 진하게 느껴져서 좋을 거야."

"으음…… 네에, 그러엄…… 으음……"

꿀떡꿀떡!

시무룩한 목소리의 뒤를 이어 목이 위아래로 몇 번 움직이고.

"와아! 굿굿! 이것도 진짜 맛있어요!"

수아의 태세 전환에 다들 한바탕 웃음을 터트렸다.

그리고 다들 카페라테 한 모금씩 마셨다. 이선아도 어느새 와서는 목을 축였다.

"오?"

"와아—!"

"이거 우리 우유로 만든 것 맞나요? 진짜 너무 맛있는데요?"

"그러게요!"

그리고 이어지는 호평에 흐뭇한 미소를 지었다.

방금 막 만든 우유로 만드는 라테.

산지 직송이라는 말이 이보다 더 가까울 수 없는데 맛

이 없을 수가.

'자, 그럼 나도 먹어 볼까?'

정자에 걸터앉아서 산 아래 이국적인 풍경을 내려다보며……

꿀꺽! 꿀꺽!

고소한 우유의 풍미와 너무 잘 어울리는 커피의 묵직하면서도 고소함이 절묘하게 뒤섞인 라테였다.

어느 하나 치우침 없이 하나로 어울려지는 맛.

그냥 커피와도, 그냥 우유와도 또 다른 매력을 가진 음료였다.

눈이 번쩍 떠진다.

"진짜 맛있네."

"그러게요."

혼잣말에 한송이가 받았다.

그녀도 어느새 탭을 놓고 옆에 앉아서 라테를 마시고 있었다.

그럴 수밖에 없는 풍경과 맛이었다.

그리고 특별한 경험이었다.

최근에 밖에 나갈 때마다 신비한 일을 많이 겪는 것 같았다.

사실 그것 때문에 생각할 게 많았다.

땅은 왜 오염이 된 건지, 지난번에 유기견 뭉치를 구조할 때 어쩌다 페트병에 목이 낀 건지 등등.

궁금한 것도 많았다.

땅의 정수는 뭔지. 특성이 어떻게 나올지…… 그런데 이러고 있으니 그게 뭐가 중요한 건가 싶었다.

'내 본업은 어디까지나 카페 사장이니까.'

이렇게 스트레스와 잡생각 없이 쉴 수 있는 시간과 공간을 만들어 주는 게 내 역할이 아닐까.

그게 잠시 장소를 옮긴 것뿐.

샤라락~

그와 동시에 갑작스런 바람이 언덕을 타고 넘어왔다.

귓가를 스치는 청량함.

여름이 왔다는 게 믿기지 않을 정도로 시원한 바람이었다.

그리고 그 바람에는 사방에서 뿜은 사람들의 아우라도 섞여 있었다.

스며드는 아우라에 나도 이대로 잠시 쉬기로 했다.

4장

4장

 꿀맛 같은 휴식이었다.

 호랑이 쉼터에서도 충분히 잘 쉰다고 생각했는데, 그게 다가 아니었던 모양이다.

 물론 그렇다고 호랑이 쉼터보다 여기가 좋다는 것은 또 아니었다.

 이를테면.

 '또 다른 휴식이라는 거겠지.'

 휴식의 종류에도 여러 가지가 있지 않은가?

 반찬도 골고루 먹어야 되는 것처럼. 지금이 딱 그런 거였다.

 다른 장소에서의 휴식.

 평소 보던 것과는 다른 풍경에서의 쉬어 감이었다.

"이건 어때요?"

옆에서 같이 쉬고 있던 한송이가 탭을 보여 줬다. 거기엔 아까와 같은 풍경이지만 조금 다른 그림이 있었다.

"좋네요."

"그죠?"

고개를 끄덕였다.

아까보다 뭐가 좋냐면, 나로 생각되는 인물이 편안해 보인다는 것이?

어정쩡하게 서서 붕 떠 있는 게 아니라 하나로 어울리는 느낌이었다.

둘 다 잘 그린 그림인데 이게 또 느낌이 달랐다. 마치 방금 내가 또 다른 휴식이라고 생각한 것처럼.

"여기에 온 뒤로 진짜 아이디어가 많이 떠오르는 것 같아요. 숨만 쉬어도 괜찮은 이야기가 생각난다고 하니까 주변 사람들이 안 믿는다니까요?"

"그래요?"

한송이의 이야기를 들으면서 풍경을 감상했다.

바람에 풀들이 흔들리는 소리에 한송이의 목소리가 기분 좋게 섞여서 꼭 ASMR을 듣는 듯했다.

"전에는 매일 방에서 아이디어 생각날 때까지 멍때리기 일수였는데, 여기 와서는 생각이 안 나면 그냥 나오게 되더라고요. 카페도 가고, 그냥 마을 구경하면서 걷기도 하고."

"그럼 그때 새로운 영감을 구상하는 건가요?"

"아뇨? 그러면 그냥 아무 생각 없이 멍하게 되던데요?"
"……그럼 아이디어는?"
"그렇게 멍하게 있다가 어느 순간 갑자기 팍! 떠오르더라고요. 제 생각인데 그렇게 멍하는 시간이 충전되는 시간이 아닐까 싶어요."

일리가 있는 말이었다.

근데 그보다 언덕 아래서 뒹굴고 있는 백구에게 자꾸 시선이 간다. 그새 또 자란 백구는 자기보다 큰 네발 친구가 생긴 게 신난 듯 계속 들이댔다.

새끼 젖소들은 그런 녀석을 피해서 이쪽을 왔…… 응?

"어? 젖소들이 이쪽으로 와요."

옆에서 열심히 재잘거리던 한송이도 그걸 봤는지 손가락으로 가리키며 말했다.

그러자 각자 쉬던 사람들의 시선이 모두 젖소를 향했다.

새끼 젖소들은 곧장 이쪽으로 오더니, 내 앞에 섰다.

"애들이 왜 이러지?"

"사장님 때문에 그런 거 아닐까요?"

"글쎄요."

왠지 알 것 같지만, 모른 체 했다.

근데 이거 이래도 괜찮은 건가?

딱히 젖소들이 뭔가 하진 않았다. 그냥 내 주변을 어슬렁거릴 뿐.

그러다 가끔 랑이를 핥거나 손을 뻗은 수아의 볼을 핥

기도 했다.

"헤헤! 젖소 귀여워! 눈도 엄청 커요!"

"신기방기."

"신기하네요. 젖소들이 여러분을 마음에 들어 하나 봅니다. 저희 말고는 이렇게 가까이 온 적이 없었는데."

사람들이 저마다 한마디씩 했다.

그러다가…….

"아 참! 아저씨! 우유는 어떻게 짜요?"

"응? 아! 그걸 한번 해 볼까요? 하하!"

"네!"

수아와 우성수 씨가 속삭이는 소리가 들렸다.

이거 이번엔 진짜 농장 체험을 제대로 하겠는데?

"사장님, 가서 치즈도 먹어 보고 버터도 한 번 빵에 발라 먹어 보실래요?"

"오? 좋습니다. 근데 그것도 파는 건가요?"

"아, 원래 저희는 원유만 공급합니다. 근데 부모님께서 당신 먹을 정도만 만들 수 있는 장비를 들여놨더라고요. 그래서 놀리기도 뭐하니 체험 프로그램을 기획하려 했는데…….

"아하."

그런 프로그램도 생각하고 있었구나. 좋은 것 같았다.

이런 농장이라면 체험하는 것만으로도 힐링할 수 있을 것 같았다.

그리고 이건 어떻게 보면 자신감의 표출이기도 했다.

떳떳한 농장의 모습을 말이다.

"아내가 원래 교육 쪽 일을 하던 사람이라, 이런 걸 하기 나쁘지 않은 거 같아서요. 안 그래도 본인이 해 보고 싶다고 하더군요. 안 그래도 저 따라 여기까지 내려와서 고생하고 있는데, 하고 싶은 거라도 할 수 있게 도와줄 생각입니다."

참 보기 좋은 부부였다.

안 좋은 일이 있었을 때도 둘이 있어서 그래도 좀 낫지 않았을까 란 생각이 든다.

서로 의지가 되는 사람이라…… 좀 부럽기도 하네.

물론 그것도 잠시였다.

"아저씨! 뭐 해요! 얼른 가요!"

"사장님~ 안 가세요?"

"고고."

세 사람의 닦달과 멋쩍은 듯한 수호의 얼굴에 피식 웃으며 카트에 올라탔다.

부러운 것도 좋지만 지금에 만족하는 것도 중요했다.

그리고 그런 의미에서…….

샤라랑~

〉우성수, 김솔비의 신뢰

나는 지금이 아주 좋았다.

         * * *

농장 체험과 힐링을 하고 카페로 돌아온 지 며칠 뒤.
금세 일상으로 돌아왔다.
그런데 한 가지 고민이 있었다.
그건 바로 젖소 농장을 도와주고 얻은 '땅의 정수'였다.

[땅의 정수]
*효과
―터 강화 또는 터 확장

효과 중 어떤 걸 선택해야 할지, 그리고 또 어떤 터를 골라야 할지 무척 고민이 됐다.
'텃밭은 확장한 지 얼마 안 되긴 했지만 그래도 더 넓어도 좋을 것 같고.'
일단 제일 일 순위는 텃밭이긴 했다.
하지만 여름도 점점 무르익는 계절이 오니 그늘 쉼터도 끌렸다.
날이 덥지만, 그래도 그늘이 있으면 오히려 적당히 여름을 만끽할 수 있지 않을까.
바다에 가서 일부러 파라솔 아래에도 있지 않은가.
그게 아니면 공터에 작은 정자를 하나 만드는 건 어떨까 싶기도 했다.
우성수의 농장에 있는 언덕 위 정자가 꽤 마음에 들었

던 탓이다.

물론 그걸 공터에 놓으면 탁 트인 느낌이 사라질 것 같아서 안 될 것 같긴 했지만.

거기처럼 언덕이라면 모를까.

"음…… 뭘 선택해야 할지 모르겠네."

그래도 행복하다면 행복한 고민이었다.

아 참, 오염된 흙도 정화가 끝나고 자연 회복이 다 됐다.

그리고 그건,

[정화된 흙]
*효과
―지기가 풍부한 흙

이렇게 됐다.

땅에서처럼 아우라가 꽃을 맺고 정수가 나오진 않은 것이다.

당연하다면 당연한 건가?

본체에서 나온 일부니까 완전 같은 효과가 있을 순 없겠지.

아무튼, 이것도 사용할 방법을 찾아야 했다.

텃밭에 뿌려도 되긴 한데 이미 작물이 비정상적으로 잘 자라느라 과하단 느낌도 있고…….

'그리고 보니까 농장 울타리에 꽃을 심었던데.'

워낙 넓어서 기억하기 쉽진 않지만, 중간에 우리가 쉬었던 정자로 향하는 길의 일부 울타리를 따라 심겨 있었다.

그게 참 예쁘던데 우리도 오솔길에도 심으면 좋을 것 같기도 하고.

근데 그것도 종묘사를 가야 하나?

으음, 그 정도면 화훼 단지를 가야 될지도.

그럼 그것도 일단 보류.

아 참. 우성수 씨 부부한테 얻은 '신뢰' 재능은 금생의 재능으로 분류가 됐다.

매력과 비슷한 재능이라 다행히 이건 따로 연습이나 활용 방법을 찾을 필요가 없었다.

"음…… 버터, 우유, 생크림……."

바로 활용이 가능했다.

우선, 거기서 체험하면서 나온 것을 가지고 왔다.

사실 다른 것보다 이게 제일 급하긴 했다.

유제품이라 오래 보관하기 힘드니.

'그래, 다른 건 기한이 없잖아. 여유 가지고 생각해 보지 뭐.'

한꺼번에 많은 것을 얻다 보니 나도 모르게 조급함이 생겼나?

굳이 그럴 필요가 없다는 걸 깨달으니 마음이 편해졌다.

차근차근해도 될 일들이었다.

문득 한송이가 언덕에서 했던 말이 떠올랐다.

멍때리는 시간이 필요했다고.
아마 지금 나한테 제일 필요한 시간이 아닌가 싶었다.
"멍때리기에는 메뉴 개발이 좋지."
다른 잡생각들 안 해도 되고 말이지.
우유, 버터, 생크림을 올렸다.
그리고 쑥쑥 이의 열매를 자연 건조 시켜서 생두만 벗겨 낸 것도 가져왔다.
로스팅은 하지 않아서 하얀 상태였다.
아직까지 쑥쑥이의 원두에서는 정화 외에 특별한 효과는 발견하지 못했다.
정확히는 효과가 있긴 한데 알 수가 없었다.

[쑥쑥 생두]
*상태
—최상
*효과
—??(조건부 활성)

이런 상태였다.
조건을 찾지 못해서 활성을 시키지 못하고 있었다.
왠지 처음 쑥쑥이를 봤을 때가 생각나는 걸?
당장은 아쉽긴 한데 또 이게 찾는 재미는 있으니까 괜찮았다.
쑥쑥이의 정체를 아는데도 한참이 걸린 만큼 이것도 조

급해하지 않고 찾다 보면 금방 알게 되겠지.

그리고 비록 효과는 없지만, 맛이 그 효과 없어도 될 만큼, 아니 맛이 효과를 대체할 만큼 좋았다.

이건 다른 사람들을 통해서 확인까지 했다.

특히 커피를 좋아한다는 한송이의 친구, 김하나도 인정했다.

농장에 갔다 온 뒤, 한송이가 일 때문에 서울에 갔다가 왔는데 그때 맛을 보여 줬더니 당장 여기로 오려고 했을 정도라나?

조만간 진짜 내려온다고 하니 그때 커피를 주면서 명함도 부탁하기로 했다.

그러면.

"커피, 우유, 버터, 생크림이라…… 뭐가 좋을까. 아!"

하나 생각난 게 있었다.

바로 케이크.

커피와 너무 잘 어울리는 메뉴였다. 예전부터 수아가 만들어 달라고 한 거기도 했었다.

그래서 이참에 한 번 만들어 보기로 했다.

레시피는…… 있었다.

"우유 생크림 케이크."

좋아. 시작해 볼까?

우선 빵부터 만들어야 했다.

재료는 계란, 설탕, 꿀, 박력분, 옥수수 전분, 버터, 우유.

먼저 박력분과 옥수수 전분 가루부터 체에 걸러서 뒀다.

옥수수 전분은 텃밭에서 얻은 그 옥수수로 만든 거였다. 이장님한테 얘기했더니 말리고 빻아 주셨다.

그리고 다음으로 계란을 거품기로 풀어 주는데.

"여기선 노른자만 따로 더 넣어 줘야지."

그래야 폭신폭신하고 밀도가 높은 식감의 제누와즈를 만들 수 있었다.

흰자와 노른자의 수분량에 따른 밀도 차이인데, 아무튼.

그리고 설탕을 넣기 전에 미리 계란을 좀 풀었다.

그래야 설탕이 뭉치지 않고 잘 섞였다.

그렇게 잘 풀렸으면 꿀과 설탕을 넣고 뜨거운 물에서 중탕해야 하는데……

온도를 대략 37~42도까지 만들어야 했다.

'역시 베이킹은 과학이야.'

신중하게, 아주 신중하게 진행했다.

그렇게 데운 뒤 거품기로 휘핑을 쳐 주는데, 이게 또 쉽지 않다.

고속으로 먼저 질감을 만들고 난 뒤에 낮은 속도로 부드럽게 만들어 줘야 했다.

그렇게 기포까지 정리한 다음, 미리 체에 쳐 둔 가루를 넣고 반죽한다.

거품이 꺼지지 않게 부드럽게 올려 치듯 몇 번 섞어 주고…….

이제 우유와 버터를 쓸 때다.

우유와 버터를 40~60도로 데운 뒤, 원래는 바닐라 익스트랙을 넣어 섞어야 하는데…… 이건 생략했다.

"이 정도로 고소하면 달걀 잡내 정도는 충분히 잡을 거 같은데?"

이번에 얻어 온 우유와 버터가 너무 좋아서 이걸로도 괜찮아 보인다.

그렇게 둘을 섞은 뒤 만든 반죽 일부를 넣어 또 같이 섞고.

그런 작업을 몇 번이나 반복한 뒤.

"좋아, 이걸로 끝!"

마지막으로 그것들과 반죽 전체를 섞으며 마무리했다.

이제 굽기만 하면 된다.

유산지를 두른 팬에 넣고 170도 30분.

시간과 온도는 감각 재능이 말해주는 대로 내가 임의로 설정했다.

"후우— 이래서 케이크 만들 엄두가 안 났던 건데."

하지만 이건 어디까지나 시트의 이야기. 아직 준비할 게 하나 더 남았다.

크림을 만들어야 한다.

우성수 씨가 준 게 있어서 휘핑만 조금 치면 된다는 게 불행 중 다행이려나.

수제로 만들어서 그런지, 우유 맛이 진하게 나는 생크림이라 더 뭘 넣을 필요도 없었다.

"됐다."

후우…… 길었다.

이걸로 모든 준비는 끝.

이제 조립하면 된다. 그 전에 나는 잠시 케이크 시트, 제누와즈를 식히며 한숨 돌렸다.

역시 시작하기 전부터 느끼긴 했는데 별거 없으면서도 할 게 참 많다.

신경 써야 할 것도 적지 않고.

역시 본격적으로 하기엔 만만치 않은 영역이다.

"자, 그럼 슬슬 다시 시작할까?"

일단 시트를 일정한 두께로 잘랐다.

딱 세 장이 나와서 높이도 적당했다.

첫 번째 시트의 윗면에 시럽을 바르고 그 위로 생크림을 조금 퍼서 바른다. 그다음엔 과일이 있으면 과일을 넣어도 좋았지만, 이번엔 생략.

순수하게 우유의 맛을 느낄 수 있도록 다른 것 없이 만들 생각이었다.

그래서 그냥 조금 두껍게 생크림을 바르고 또 케이크 시트를 쌓았다.

그걸 세 번 반복하면…… 얼룩덜룩 흰색 크림으로 덥힌 케이크의 모습이 등장했다.

이대로 두기엔 조금 볼품없지만…….

스르릉~

아우라가 손에 깃들었다.

이제 본격적인 손재주가 필요한 때.

전에 사 둔 스페츌러의 날을 세워 케이크의 옆에 가져다 댔다.
슥—! 슥—!
지나갈 때마다 정리되는 면들.
거기에 아이싱을 할 크림을 케이크 위에 추가로 올렸다. 이제 본격적으로 케이크를 새하얗게…….
그런데 그때!
꾸잇~!
브라우니가 갑자기 신호를 줬다.
이것은 누군가 오고 있다는 소리였다.
고개만 내밀며 문 쪽을 보니, 어느새 바로 앞에서 문을 열고 있는 모습이 보였다.
낯익은 얼굴이었다.
그리고 그사이 열리는 문.
딸랑~ 딸랑~
"어서 오세요~"
"예. 안녕하세요. 저……."
쭈뼛거리며 왠지 할 말이 있는 듯한 모습의 남자는.
"하준이 아버님 맞죠? 오늘은 혼자 오셨네요?"
일전에 왔던 하준이의 아빠였다.
"아, 예. 기억하시네요."
"얼마 전에 축제에서도 봤잖아요. 잘 지내셨어요?"
이런, 질문을 잘못했다.
하준이 아빠의 어두운 얼굴을 질문하고 나서 발견하다

니.

그의 얼굴에 드리운 그림자. 아무래도 뭔가 있는 거 같은데?

케이크에 신경 쓰느라 파악하는 게 늦었다.

손에 쥔 걸 내려놓고 다시 상세히 확인하였다.

'아우라가 안 좋네.'

얼굴빛처럼 좋지 않은 아우라가 그제야 보였다.

얼마 전 축제에서 봤을 때까지만 해도 나쁘지 않았었는데?

이게 어떻게 된 거지?

* * *

일단 케이크는 마무리했다.

어차피 이젠 아이싱 작업만 하면 됐다.

송준혁 씨의 상태를 보니, 바로 주문할 거 같지는 않기도 했고.

'상태가 음······.'

[송준혁]
*상태
―많은 업무에 피로 누적, 예민
―아내와의 다툼으로 인한 스트레스

저 피로 누적은 정말이지 없어지질 않네. 그때 잠깐 사라진 것 같았는데 또 생겼다.

하지만 저런 상태의 결정적인 이유는 다른 데 있는 것 같았다.

바로 다툼.

부부가 늘 싸우지 않고 잘 지내면 좋겠지만 그게 쉽나?

한 집에서 부대끼며 살다 보면 어쩔 수 없이 크고 작은 충돌이 있을 수 있었다. 그것도 피로 누적으로 한껏 예민한 상태라면 그게 더 잦겠지.

이건 내가 아직 결혼을 하지 않았어도 알 수 있었다.

주변에서 듣는 얘기도 많을뿐더러, 피를 나눈 가족끼리도 싸우지 않던가. 그러니까 그다지 이상한 일은 아니었다.

다만, 이렇게까지 표출될 정도라면 이번엔 조금 크게 다툼이 있었을까?

심란해 보이는 표정과 아우라를 보니 아무래도 그런 것 같았다.

'이크! 집중하자.'

잠깐 한눈팔다가 케이크에 흠집을 만들 뻔했다.

우유 생크림 케이크는 아무래도 새하얗고 매끈한 면이 나와야 예쁘다.

완벽할 정도로 틈이나 갈라짐이 없게.

그러니 여기에 집중해야 했다.

사악~! 삭!

스페츌러가 손에서 춤을 추며 생크림 면을 다듬었다.

깨끗해진 면을 보니 묘하게 편안한 감정이 든다.

마치 찰흙을 칼로 잘랐을 때 매끈한 단면을 보는 느낌?

아주 반듯하게 시공된 시멘트 모르타르를 보는 것과도 비슷했다.

이런 거에 편안함을 느끼는 사람이 꽤 많다고 들었는데, 나도 그중 하나일 줄이야.

"사장님? 혹시 바쁘신가요?"

너무 집중했나?

카운터에서 송준혁 씨의 목소리가 들려 왔다.

저쪽도 슬슬 정리가 다 된 모양.

"아닙니다. 다 했네요. 주문하시려고요?"

마무리를 하고 케이크는 냉장고에 넣고 나왔다.

그곳엔 메뉴판을 들고 있는 송준혁이 보였다.

그리고 보니 오늘은 따로 추천 메뉴를 쓰지 않았네.

'뭐, 재능을 내 마음대로 넣고 조합할 수 있게 돼서. 너무 그쪽으로만 신경 쓰지 않아도 괜찮아지긴 했지만.'

대처도 가능하고 훨씬 더 좋아지긴 했지만, 그래도 더 신경을 써야겠다.

이런 작은 생각들이 방심을 만들어 내고, 안일하게 만들며, 자칫 독이 될 수 있다.

익숙함에 속아서 쉽게 대하면 안 된다. 소홀하게 운영할 생각은 없으니까.

그리고 제아무리 효과를 조합해서 넣을 수 있다지만,

그렇다 해서 작물에 있는 고유한 효과나 효능까지는 따라갈 수 없었다.

제아무리 손맛이 좋아도 기본 재료가 부족하면 그 맛이 반감되듯 말이다.

그렇게 마음을 다잡는 사이 송준혁 씨도 마음을 결정한 듯 물어왔다.

"예, 혹시 여기 핸드드립이 있던데…… 이거 새로 생긴 건가요?"

"네, 이번에 좋은 원두를 얻었거든요. 그걸로 드릴까요?"

"그런가요? 그럼 혹시 조금 새콤한 느낌으로도 가능한가요?"

"네, 마침 적당히 로스팅된 게 있네요. 그럼 그걸로 드릴까요?"

"오! 부탁드리겠습니다."

"네, 잠시만 기다려 주세요. 아 참! 제가 또 깜빡했네요. 하준이한테 꾸꾸가 맺은 샤인머스캣을 준다고 했었죠? 오늘은 잊지 말고 드릴게요."

"아뇨, 아뇨. 꼭 안 그러셔도 되는데……."

"아닙니다. 약속은 지켜야죠. 하준이가 많이 기다릴 텐데. 그럼, 기다려 주세요."

하준이 얘기는 일부러 꺼냈다.

아무래도 부모들과는 아이 얘기로 이야기를 시작하는 게 편안하니까.

슬쩍 말을 걸어 놓고 주방으로 들어왔다.

그리고 그라인더를 꺼냈다. 핸드 그라인더였다.

굳이 이걸 쓰는 이유는 역시 효과를 하나라도 더 넣기 위해서였다.

'일단 피로 누적, 스트레스에 도움이 되는 효과를 넣어야겠지.'

전에 이것저것 하다가 발견한 조합 중 괜찮은 걸 떠올려 봤다.

유유자적도 괜찮은데, 지금 상태가 그럴 상태는 아닌 것 같다. 그러니 그쪽 조합은 이번엔 생략.

가볍게 역발산기개세의 효과를 넣고 꿀을 넣어서 스트레스와 피로 회복에 도움이 되게 하기로 했다.

혹시 이야기를 듣게 되면 그때 다시 필요한 효과를 넣을 방법을 찾으면 되니.

사각! 사각!

그라인더를 쥔 손에 아우라가 깃들었다.

뀨르~

그리고 브라우니가 그에 맞춰 힘을 주듯 소리를 내니, 이내 원두를 갈고 있는 그라인더 속으로 아우라가 스며들었다.

한층 더 과일의 상큼한 향과 꽃 향이 피어올랐다.

'확실히 자연 건조한 뒤에 살짝 볶은 원두는 향부터 다르네.'

농장에 가져갔던, 적당히 묵직했던 원두와는 상태가 달

랐다.

자연적으로 건조가 되면서 과육의 향과 맛이 원두에 그대로 스며들기도 했고, 또 원두 자체도 다크하게 볶지 않고 적당히 구리 빛이 조금 돌게 볶았더니 이렇게 됐다.

커피라는 건 알면 알수록 참 신기했다.

같은 원두라도 어떻게 하냐에 따라서 색도, 맛도, 향도 달라지니.

이번엔 입자도 너무 곱지 않게, 조금은 크게 해서 금방 갈았다. 조금 더 가벼운 느낌으로 내리고 싶을 땐 이렇게 하면 좋았다.

그러고 보니 커피는 뭔가 사람을 닮은 것 같기도 하다.

'좀 오버인가.'

살짝 오글거리는 생각 같긴 하지만, 어쨌든 비슷하다는 느낌은 지울 수는 없었다.

그래서 다양한 사람들이 커피를 마시는 곳에서 휴식을 떠오르는 게 아닐까 하는 생각도 잠시 들었다.

금세 오그라드는 손을 펴며 접었지만.

'됐다.'

원두는 다 갈았고, 95도의 온도로 맞춘 물로 커피를 내렸다.

살살 돌려 가면서 인내를 가지고 내리다 보면, 어느새 한 컵 가득 된다.

워낙 가볍고 맑게 내리려고 해서 그런지, 커피색도 진하지 않고 꼭 차를 우린 것 같은 연한 색이 됐다.

실제로 맛도 그랬다. 흔히 알고 있는 커피 같지 않달까? 처음 마시면 이게 무슨 커피냐고 할 수 있을 정도로 향과 맛이 달랐다.

흔히 아는 쓴맛보다 시고 달면서 과일 향이 물씬 나니까.

하지만 이것도 커피였다.

"주문하신 음료 나왔습니다."

"와~ 향부터 다르네요. 이거 비싼 원두 아닌가요?"

"비싼 건 모르겠고, 귀한 원두긴 하네요."

"아하! 이거 오길 잘했네요. 갈 곳이 여기밖에 생각이 안 나서 왔는데……."

말을 하다가 말고 급히 커피를 마신다. 음, 역시 아직 속사정까지 얘기하긴 살짝 부족한 모양이다.

그럼 좀 더 분위기를 풀어 볼까?

스윽—

바로 조율을 펼쳤다.

그러자 카페에 틀어 둔 노랫소리에 자연스럽게 스며든 조율의 아우라가 편안한 분위기를 만들었다.

그리고 친화력과 새로 얻은 신뢰까지, 금생의 재능들이 펼쳤다.

'다투고 나서 갈 곳이 없어서 여기 왔다는 거네.'

얼추 상황도 짐작됐다.

그러니 우선.

"아무래도 읍내 보단 여기가 조용하죠?"

"그럼요. 그때도 와 봤지만 진짜 좋은 곳 같습니다."

"하하, 감사합니다. 커피 맛은 좀 어떠세요?"

"제가 나름 커피를 좋아하는데, 이거 읍내에서 먹던 스페셜 커피하고도 차원이 다른데요? 이런 원두는 처음 먹어 보는 거 같아요. 혹시 직접 블랜딩하신 건가요?"

"하하, 네 그렇죠."

일단 커피 얘기로 분위기를 더 편하게 만들었다.

주문하는 걸 보니 커피에 관심도 많은 듯해서 주제로 딱이었다.

"원래도 가끔 집에서도 원두를 내려 먹었는데, 요즘은 바쁘다 보니 그럴 새도 없네요."

"아! 그때 읍내 보건소에서 일하신다고 들었는데, 맞나요?"

"예. 보건소에서 진료하고 있죠."

"사람이 많이 오나요?"

"음…… 어떻게 보면 도시보다 더 바쁩니다. 절대적인 환자 수는 적어도, 그만큼 보건소 인력도 적어서요."

"아아……."

하긴, 의사들이 굳이 시골까지 내려와서, 그것도 개인 병원 개원도 아니고 보건소에서 일하는 게 쉬운 결정은 아니었다.

특히 송준혁 씨처럼 아직 젊은 의사라면 더욱.

아마 시골인 만큼 노령층도 더 많겠지.

"정말 대단하시네요."

"……대단은요, 무슨. 가족들을 챙겨 주지도 못하는데."

조금 편안해졌을까, 슬슬 가족 얘기가 나왔다.

커피잔을 만지작거리며 고민이 있다는 표정으로 생각에 잠긴 송준혁의 모습에 잠시 기다려 줬다.

그는 얼마 지나지 않아 다시 조심스레 입을 열었다.

"사실, 아내랑 조금 다퉜습니다."

"그랬나요? 어쩐지 표정이 안 좋아 보이시던데."

"좀 티가 났나요?"

"이유까진 몰랐지만, 얼굴이 밝아 보이진 않으셨습니다."

"하아— 역시 그랬군요. 진짜 이러고 싶지 않았는데…… 정말 사람 마음이 쉽지 않네요."

그것보다 어려운 게 있을까.

순간 공감하려다가 말았다. 지금 그게 필요한 것 같진 않으니까.

그저 들어만 주었다.

"정말 사소한 거였습니다. 굳이 우리가 싸울 일도 아니었고. 근데 하필 그날따라 그게 왜 짜증이 났는지."

어떻게 보면 사적인 치부가 될 수 있는 말들이었지만 새로 얻은 신뢰의 효과일까? 송준혁은 편안하게 말을 이었다.

물론 정확한 사정까진 얘기하지 않았지만.

"사과를 하고 싶은데 어떻게 해야 할지 모르겠네요."

송준혁의 결론은 결국 이거였다.

'사과라······.'

근데 나도 상대 쪽 마음을 아는 게 아니니 어떻게 말해줘야 할지 모르겠는데? 애초에 이런 상담은 나한테 좀 어렵다.

지금은 여자 친구도 없으니.

애초에······.

"그럼 사과를 하시면 되지 않을까요?"

"저도 그러고 싶긴 한데, 뭐라고 먼저 말을 떼야 할지 이번엔 감이 안 잡혀서요. 이게 사과도 내가 뭘 잘못했는지 알고 해야 되지 않겠습니까? 무작정 미안하다고 해 봐야 상황을 무마하려고 하는 것처럼 보이니까 잘못하면 또 격해질 수도 있고요."

"음."

그건 그렇지. 더 어렵네.

이건, 자세한 상황을 한 번 봐야 알 것 같았다.

그것도 오혜령의 시선으로 말이다.

될지는 모르겠다. 지금 여기에 없는 사람이니까.

그래도 혹시 모르니······.

스르륵!

몰입을 펼쳤다.

그러자 마치 꿈에 들어가듯 세상이 일그러졌다.

'오?'

뭐지 전에는 이러지 않았던 것 같은데, 내가 성장하면서 재능도 성장한 걸까?

얼마 전에 봤던 아우라의 세상이 살짝 엿보이는 듯한 풍경이 지나가고, 어느새 몽글몽글한 몰입의 장면이 나왔다.

마치 상황을 재연하는 듯한 아우라의 모습들이 보였다.

'이쪽이 송준혁, 그리고 저쪽이 오혜령 씨인가.'

이제 막 퇴근을 한 듯한 송준혁과 오혜령이 움직인다.

─네, 지연 씨~

─누구야?

─아, 잠시만요. 예전 회사 동료. 나 잠깐만 통화 좀.

─응.

오혜령은 통화 중인 듯했다. 그 통화 상대는 전 직장의 동료.

그녀의 말을 들은 송준혁은 별 말없이 옷을 갈아입고, 오혜령이 준비하고 있던 식사 준비를 이어서 마저 했다.

그런데 어째 금방 끝날 것 같았던 오혜령의 통화가 길어졌다.

탁!

식사를 준비하던 송준혁의 손놀림도 거칠어졌다.

─그건 그러니까 어쨌든 계약서에 대표님 서명이 있잖아요? 기억을 떠올려서 그 계약 기간이 1년이 아니라 2년이라고 해도 계약서가 우선이에요. 대표님도 아실 텐데. 음, 지연 씨. 우리가 아무리 아니었다고 우겨도 일단 계약서대로 가는 게 맞아요. 우길 사안이 아니니까요. 저쪽

은 증거가 있고 우린 정확하지도 않은 기억만 있잖아요. 그리고 제가 마음대로 계약한 게 아니고 대표님이 계약서 검토하고 서명을 한 거잖아요?

도돌이표 같은 내용이 계속된다. 10분이 30분이 되고, 30분이 60분이 되는 것도 금방이었다.

왠지 나도 저 대화 내용을 듣다 보면 스트레스를 받을 것 같았다.

'무슨 일 처리를 이미 퇴사한 사람한테. 그리고 내용이 뭐 저래?'

오혜령도 답답해 보이기는 마찬가지. 통화하는 상대가 왠지 이해도가 떨어지는 건지, 아니면 그냥 제가 우기고 싶은 걸 오혜령에게 생떼를 부리는 건지.

계약서가 있는데 기억을 되짚어 달라니…… 무슨 헛소리를 하고 있는지 내가 들어도 스트레스였다.

—여보. 아직이야?

—어어, 잠깐만.

결국 송준혁이 한마디 했다.

오혜령도 그걸 눈치를 챘지만, 통화 상대는 그렇지 않았다.

대화가 또 이어졌다.

그리고 결국…….

탕!!

송준혁이 참지 못하고 냄비를 세게 내려놓으며 불편한 심기를 표출했다.

다행히 하준이는 방에서 자는 듯한데.
―……네, 지연 씨. 그러니까 제가 계속 말했잖아요. 어쨌든 계약서가 있고, 대표님이 서명한 사안이라고.

화를 내는 송준혁과 그에 눈을 질끈 감고 통화를 어떻게든 끝내 보려는 오혜령.

그리고 뒤이어지는 내용은 역시나 예상대로.

통화가 끝나자 다툼이 일어났다.

그다지 큰 것은 아니었지만 그래도 작지도 않은 다툼이었다.

다행히 소리를 들은 하준이가 깨서 큰소리가 나는 상황까진 가지 않았지만…….

'이건 감정이 상했네.'

확실히 서로의 감정을 건드리는, 그런 다툼이었다.

스르륵!

여기까지 확인하니 몰입에서 깨어났다.

상황은 이제 이해가 됐다. 그리고 제삼자의 눈으로 봤기에 송준혁도, 오혜령도 이해가 됐다.

이렇게 되면 내가 어떻게 말해야 할지도 대충 감이 잡혔다.

"어떻게 사과할지 고민되시면 일단 케이크 하나 사서 가는 건 어떤가요? 케이크 핑계로 일단 이야기해 보시면 해야 할 사과가 뭔지 알 수도 있지 않을까요?"

아직도 고민하고 있는 현실의 송준혁에게 내 생각을 말해줬다.

쉬운 일은 아니었지만, 그렇다고 너무 어렵게도 생각할 일은 아니었으니까.

* * *

부부 싸움은 역시 어렵다.

함께 살고 있는 데 거기서 서로의 감정이 부딪히는 거니까. 그래서 더 객관적이지 못하게 된다.

하지만 이렇게 제삼자로 상황을 보면 어쩌면 쉽게 보일 수도 있었다.

"그냥 들어가기 민망하실 테니 케이크 정도는 들고 가면 좋을 것 같은데. 어떠세요?"

"음. 아내가 케이크를 좋아하긴 하는데, 이걸로 풀릴지……"

"에이~ 이걸로 어떻게 푸나요?"

"예? 그럼?"

"이 핑계로 우선 대화를 하는 거죠."

별거 아니지만, 대화는 참 중요했다. 말하지 않아도 속내를 읽을 줄 아는 사람은 많지 않았으니까.

표현의 수단으로 대화보다 좋은 건 없었다.

그러니 일단 대화부터 해야겠지.

그리고.

"서로 고생했다는 말 정도는 하시죠?"

"그야, 하준이 키우느라 고생하니까……"

"아뇨, 그거 말고요. 그거야 두 분 다 힘드셨겠죠. 그보다 시골에 오면서 고생하셨을 것 같은데요? 원래 하준이 어머님도 도시에 있었을 땐 일을 하시지 않았나요?"

"어? 어떻게 아세요?"

"전에 얼핏 들은 것 같네요."

전엔 텍스트창으로도 봤고, 방금 몰입으로도 봤으니까 아는 거지만. 아무튼 어떤 의미로든 들은 것은 맞으니 틀린 말은 아니었다.

송준혁은 내가 방금 한 말에 어떤 의미가 있는지 고민하는 듯했다. 그래서 답해 주었다.

"이 근처에선 가끔 있는 일이거든요. 원래 일하시던 분이 내려와 환경이 바뀌면 감정적으로 힘들어하는 경우가요. 그래서 그런 쪽이 아닐까 예상해 봤습니다. 아무래도 아무것도 없는 시골이기도 하니⋯⋯ 일에 대해 열정이 있는 분이시면 더 그랬을 수도 있고요. 혹시 준혁 씨도 그러시진 않으셨나요?"

"⋯⋯그렇긴 했죠. 지금은 조금 적응하긴 했는데 아내도 저도 이렇게 되기까지 시간이 필요하긴 했습니다. 게다가 아내는 하준이 문제도 있어서 갑자기 일을 그만뒀었거든요."

"그러니까 일단 그런 걸 표현해 보면서 한번 대화를 해 보시는 건 어때요?"

케이크와 함께 서로의 고생했던 점을 대화로 풀다 보면 서운했던 것도 얘기가 나오겠지.

그게 중요하지 않을까 싶었다.

내가 본 둘의 다툼은 누구 하나 잘못했다고 보긴 어려웠다.

짜증 나던 전 직장의 전화라는 상황이 있긴 했지만, 그건 그저 트리거일 뿐이다.

송준혁은 송준혁 나름대로 화를 낸 이유가 있었고, 오혜령은 또 오혜령대로 서운한 점이 있었다.

결국엔 그게 터진 거니까.

그러니 대화는 중요했다. 서로가 의지해야 할 부부니까.

서로의 상황을 이해해 주고 또 자신도 이해받을 수 있으려면 대화보다 중요한 게 있을까?

그래도 다행인 것은 둘의 관계가 곪아질 때까지 묵히지 않았고, 나름 적당한 선에서 끝났다는 것이다.

그러니.

"물꼬만 트면 부인께서도 대화할 의지가 있을 겁니다."

"으음······."

여기서 내가 해 줄 수 있는 건 그 물꼬를 틀 아주 맛있는 케이크를 주는 거였다.

원래 화가 나고 서운하다가도 맛있는 걸 먹으면 조금 풀리지 않는가?

게다가 마침 케이크도 맛있게 만들었다.

"방금 케이크를 만들었거든요. 우유 생크림 케이크인데, 이번에 근처 농장에서 바로 가져온 생크림과 우유,

버터를 썼어요."

"농장이요?"

"아, 정확히는 목장이겠네요."

"아아! 근처에 그런 곳이 있었습니까? 전혀 몰랐네요."

"저도 얼마 전에 알았습니다. 원래 받아서 쓰던 우유가 있었는데 마침 거기에서 납품하던 거였더라고요. 신기하죠?"

송준혁이 고개를 끄덕였다.

그 모습이 꼭 하준이 보는 것 같았다. 아빠랑 아들이랑 닮았네, 닮았어.

근데 문득 궁금한 게 생겼다.

"그리고 보니 아까 하준이 문제라고 했는데, 그건 혹시 어떤 건가요?"

"아, 그게 하준이가 도시에선 몸이 좀 안 좋았습니다. 아토피도 있고 알레르기에, 비염까지 있어서…… 미세먼지 때문에 고생하기도 했고요."

"아아, 그래서 시골로 오셨구나."

"예. 겸사겸사 저도 시골 보건소에서 일하고 싶기도 해서 내려오게 됐죠."

이런 속사정은 이번에 처음 듣는다. 그리고 이걸 듣고 나니 확실히 이 부부는 더 대화가 필요할 거라는 게 느껴졌다.

둘이 상의를 충분히 했겠지만 어쨌든 양쪽 모두 상황에 따른 결정이었을 테니, 조금씩 각자 희생한 부분이 있을 테니까.

 내가 보기엔 그 부분을 얘기하며 서로의 고생을 알아주는 시간이 필요해 보였다.

 가장 가까운 사람이 자신의 고생을 알아주는 것만큼 든든하고 또 고마운 게 없다.

 "정말 고생하시네요. 두 분 다."

 남도 이렇게 알아주는데 부부는 더 잘 알아야지. 물론 말을 안 했을 뿐이지, 이미 알고는 있겠지만.

 내가 두 분 다, 라고 말하니 송준혁도 생각나는 게 있는지 잠시 말이 없었다.

 그래서 기다려 줬다.

 "그러네요. 저도, 그 사람도 고생하고 있는 건데……."

 집으로 돌아가서 무슨 말을 해야 할지 이제 알 것 같은 표정이었다.

 부부 마음은 역시 서로 제일 잘 알겠지. 그럼 그다음은 송준혁이 알아서 할 일이고…….

 "그런데 하준이한테 알레르기 비염이 있나요?"

 "아, 예. 근데 여기 와서는 많이 좋아졌습니다."

 "오, 다행이네요. 그때 봤을 때는 괜찮아 보여서 몰랐는데 여기 와서 좋아진 거군요. 아! 그리고 보면 하준이를 데리고 목장 체험에 한 번 가 보시는 건 어떠세요?"

 "목장 체험이요?"

 "저도 이번에 가 봤는데 거기 사모님이 체험학습 프로그램을 만들고 계시더라고요. 체험해 봤는데 꽤 재미있었습니다. 새로운 사실들도 알게 되고 끝나면 우유랑 생크림도 주시는데 어떠세요?"

"좋죠! 하준이가 엄청 좋아하겠네요."

"이것도 한 번 집에 가서 얘기해 보세요."

내가 또 대화할 거리를 줬다.

이 정도면 충분하겠지.

송준혁도 왔을 때에 비해 표정이 좀 밝아졌다.

'피로 누적은 많이 괜찮아졌으니까, 돌아가서 얘기만 잘하면 되겠네.'

커피에 시럽 대신 꿀을 살짝 타면서 피로 회복에 도움이 되는 효과들을 조합했다.

그 덕일까? 송준혁의 상태는 꽤 괜찮아졌다.

아무래도 몸이 편하면 마음도 편해지는 만큼 먼저 다가가서 대화를 물꼬를 틀기도 좋겠지.

돌아가서 잘 풀렸으면 좋겠다.

"케이크는 어떻게 드릴까요? 조각으로 드릴까요? 아니면 홀 케이크로 드릴까요?"

"음. 하준이도 먹어야 하니까 홀 케이크로 부탁드려도 될까요?"

"그럼요. 그렇게 크진 않아서 셋이 먹기엔 적당할 겁니다."

"아 참! 커피도 한 잔 더 포장될까요?"

"물론이죠."

물론, 늦기 전에 가려는 듯 일어서려는 모습을 보이길

래 얼른 물어봤다.

그런데 생각해 보니 케이크 포장재가 있었던가?

"음, 없네."

역시 없었다. 이건 깜빡했다.

물론 그렇다고 방법이 없는 건 아니었다.

우선 나무 접시 하나에 케이크를 올렸다. 그리고 그걸 마치 빵 포장처럼 넓은 투명 비닐로 감싼 다음, 리본으로 마무리까지 하니 딱 됐다.

살짝 들어 보니 봉지에 묻지도 않는다. 이 정도면 너무 격하게 움직이지만 않으면 괜찮을 것이다.

"주문하신 커피, 케이크 나왔습니다."

"오! 진짜 맛있어 보이네요."

"드셔 보시고 괜찮으면 또 오세요. 매번 있을지는 모르겠지만…… 아, 그리고 목장도 잊지 말고 방문하시고요."

"네, 그래야겠네요. 정말 감사합니다."

꾸벅 인사하는 송준혁에게 마주 인사했다.

그렇게 첫 홀 케이크가 주인을 찾아갔다.

"만들길 정말 잘했네."

이럴 줄 알고 만든 건 아닌데 타이밍이 좋았다.

역시 할아버지 말대로 복잡하게 생각하지 않는 게 답이었다.

하나씩 차근차근.

'그럼 다음은……'

농장에서 가져온 것들을 사용할 메뉴는 하나 정했고.

이제 뭘 해 볼까?

송준혁 쪽은 걱정하지 않았다.

희생이라는 재능을 줄 정도로 서로를 위하는 사람들이었다.

잠시 다툼이 있었고, 그걸 풀기 위한 계기가 필요했을 뿐인 사람이었다.

오히려 그보다 걱정인 건 너무 바쁜 송준혁의 일터겠지.

물론, 그것도 스스로 잘해 나가는 듯했으니, 아마 기다리면 아우라가 좋은 소식을 가져다줄 것 같았다.

그러니 그쪽은 일단 기다려 보고…… 바로 다음으로 할 일을 떠올렸다.

"생각해 보니 토리의 굴에도 문제가 있었어."

드디어 땅의 정수 사용처를 찾은 것이다.

사실 우유 생크림 케이크를 만들다가 생각이 났다.

유제품의 기한이 짧다 보니 여러 가지로 많이 쓰는 게 좋을 것 같은데, 마침 토리의 굴은 그걸 가능하게 해 줬다.

그런데 그것도 용량의 한계가 있는 터라 종종 쓰기 미안했더랬지…….

그러니 이번 기회에 확장을 시켜 줘야겠다.

"터 확장으로 하면 되겠지?"

일단 텃밭 쪽으로 나왔다.

그곳엔 마침 토리가 있었다.

토리는 오늘도 텃밭에 나와서 작물들을 돌보는 중이었다.

물론 순수한 호의는 아니고, 저러다 가끔 괜찮아 보이는 걸 챙기기도 했지만.

아무튼.

"토리야?"

……삐?

"이제 넓은 집으로 가자."

삐!?

토마토 하나를 챙기다가 슬쩍 내 눈치를 보던 녀석이 이어진 말에 화들짝 놀랐다.

그리고 이내 방방 뛰며 좋아했다.

집이 넓어지는 건 사람이나 토끼나 좋은 건 매한가지인 모양이다.

당장 가자고 들고 있던 작물들까지 내려놓은 토리의 성화에 일단 진정 시켰다.

"확장을 하긴 할 건데 어떤 조건이 있을지 몰라서 바로는 안 될 수도 있어."

삐이?

말하다 보니까 뭔가 일종의 계약 전 특약과 주의사항을 얘기해 주는 것처럼 되긴 했는데…… 다행히 토리는 고개를 끄덕였다.

그렇게 진정된 상태에서 토리의 굴을 향해 뒷산을 올랐다.

그러자 곧 작고 소중한 토리의 굴이 보였다.

전엔 충분하다 여겼는데, 지금 보니 더 좁아 보인다.

"확실히 넓히긴 해야 했네."

텃밭의 강화도 좋고 그늘 쉼터의 확장도 좋지만, 여기가 확실히 지금 땅의 정수가 필요해 보였다.

그렇다면 어떻게 하면 될까?

일단 아우라와 만생공의 재능을 쓸 때처럼 머릿속으로 떠올려 봤다.

우우웅!!

[땅의 정수]
*현재 적용 가능한 터 목록
—토리의 굴
—텃밭
—나무 그늘 아래 쉼터
—지붕 위 작은 쉼터

흡수되었던 땅의 정수가 다시 나타났다. 이후 텍스트창으로 좌르륵 목록들이 떠올랐다.

고민은 하지 않았다.

바로 토리의 굴을 확장하겠다고 생각을 했다.

그러자!

팟!!

텍스트창에 떠 있는 목록에서 토리의 굴이 빛을 냈다.

그리고 아우라들이 그 빛에 이끌리며 모였다.
아니.
"이건…… 청사진?"
그보단 설계도라고 하는 게 맞으려나?
아무튼 3D 화면으로 띄워 놓은 듯 초록빛 아우라가 빛을 내며, 토리의 굴의 현 상태를 보여줬다.
스윽.
거기서 손으로 움직이니 아우라 또한 움직인다.
'오? 이렇게 하는 건가?'
이리저리 아우라들을 손으로 움직여 봤다. 그러자 마치 프로그램을 돌리는 듯 초록빛 아우라가 손짓에 따라 움직인다.
넓혀졌다가 좁혀졌다가 길어졌다가.
원하는 대로 움직였는데…….
"응? 붉은색?"
어디까지 늘어나나 보려고 잡아당겼더니 쭉쭉 늘어나다가 어느새 붉은빛의 아우라로 변했다.
이건, 아무래도 한계를 표시해 주는 것 같은데? 마치 여기는 건축할 수 없습니다…… 같은.
"재밌네."
오랜만에 프로그램 돌리는 것 같아서 진짜 재미있었다.
아우라의 색깔로 확장할 수 있는 한계도 알 수 있었고, 또 형태 또한 잡을 수 있었다.

"자재도 내가 고를 수 있으려나?"

그렇다면 지금 토리의 굴을 단순히 넓히는 게 아니라, 좀 더 안정감 있게 바꿀 수도 있을 것 같은데?

아무래도 비가 많이 오거나 하면 토굴은 위험하니까. 그런 점을 염두하고 새로 한 번 짜 보기로 했다.

"돌로 좀 더 튼튼하게 하고, 목재로 이렇게, 층 분리를 하면 좋겠는데…… 어? 된다!"

자재도 바꿀 수 있었다.

문득 회사 다니면서 설계할 때도 이런 게 됐으면 참 좋았겠다는 생각이 들었지만 금방 지웠다.

그럴 일도 없겠다만 이제 그쪽은 미련도 없었으니까.

이것도 지금 호랑이 쉼터에서 토리의 굴을 확장하는 거니까 재미있는 거지. 일이었으면 또 스트레스를 받았겠지.

그러니 다시 집중해서…….

"여긴 토리가 쉴 수 있는 방으로 하고, 창고, 저장고……."

회사를 다닐 때보다 더 신중하게 설계를 시작했다.

그리고 마침내 괜찮은 설계를 뽑아 확정을 짓자……!

아우라가 빛을 뿜으며 진동했다.

마법처럼 내가 만든 설계도대로 토리의 굴이 확장되는 건가 싶던 그때.

"응?"

뭐지? 빛을 내긴 했는데 바뀐 건 없었다.

그저 토리의 굴 위로 덮어씌워지듯 설계도가 그려졌을 뿐이었다.

이거 설마…… 이대로 내가 직접 만들어야 하는 거야? 아니, 그것보다는…….

"아니면 뭐가 부족한 건가?"

왠지 이쪽에 가까운 느낌이었다.

그리고 그 부족한 건 역시 아우라일 것 같았다.

최근 텃밭에도 많이 쓰이고 음료나 디저트를 만들 때도 여러 재능으로 효과를 불어넣다 보니 아우라를 많이 쓰긴 했다.

'이런.'

하지만 그래서 확장을 할 수 있다면 너무 아쉬운데…….

그때!

샤라랑~

카페 쪽에서 아우라가 불어왔다.

이건…… 송준혁, 오혜령 부부에게서 오는 아우라였다.

* * *

케이크를 들고 집으로 돌아가던 송준혁은 문득 아쉽다는 생각이 들었다.

기왕 이렇게 된 거 꽃도 있으면 좋을 것 같다는 생각이었다.

결혼하고 나서, 짧은 신혼 생활 뒤에 하준이를 가졌다.
그렇게 부부의 삶은 이전과 완전히 달라졌다.
물론 그게 싫은 건 아니었다.
오히려 하준이가 태어남으로써 새로운 기쁨과 함께, 또 다른 세상을 알게 되었으니까.
하지만 그렇다고 힘들지 않은 건 아니었다.
설상가상으로 하준이가 아토피와 알레르기 비염으로 고생하자, 결국 우리는 시골로 내려오는 선택을 하게 되었다.
아내는 출산 후 복직했다가 아예 퇴사를 선택했고, 또 자신은 이쪽 보건소에 지원하게 되었다.
'나야, 예전부터 이쪽 일도 크게 상관없다고 생각했지만. 혜령이는 그런 생각도 못 했을 텐데 너무 몰라 줬어.'
얼마 전부터였던가?
자기도 일을 하고 싶다고 했었다.
물론 당장은 아니고, 하준이가 좀 더 크고 여기에 적응하면 그때 알아보겠다고 했다.
그땐 그냥 흘려들었는데 지금 생각하니 문득 미안했다.
좀 더 진지하게 들어 줄걸.
인력이 없는 보건소에서 홀로 격무에 시달리는 차여서 미처 그러지 못했다.
하준이 육아로 충분히 고생하는 걸 아는데 그거 하나 못 들어 주다니…….

서로 고생하고 있는 건데. 심지어 어제는 너무 짜증을 냈다.

통화 내용도 지금 생각해 보면 아내의 잘못이라기보다 상대의 잘못이 컸다.

아내는 전 직장의 계약 건을 담당했던 탓에 전 직장과 계약 업체 사이에 껴서 그걸 설명해 준 것뿐이다.

결국 전 직장이 제대로 일을 못 했을 뿐이지. 아마 계속해서 정리하려 했던 것은 나중에 업계에 복귀할 때 이런저런 말이 생기지 않게 하기 위함이 컸다.

업계는 좁으니 괜히 제 손 떠난 계약 건으로 이쪽에 불똥이 튀지 않게 하도록 말이다.

지금 와서 연결해 보면 아주 간단한 내용인데 왜 그땐 몰랐는지…….

그렇게 안 그래도 이래저래 고생하는 사람에게 의지는 되어 주지 못할망정 무슨 짓을 한 건지 후회가 될 정도다.

"그래. 오늘은 분위기 좀 내자."

결국 결심하고, 아내가 좋아하는 노란 꽃으로 꽃다발도 샀다.

그리고 조심스럽게 집에 왔다.

쿵쿵!

뭐지? 집안에 맛있는 냄새가 가득 차 있었다.

매콤하면서도 달달한 냄새였다.

"어?"

"왔어?"

주방에 있던 아내가 자신을 보며 멋쩍은 모습으로 반겼다. 그런데 그 뒤로 붉은색의 맛있어 보이는 음식이 보였다.

하준이가 먹기엔 너무 매워 보였다.

그녀는 내 시선을 눈치챘는지, 눈을 피하며 변명하듯 답했다.

"아, 이거. 그냥 자기 좋아하는 주꾸미 볶음 한번 해 봤어. 하준이는 오늘 갈비 먹었어."

"그, 그래? 와, 맛있겠네!"

바로 미소를 지으며 그쪽으로 다가갔다.

과장이 아니라 진짜 맛있어 보였다. 입에 침이 가득 고였다.

원래부터 매운 것을 좋아했었으니까.

그러고 보니 결혼 전과 신혼 때는 참 많이 해 먹었는데…… 하준이 태어난 뒤로는 거의 처음이 아닐까?

"근데 그건 뭐야?"

"어? 아, 이거 전에 우리 하준이랑 갔던 카페 있지? 호랑이 쉼터인가? 거기서 케이크를 팔더라고. 그래서 사 왔지."

"케이크?"

아내의 눈이 휘둥그레졌다.

이에 쐐기를 박듯 꽃다발도 꺼냈다. 내심 쓸데없는 걸 왜 사 왔냐 타박이 있진 않을까 싶기도 했지만.

"어머! 꽃? 웬 꽃이야?"

그런 염려는 정말 쓸데없는 것이었다.

꽃다발을 보더니 환하게 웃는 아내의 모습에 송준혁은 호랑이 쉼터 사장님이 했던 말을 떠올렸다. 그리고 그것을 조심스럽게 꺼냈다.

"고생했어."

"……뭐야, 갑자기."

"그냥 어제 다투고 그런 생각이 들더라고. 우리 아내 고생하는데 그 말 한마디 못 해 준 것 같아서 미안해."

"……뭐, 나만 고생하나? 당신도 같이 고생하잖아. 우리 같이 고생하는 건데 뭘."

"당신도 하고 싶은 일도 있을 텐데 나 믿고 여기까지 와주기도 했잖아."

"그야…… 당연하지. 가족인데."

오랜만에 부부는 서로를 안아 주었다.

다툼은 있을 수 있었다. 사람은 완벽하지 않으니까.

그러니 이렇게 풀면 되는 거였다.

"앗! 하주니도!"

그때, 낮잠을 자던 하준이가 일어나 부부의 사이로 끼어들었다.

송준혁과 오혜령은 행복한 웃음을 터트리며 그런 하준이를 안아 들었다.

"그래~ 하준이도 같이 하자."

"헤헤!"

"아차! 주꾸미 볶음은 하준이 먹기 어려운데."

오혜령의 말에 송준혁은 케이크가 있다고 말했다.

"다행이네. 하준이 케이크 먹을까?"

"응!"

어제의 냉전은 어디 갔는지.

순식간에 웃음소리가 꽃피는 집이 되었다.

그렇게 다 같이 앉은 자리에서 송준혁과 오혜령은 오랜만에 긴 얘기를 나눴다.

송준혁이 보건소에서 겪은 일들, 오혜령이 전 직장 전화를 그렇게 오래 붙들고 있어야 했던 이유 등등.

그냥 넘어갔던 얘기들을 시시콜콜 다 말했다.

복직 얘기도 했다.

오혜령도 생각은 했는데 아직은 하준이에게 더 집중하고 싶다고.

그렇게 얘기를 나누는 중간중간 하준이가 얼굴에 묻힌 생크림도 닦아줬다.

"아 참! 카페 사장님이 그 근처에 목장이 하나가 있다고 하더라고? 이 케이크도 거기서 가져온 우유랑 생크림으로 만들었다고 하던데?"

"정말요? 그래서 이렇게 신선했구나~."

"그리고 거기서 목장 체험도 한다는 거야. 하준아, 하준이 젖소 좋아해?"

물으나 마나 하준이가 음메~ 흉내 내며 좋다고 했다.

그걸 보고 또 부부는 웃었다.

그리고 그렇게 행복이 가득한 그들에게서 밝은 아우라

가 피워 나왔다.

* * *

부족했던 아우라가 채워졌다.
그러고도 아우라는 남아서 내게도 스며들고 카페로도 돌아갔다.
"잘 풀렸나 보네."
예상은 했지만, 그렇다고 기쁘지 않은 건 아니었다.
그나저나 생각보다 빠른데…… 아무래도 하준이는 좋은 부모님을 만난 것 같았다.
'그건 그렇고.'
이제 아우라도 보충했으니 토리의 굴을 다시 확장해 보기로 했다.
이미 청사진을 띄워져 있고, 부족했던 아우라를 채우면……!
'어떻게 되나 궁금했는데 이렇게 되는구나.'
아우라가 움직였다.
공간이 넓어지고 그 안으로 필요한 돌과 나무들이 옮겨졌다.
실체가 없음에도 아우라는 물리력을 행사하는 듯했다.
그리고 그렇게 모인 재료들로 확장이 된 토리의 굴을 설계도대로 차곡차곡 짓기 시작했다.
마치 건설 프로그램 시뮬레이션을 돌리는 것 같았다.

요즘은 인공지능 기술이 좋아서 그걸로 미리 실제처럼 건축을 할 수 있는데, 속도 조절도 당연히 가능했다.

그걸 빠르게 돌린 모습이 지금 내가 보고 있는 것과 비슷했다.

삐이~ 삐~

토리가 자기 굴이 변하는 걸 보며 노래하고 춤을 췄다.

자기 집이 커지는데 당연히 신이 나겠지.

'최소 열 배는 커진 것 같은데.'

원래 토리의 굴은 쉽게 비교하면 시골 강아지 집과 비슷한 크기였다.

그 이상한 플라스틱인지 고무인지 모를 자재로 만들어진 그거 말이다.

내부는 꽤 넓긴 하지만, 토리처럼 이것저것 보관하면 확실히 작았다.

그런데 지금 지어지고 있는 토리의 굴 확장판은 그런 게 10개가 들어가는 크기를 6개의 방으로 나눴다.

덕분에 섹션 별로 보관하는 것도 달라지고, 토리의 개인 공간도 충분히 확보가 되었다.

이 정도면 사람도 살 수 있을 거 같다.

물론 꽉 끼겠지만.

그래도 토리에겐 원룸이 방이 6개인 이층집으로 바뀐 건 물론, 전보다 넓은 개인 방도 있으니 만족할 수밖에.

사각! 사각!

마지막으로 나무로 만들어진 문까지 만들어지자 덧씌

워졌던 아우라의 설계도는 그대로 사라졌다.
그리고 텍스트창이 수정됐다.

[토리의 굴(확장)]
*효과
―숙성, 발효, 저장, 건조, 농축

"응? 효과도 다섯 개가 됐네?"
방을 일부러 여섯 개로 나누고 그중 하나를 토리의 개인 방으로 줬다. 그리고 나머지 다섯 개는 숙성, 발효 및 저장고로 쓰려고 한 건데…….
설마 효과도 늘어날 줄이야.
이건 예상 못했는데.
'오히려 좋네!'
이럴 줄 알았으면 더 방을 나눴어야 했나?
근데 느낌상 이 다섯 개가 지금 확장으로 얻을 수 있는 한계일 것 같았다.
아마 더 늘리려고 했으면 붉은색 아우라로 표시가 됐을지도.
아무튼 뜻하지 않게 추가 효과를 얻었다.
숙성, 발효에 이어 저장, 건조, 농축이라…….
아주 좋은 걸 얻은 듯했다.
삐~ 삐삐~
"너도 마음에 들어? 인테리어는 어때? 그것도 괜찮

지?"

삐!

두말하면 잔소리라는 듯 토리가 쳐다봤다.

이제 토끼 굴이라고 하긴 민망한 집이 그 뒤에 있었다.

근사한 통나무 문을 열고 들어가면 공용부가 나온다. 초록 이끼가 바닥에 깔린 폭신폭신한 곳이었다.

그리고 그곳을 중심으로 방 두 개가 양옆에 있고, 2층으로 향하는 나무뿌리를 타고 올라가면 4개의 방이 추가로 나왔다.

기둥은 돌로, 벽은 나무로.

그리고 그 둘을 엮은 건 시멘트와 철골 대신, 토리의 굴 위에 자란 풀과 나무들의 뿌리였다.

이런 인테리어는 내가 전부터 꼭 해 보고 싶은 건축 중 하나였다.

자연의 것으로만 만들어진, 나중에 세월이 지나면 자연스럽게 자연으로 스며드는 그런 건축 말이다.

당연히 클라이언트들이 좋아하진 않았다.

보통 천년만년 튼튼한 건물을 원하니까.

"덕분에 원 없이 꿈을 펼친 셈이네."

삐?

"고맙다고."

확장된 자신의 집을 이리저리 구경하는 토리에게 감사를 표했다.

어찌 보면 건축가에게 꿈을 펼치게 만들어 준 건축주가

아니던가?

정말 마법 같은 일이 벌어진 셈이다.

아, 실제로도 마법 같긴 했지.

아우라가 안 보였다면 돌과 나무가 저절로 움직이는 것처럼 보였으려나?

정말이지 놀라운 일이었다.

"신기하단 말이야."

샤라랑~ 샤랑~

돌아다니는 아우라를 손으로 이리저리 건드리다가 다시 토리의 굴로 시선을 돌렸다.

아무튼 신기한 건 신기한 거고.

새롭게 리모델링 확장된 토리의 굴을 어떻게 쓰면 좋을지 고민해 봐야 될 듯했다.

'건조? 이건 쑥쑥이 원두를 건조 시키면 좋겠는데?'

지붕 위에서 햇볕에 말리는 것도 좋지만, 아무래도 여름 볕은 너무 뜨겁다.

어느 정도 조절이 필요한 때에 이게 생기다니 운이 좋네.

저장은 말 그대로 오래 저장이 되는 것 같으니까 활용도가 높겠다.

농축은…….

"이것도 지금 가지고 있는 과일청들 보관하면 되겠네."

물론 다른 용도로 쓸 곳이 많겠지만, 일단은 이렇게 써 보고 또 쓸 일이 생기면 그때 생각하기로 했다. 급할 건 없으니까.

"앞으로도 잘 부탁해. 토리야."

삐!

연신 굴 안을 왔다 갔다 하며 좋아하는 토리의 신난 궁둥이를 보며 나도 미소를 지었다.

이렇게 좋아할 줄이야……

물론 나도 좋았다. 오랜만에 설계도 하고 건축이라면 건축도 해서 재미있었으니까.

역시 일이 싫어진 건 아니었다.

그냥, 사람과 회사, 그리고 **빡빡한** 도시 생활에 너무 지쳤을 뿐.

혹시 나중에 10년 뒤 호랑이 쉼터와 약속 시간이 끝나면, 그때쯤이면 다시 그 일로 돌아가는 건 어떨까 하는 생각이 들 정도였다.

물론 아직 먼 얘기였지만.

그렇게 잠시 들었던 생각에 미소를 짓던 그때!

삐이~

"어?"

신난 토리의 몸에서 아우라가 뿜어져 나왔다.

누가 봐도 너무 좋아서 뿜는 밝고 맑은 아우라였다. 토리의 털 색처럼 새하얀……

그 아우라는 토리의 굴 곳곳에 스며들고 또 일부는 내게도 흘러 들어왔다.

'이것까진 예상하지 못했는데.'

토리의 아우라 상태는 원래도 맑았으니까.

그래서 생각하지 못했는데, 아무래도 이번 확장은 생각 이상으로 토리에게 너무 좋은 일이었던 모양이다.

>토리의 위장

이런 선물도 주는 걸 보면 말이다.

"집들이 선물이라도 해 줘야겠는데?"

삐?

"기다려 봐. 맛있는 거 줄게."

삐!

확장으로 소모됐던 아우라, 그 이상의 아우라가 다시 돌아왔다.

그러니 보답을 해야겠지.

일단 토리는 새로운 집에 적응할 시간을 주고 혼자 내려왔다.

"……역시 회사 보단 이쪽이 체질 같기도."

아까 했던 복직 생각은 텃밭과 호랑이 쉼터를 내려다보자 쏙 들어갔다. 보는 것만으로도 마음이 편안해졌다.

"아저씨이이~!"

그리고 심심할 틈도 없이 재미있는 녀석도 있었다.

공터를 가로질러 뛰어온 수아가 문을 열고 들어왔다.

"으. 더워."

"그렇게 뛰어오니까 덥지."

이제 진짜 여름이 시작됐다.

날도 덥고 해도 일찍 지지 않았다.

원래 수아가 하교할 때쯤이면 해가 서서히 기울었는데 아직 날이 훤했다.

분명 같은 시간이었지만 왠지 하루가 더 길어진 느낌.

물론 그걸 감안해도 요즘 수아는 조금 일찍 카페에 오는 것 같긴 했다.

"요즘엔 춤 연습하러 안 가?"

"시아가 요즘 시간이 없어서 안 가요."

"그때 같이 췄던 친구?"

"네."

"초등학생이 무슨 시간이 없어?"

"요즘 초등학생은 바쁘다고요."

"아이고, 그러셔?"

"치이!"

왜 이렇게 빨리 오나 했더니 같이 춤추던 친구가 바빠서 혼자 해야 되는데 그건 심심하단다.

그 말에 그래 가지고 아이돌 할 수 있겠냐고 말하려다가 참았다.

아이한테 너무 안 좋은 말인 것 같으니.

'농담이긴 하지만 그래도 조심해야지.'

수아가 친화력이 좋고 말도 잘하지만 어디까지나 아직 어린 애였다. 꿈을 부정하는 느낌의 말은 삼가는 게 나았다.

"아저씨, 민초푸! 지금 딱이에요. 일부러 더 맛있게 먹으려고 뛰어왔단 말이에요."
"얼씨구?"
발은 물론 손까지 동동거리면서 민초푸를 외친다.
얼굴은 땀에 젖어서 머리카락이 미역처럼 붙어 있고, 볼은 열기에 붉게 물든 모습이라 웃음이 절로 나왔다.
"알았어. 줄게 줘."
"프히히!"
"아, 케이크도 줄까?"
"앗! 케이크요?!"
"우유 생크림 케이크 만들었거든."
당연히 이건 송준혁에게 하나 만들어 준 뒤, 다시 만들어 둔 거였다.
한번 만들어서 다시 만드는 건 그리 어렵지 않았다.
게다가 수아라면 이 이야기를 듣자마자 무조건……
"당연하죠! 케이크! 맛있겠다!"
이런 반응이 나올 줄 알았다.
그런 수아의 모습에 피식 웃으며 주방으로 들어왔다.
그리고 바로 음료의 제조에 들어갔다.
오늘 아침 목장에서 가져온 우유와 생크림, 그리고 방금 막 딴 민트로 만든 민트 초코 프라푸치노였다.
"뭔가 더 부드러운 느낌이네."
기분 탓인지는 몰라도 질감이 그랬다.
우성수 씨의 말로는 보통 유통하는 우유와 생크림보다

는 유지방이 더 많이 포함됐다고 했다.

그럼 아마 기분 탓이 아닐 수도.

물론 유지방이 많다고 무조건 좋은 건 당연히 아니었다. 먹는 것들은 어디까지나 밸런스가 가장 중요하니까.

하지만 그 중요한 밸런스는 민트가 꽉 잡아 주기 때문에, 최소한 이 음료에서만큼은 유지방이 많은 게 이득으로 작용할 수 있었다.

"그럼 음료는 됐고…… 응?"

만든 음료를 컵에 담고 케이크를 꺼내려는데, 문득 눈에 하나가 들어왔다.

[민트 초코 프라푸치노(강화)]
*효과
—만성 피로 회복
—스트레스 완화 강화
—성장 촉진

음료에 붙어 있던 텍스트창 내용이 바뀌었다. 효과가 강화된 것이다.

"우유랑 생크림에는 따로 효과가 붙은 게 없었는데…… 좋은 거라서 그런가?"

일종의 세트 효과와 비슷한 것 같다. 소소한 기쁨이 몰려온다.

물론, 딱 거기까지. 더 좋은 재료를 써서 효과가 강화

되는 건 이제 와선 당연한 거라 놀랍지는 않았다. 새로운 걸 하나 얻었다는 느낌 정도?

'내가 호랑이 쉼터에 익숙해지긴 했구나.'

이제 이런 걸로는 이제 놀라지 않는 걸 보니 말이다.

물론 토리의 굴이 확장될 땐 여전히 놀랐지만.

"아무튼, 효과가 더 좋아졌네."

케이크도 꺼냈다.

여긴 아쉽게도 추가적인 세트 효과는 없었다.

이미 음료 효과가 강화됐는데 그것까지 욕심부릴 순 없지.

"자. 케이크랑 민초푸."

"우아! 예쁘다! 아저씨가 만든 거예요?"

"그럼. 당연히 내가 만들었지."

"여전히 수상할 정도로 손재주가 좋은 아저씨네요."

"수상하긴 왜 수상해? 원래 손재주는 좋았다고."

"프히히! 잘 먹겠습니다!"

아무래도 또 어디서 밈 같은 걸 듣고 와서 써먹은 모양이다.

내가 모르는 듯하니 웃으며 넘기는 녀석의 넉살에 고개를 절레절레 저었다.

"맛은 어때?"

"으으음! 완전 살살 녹아요! 진짜 부드러워요!"

"그래?"

당연히 나도 맛은 봤다. 그래도 다른 사람은 어떤지 반응을 보고 싶은 건 모든 제작자의 마음이라고 해야 하나?

다행히 내 생각과 수아의 생각은 같았다.

우유 생크림 케이크는 빵까지 촉촉하게 적셔져서 엄청 부드러웠다.

우유의 고소한 맛을 더욱 진하게 만들어 주기 위해서 제누와즈 자체를 그렇게 만들었다.

대신 이렇게 하면 단점이 있긴 했다.

케이크가 빨리 무너진다.

특히 우리나라 여름처럼 덥고 습하면 더욱 그랬다.

저 시원한 테이블 위에 녹아 있는 랑이처럼 말이다.

"생크림이랑 우유는 목장에서도 먹었는데 또 다른 맛인 것 같아요."

"빵도 들어가고 같은 생크림이지만 질감도 다르니까."

"오오! 그렇게 설명하니까 아저씨 진짜 카페 사장님 같아요."

"언제는 아니었나?"

"음. 그건 아닌데…… 그전에는 묘한 느낌이 있었죠."

"묘한 느낌? 게 뭔데?"

"으으으으음! 모르겠어요! 그냥 되게 무서운 아저씨? 막 있잖아요. 드라마에 나오는 말 없는 기계 같은 비서실장 같은?"

그러니까 그게 뭐냐고.

알 수 없는 수아의 표현에 고개를 절레절레 저었다.

물론 아예 감이 안 가는 건 아니었다. 아마 아직 빠지

4장 〈263〉

지 않은 찌든 직장인의 모습이었겠지.

친화력이 좋은 녀석이라 그런지 사람에 대한 느낌을 아주 잘 보는 것 같았다.

"아무튼 맛있다는 거지?"

"네! 너무요! 또 만들어 주세요! 그 샤인 머스캣도 넣어서!"

"음, 과일 케이크? 그것도 좋지. 일단 민초푸도 마셔 봐."

"네네!"

이미 케이크 만들 때부터 과일을 추가하는 건 생각해 놨다.

텃밭에 있는 과일은 물론이고 이장님에게서 받는 과일도 있으니까.

'할 수 있는 음료도 그새 참 많아졌네. 디저트는 뭐, 말할 것도 없고.'

토리의 굴도 확장됐으니 이제 더 늘어나겠지.

아차! 그리고 보니.

"잠깐만."

"에엥?"

수아를 두고 얼른 텃밭으로 나왔다. 거기엔 아니나 다를까 토리가 기다리고 있었다.

"미안 미안. 얼른 선물 줄게."

삐이!

집들이 선물을 준다고 해 놓고 수아 때문에 깜빡했다.

서둘러 아우라를 움직이며 감각을 끌어올렸다.

반짝! 반짝!

빛을 내는 작물들을 하나씩 모았다.

대왕 옥수수 하나, 탐스럽게 익은 빨간 토마토와 연두 샤인 머스캣, 노란 참외, 그리고…….

"어? 이것도 열렸네."

새롭게 또 열린 작물 하나, 보라색 포도를 땄다.

청포도와는 또 다른, 예전에는 여름을 대표하던 캠벨 포도였다.

단맛은 물론, 포도 향이라고 하면 원래 이 포도 종의 향이었는데…….

"오랜만에 보네."

요즘은 전부 샤인 머스캣을 팔아서 오히려 보기 어려워졌다.

그래서 오랜만에 보니 더 반가웠다.

삐삐!

"아. 그래 그래. 알았어. 잠깐만?"

반가움은 일단 뒤로하고, 선물을 포장했다.

별 건 없었다.

과일 바구니를 하나 만들어 줬다.

옥수수 잎으로 만든 아주 자연 친화적인 포장이었다.

삐~ 삐삐~

토리는 만족한 듯 과일 바구니 주변을 돌며 엉덩이로 춤을 췄다.

엉덩이에 달린 동그랗고 하얀 꼬리가 씰룩거렸다.
얼마나 신이 났는지 알 수 있는 모습이었다.
피식!
신나서 돌아가는 토리를 배웅하고 다시 안으로 들어왔다.
그런데…….
"뭐, 뭡니까?"
"케이크."
언제 왔는지 이선아가 단답으로 답하며 다시 먹는 데 집중했다.
그리고 그 옆에는 한송이가 입안 가득 케이크를 먹고 있다가 나를 보고 깜짝 놀라 웅얼거렸다.
"뚜아강 께이쿵이따고……."
"다 먹고 얘기하세요. 다 먹고. 수아, 너 또 단톡에 올렸어?"
보나마나였다. 아니, 근데 이 사람들 진짜…… 단톡만 기다리고 있나?
하는 일도 없는 건지 어떻게 이렇게 바로 오는 건지…….
'아! 저게 프리랜서의 삶이구나.'
어째 조금은 부럽네.
"아저씨! 케이크 더 주세요! 언니들이 다 먹고 있어요!"
"그래…… 돈은 잘 버는 두 사람이 내세요. 수아 것까지."
고개를 끄덕이며 동의하는 모습에 피식 웃으며 케이크

를 더 꺼내왔다.

* * *

결국 한 판을 다 먹었다.

잘하면 1인 1 케이크도 할 수 있을 것 같은데, 다행인지 불행인지 더 만들어 둔 케이크가 없어서 거기서 멈췄다.

"아쉽."

"내일 또 만드실 거죠?"

그리고 벌써 케이크를 예약 받았다.

그나저나…….

"오늘은 왜 모인 거라고요?"

"아 참! 케이크 때문에 온 게 아닌데 너무 맛있어서 깜빡했네요. 수아야 네가 말할래? 우리 단톡방주님이니까."

단톡방주라니. 그건 또 뭐야.

"아저씨! 제가 단톡방 보라고 했죠?"

"응? 왜? 뭐 또 올렸어?"

"큼큼! 우리 단톡방 맴버들이 새로 봉사 모임을 결성하기로 했거든요."

"……나도?"

그건 못 들었는데.

아, 그리고 보니 오늘 한 번도 안 들었구나.

그제야 단톡방에 들어가 보니 이미 투표까지 진행이 되

어 있었다.

　찬성표 5개에 미응답 1개.

　물론 미응답은 나였다.

　투표 내용은 봉사 모임 창단의 찬반이었다.

　"참가의 자유는?"

　"없어요."

　단호하기도 하네.

　근데 아무리 봐도 이거 냄새가 난단 말이지…….

　갑자기 봉사? 무슨 봉사를 하겠다는 거지?

　"뭘 하려는 건데?"

　"그것보다 더 중요한 게 있어요."

　"중요한 거? 뭔데?"

　"바로…… 봉사 모임 이름을 정하는 거예요!"

　퍽이나 중요하기도 하다.

　"그러네. 이름은 중요하지. 요즘은 웹툰도 1화에 소제목을 붙이니까."

　"중요함."

　근데 왜 나머지 두 사람은 진지한데? 초등학생 말에 그렇게 진지하게 고민하지 말라고.

　"잠깐."

　일단 수아의 폭주를 막기 위해서 내가 나서기로 했다.

　잠시 끊겼지만, 다시 말하듯 이건 분명 음모가 있었다.

　"갑자기 봉사 모임이라니. 수아, 너…… 혹시 봉사해야 돼?"

"앗!?"

맞네, 맞아.

이 녀석, 숨긴 이유가 있구먼.

"학교에서 봉사 시간 채우라고 했구나?"

"아닌데요?"

"응? 아냐?"

"그런 세속적인 이유라고 생각했으면 섭섭한데요?"

"······그럼 뭔데?"

"당연히, 스펙 쌓기죠!"

그건 안 세속적인 거냐?

물론 누가 시켜서 하는 건 아니니까 덜 세속적이긴 하지만.

"아이돌이란 무릇 학생 때부터 이미지 관리를 잘해야 나중에 데뷔하고 미담이 나오는 법이거든요."

"얼씨구. 그래서 무슨 봉사라고?"

"간단해요. 청정 천호리를 만드는 거죠."

"······쓰레기 줍자고?"

"네!"

해맑기도 하다 참.

생각해 보면 좋은 일을 하자는 거라서 뭐라 할 말도 없네.

쓰레기 줍기라······ 얼마 전 티비 동물 나라 제작진이 구조한 뭉치랑 유기견이 떠올랐다.

당시 페트병에 머리가 끼여서 안 그래도 수로 안에 갇

혔는데 더 괴롭게 됐지.

나름 깨끗한 동네인데도 그런 게 있었다.

"좋아. 해 보지 뭐."

"어? 진짜요? 아싸!"

좋아서 방방 뛰는 수아의 모습에 다들 미소를 지었다.

나도 마찬가지.

번거롭다면 번거로운 일이지만 기특한 생각인 건 분명했다.

여기 있는 어른들은 생각하지 못했던 거니까.

물론, 그 뜻에 조금의 불손한 마음이 있긴 했지만.

"그런 의미로 발대식은 안 해요?"

"발대식은 또 뭐야."

"봤는데요? 웹툰인가? 드라마인가?"

"공부는 안 하니?"

"해, 해요!"

수아가 말을 더듬으며 시선을 피했다.

이거…… 취지는 좋은데 조금 제한을 둘 필요는 있을 것 같았다.

"수아야."

"네?"

"1학기 성적, 반에서 몇 등까지 할 수 있어?"

"!?"

토리의 눈만큼 커진 수아의 눈이 보였다.

뭘 그렇게 놀라는 거지? 성적에 영향만 가지 않게 유

지하면 봉사 모임을 할 수 있다고 하려고 했는데…… 설마?!

"수아 너, 지금은 몇 등이야?"

"그, 그게."

말을 쉽게 하지 못하는 수아의 모습에 다들 침을 삼키며 기다렸다.

그리고 겨우 내뱉는 수아의 말에 탄식과도 같은 소리만 카페를 채웠다.

5장

 다행이라고 해야 할지 아닐지.
 일단 꼴찌는 아니었다.
 물론 그렇다고 해도 상위권. 아니, 중위권조차 아니었다.
 "……23등이요."
 "반에 몇 명인데?"
 "25명요. 헤헷……."
 지금 웃음이 나오니?
 뒤에서 삼등이라니…… 수아가 공부에 흥미가 크게 없는 건 알았지만 그래도 이건 좀.
 한송이와 이선아도 깜짝 놀랐는지 말이 없었다.
 "주, 중간고사는 공연 연습한다고 제대로 공부 못해서

그런 거예요. 원래 이 정도는 아니라고요."
"그럼 원래는?"
"그래도 20등 안에는 들었어요!"
"아, 19등?"
 멋쩍은 표정을 보니 맞네, 맞아.
 이 녀석, 정말 괜찮은 건가?
"괘, 괜찮지 않나요? 공부보다 사실 더 중요한 것들이 있잖아요. 인성, 예의, 도덕, 예절 같은 것들 말이에요. 학교 시험은 지식을 시험하는 거지 그런 건 반영되지 않는다고 생각해요. 그리고 그런 게 반영이 됐으면 제가 아는 수아는 분명 1등일 거예요."
 한송이가 수아를 변호한답시고 한 말은 물론 수긍이 가는 말이었다.
 시험은 분명 인성이나 그런 게 아닌 지식을 얼마나 알고 있냐를 알아보기 위한 것이니까.
 하지만 그렇다고 그런 지식이 중요하지 않다는 것도 아니었다.
 그리고 결정적으로······.
"작가님. 혹시 대학이?"
"아, 저는 S대······."
 전에 프로필을 보다가 안 사실이다. 한송이는 국내에서 1등인 대학교에 갈 정도로 공부도 잘했다는 사실을······.
 물론 웹툰으로 성공하고 지금까지 휴학하긴 했지만.
 아무튼.

"어, 언니 배신자!"

"요 녀석! 작가님이 왜 배신자야? 수아 네가 더 배신자다, 녀석아."

"히잉……."

"수호는 뭐라 안 해?"

"오빠는 몰라요……."

"아, 그래?"

그럼 더 큰일인데.

스윽!

"백수아, 방금 뭐라고?"

"헉?!"

수호가 조용히 다가와 수아의 옆에서 속삭였다. 이선아가 슬쩍 일어나서 자리를 비켜 준 것이다.

그리고 자기는 얼른 자리를 뜨려고 했다. 그건 한송이도 마찬가지.

아니, 그럼 나는?

여기가 내 카페라서 어디 갈 수도 없고 참.

"자자, 수호야. 일단 앉아. 경기 끝나고 온 거야?"

"……예, 실례했습니다."

"실례는 무슨, 마실 것 좀 줄까?"

"아닙니다. 얼른 가 봐야 할 것 같아서요."

거기가 어디인지, 수아에게 좋은 곳은 아닐 것 같다.

이거, 괜히 내가 말을 잘못 꺼내서 둘이 사이가 안 좋아지면 곤란한데.

아! 좋은 생각이 났다.

"그러지 말고 다들 일단 앉아 봐요. 거기 도망가려는 두 사람도."

다들 자리에 앉혔다.

원래는 봉사 모임 창단을 위한 거였지만…… 그보다 심각한 문제가 도래했으니.

기왕 이렇게 된 거 비상 대책 모임으로 바꾸기로 했다.

"수아 학교 마치고 카페에 와서 과외 좀 하자."

"과외요?"

"그래. 한송이 작가님도 있고, 나도 있고. 그래도 초등학교 수준 정도면 충분히 가르칠 수 있을 것 같은데 어떠세요?"

과외라는 말에 수호도 잠시 생각에 잠겼다.

거창한 걸 하려는 건 당연히 아니었다.

자원봉사하고 1시간 정도의 과외.

"봉사를 할 거면 과외를 해라? 이거네요?"

"그렇죠."

한송이의 말에 고개를 끄덕였다.

그녀는 이 계획에 중요한 인물이기도 했다.

무려 S대를 들어갈 정도였으니까.

"근데 왜 나한테는 안 물어 봐?"

"응? 너? 그러고 보니 너 대학이 어디라고 했지?"

"S대."

"어? 너도?"

뭐지? 내가 잘못 들었나?

아니면 사실 S대라는 게 사실 흔한 대학교의 이름이었던가?

그러기엔 이선아의 표정이 꽤나 불쾌해 보였다.

"뭐지, 그 눈빛?"

"큼큼. 아니, 그냥 놀라서. 우리 마을에 S대가 셋이나 있을 줄이야."

"……셋?"

그야 나까지 포함하면 셋이 맞지.

"이, 이 배신자들!"

수아가 나와 두 사람을 번갈아 보다가 소리쳤다.

이건 좀 할 말이 없네.

근데 나는 조금 할 말이 있긴 했다.

"나 때는 특별 전형이라는 게 있었어."

"특별 전형이요??"

"정확하게 말하면 특기 전형이죠. 말이 많아서 없어지긴 했지만. 아무튼! 그게 중요한 건 아니고 수아야? 어떡할래?"

수아에게 모두의 시선이 향했다.

사실 이건 선택의 문제가 아니었다.

생존의 문제지.

"하, 할게요…… 히잉."

수호의 눈빛을 한 번 본 수아가 마지못해 고개를 끄덕였다.

그런 녀석을 위해 그래도 한 가지, 숨을 쉴 만한 조건도 내밀었다.

"수아 성적은 일단 20등 이하로 더 떨어지지만 않으면 되는 걸로 하죠?"

그러니까 어느 정도 상식은 지식으로 배우자는 말이지, 이걸로 뭐 엄청나게 성적을 올리자는 뜻이 아니라는 걸 수호에게 말해주는 거였다.

그리고 그걸로 수아에게 너무 뭐라고 하지 말라는 뜻이기도 했고.

"저는 좋아요. 봉사도 좋고."

"나도 찬성."

한송이와 이선아도 동의했으니 이 건은 바로 통과였다.

수호가 거절할 이유는 없고, 수아는 뭐…….

"혹시 수아 춤 연습하거나 방과 후에 약속 있으면 미리 말해 줘."

"네에……."

"자! 그럼 그건 이렇게 결론 내리고, 봉사는 어떻게 할 거야?"

충격적인 사실에 조금 다른 방향으로 토론이 됐지만 어쨌든 이 모임은 자원봉사를 하기 위해 만든 것.

그러니 그걸 모은 수아에게 물었다.

그러자 아까까지 시무룩하던 녀석이 바로 신나서 말했다.

"우선 마을부터요! 마을 길에 있는 쓰레기를 줍는 거예요."

"어르신들이 좋아하시겠네. 근데 우리 마을에는 쓰레기 많이 안 보이던데?"

"그러니까 가볍게 첫 봉사로 하는 거죠!"

수아는 다 계획이 있구나.

성적만 빼고.

어쨌든 다시 신나서 얘기하는 수아의 말에 다들 반응을 해 줬다.

그리고 그렇게 결론이 났다. 얼렁뚱땅 봉사 모임을 하는 걸로 말이다.

"헷!"

……뭐지? 뭔가 내가 속은 것 같기도 하고.

* * *

확실히 최근에 겪은 일 때문인지 쓰레기를 줍는 봉사는 필요성이 있다고 느껴졌다.

하지만 어디까지나 봉사는 봉사.

주 업무를 무시하고 할 수는 없었다.

그래서 봉사를 하는 날을 정했다. 일주일에 한 번으로.

이유는 간단했다.

프리랜서이긴 하지만 이선아, 한송이의 일은 오히려 시간적으로 자유롭지 않았다.

스케줄을 맞추는 게 쉽지는 않다는 얘기였다.

가끔 밤을 새우기도 하는데, 그게 정해 놓고 그러는 게 아니라 영감을 받으면 그러니 당연히 불규칙할 수밖에 없었다.

그러니 편하게 일하고 일주일에 하루만 봉사 시간으로 정하는 게 맞았다.

물론 처음 수아가 말할 땐 그걸 예상하지 않고 계획을 해서 수정하자고 하니, 녀석이 조금 삐지긴 했지만.

아무튼 그렇게 결정이 난 뒤, 다음날 출근길.

'나야 시간이 많으니까.'

카페에 출근해서 쓰레기봉투와 긴 집게를 들고나왔다.

그리고 가볍게 카페 주변을 한 번 돌아봤다.

생각해 보니 김혜주 씨가 운영했던 카페 주변에 손님들이 버린 쓰레기가 버려졌다고 했다.

그걸로 마을 사람들에게 불편을 끼치기도 했고.

물론, 여긴 마을과 다리 하나를 두고 있으니 마을에는 피해를 줄 확률은 낮을 테지만, 그래도 혹시 모르는 일이니까. 게다가 할아버지가 있을 땐 손님도 꽤 있었다고 하니…….

"음. 생각보다 없네."

주변을 돌다 보니 쓰레기가 있긴 있었다.

그런데 산에 올라가다가 버린 것 같은 쓰레기들이었다. 카페에서 나올 법한 쓰레기는 딱히 보이지 않았다.

할아버지가 주운 건가? 아니면 여기 온 손님들은 안 버리고 갔을지도.

"아무튼 이게 잡초 뽑는 것보다 쉽네."

카페 주변은 산과 숲이라서 걸어 다니는 게 조금 힘들 뿐, 오히려 나았다.

물론 아직까지 쓰레기가 많지 않아서 그럴 수도 있지만.

"없다고는 해도 벌써 3분의 1은 찼네."

조금 크게 돌아다니니 확실히 쓰레기가 모였다.

언제 버린 지 모를 봉지와 플라스틱들. 이런 것들은 썩지도 않았다.

'재활용은 안 될 것 같다만 분류는 또 해야겠네.'

이거, 왠지 줍는 것보다 분류가 더 성가시고 귀찮은 작업일 듯했다.

그렇게 한 바퀴 돌아서 다시 카페에 돌아왔다. 오늘은 일단 이 정도만.

'수아 녀석 때문에 해 보긴 했는데, 생각보다 뿌듯하네.'

씁쓸하기도 하고.

주운 쓰레기들을 분류해놓고 퇴근할 때 내어놓기 위해서 정리를 했다.

쓰레기는 마을 앞에 있는 쓰레기 처리장에 모아서 한 번에 가져간다.

일주일에 두 번, 월요일, 목요일.

그래서 봉사 모임도 그에 맞춰서 수요일과 일요일 중 한 번으로 정하고, 각자의 스케줄에 따라서 변동하기로 했다.

그것도 사실 누가 시키는 것도 아닌, 자원 봉사 개념이라 언제든지 바꿀 수 있지만.

어쨌든 기본적인 건 그렇게 정했다. 모임 장소는 당연히 호랑이 쉼터였고.

"살다 보니 이런 것도 해 보네."

재미있는 일이었다.

이전 일을 다닐 때였으면 과연 이렇게 했을까?

글쎄, 아마 안 했을 거 같은데? 일하느라 바쁜데 그럴 시간이 어디 있냐 하면서.

그랬다면 평생 이렇게 뿌듯한 감정을 느낄 일은 없었겠지.

'수아 녀석, 기특한 생각을 했어.'

당시에는 칭찬을 많이 못 해 줬는데, 다음 모임 할 때는 얘기해 줘야겠다.

그나저나 아침부터 쓰레기를 주우면서 생각이 난 건데, 우리 마을까지 쓰레기를 치워 주는 차가 들어오는 건가?

한 번도 본 적이 없었다.

완전 새벽에 오는 건지…….

비워지는 날이 되면 이미 아침 출근할 때엔 비어 있었다.

이 시골에 마을이 우리 마을만 있는 것도 아닐 텐데, 그건 그것대로 꽤 바쁘겠다 싶다.

하긴 도시에 살 때도 환경미화원분들은 보통 새벽에 움직이셔서 보질 못했으니.

'다음에는 그날 좀 일찍 일어나서 음료 좀 드릴까.'

굳이 그럴 필요 없긴 할 것 같지만 오늘 쓰레기를 주워 보니 새삼 그런 생각이 들었다.

여기까지 쓰레기를 비워주러 오지 않았으면 참 힘들지 않았을까 하는.
 "뭐, 그건 그거고."
 출근을 했으니 일을 해야겠지.
 쓰레기 정리도 끝났으니 바로 텃밭에 나왔다.
 오늘 할 일은 크게 두 가지였다.
 하나는 쑥쑥이의 생두를 토리의 굴에서 건조 시켜 보는 것.
 그리고 다른 하나는 새로 맺은 작물, 캠벨 포도로 음료나 디저트를 만드는 것.
 아 참! 어제 송준혁 가족이 준 아우라는 토리의 굴을 확장하는 것 외에도 하나 또 좋은 걸 줬다.

 〉희생(2성)

 바로 희생 재능의 성장이었다.
 같은 사람에게 또 힐링을 주면 그 사람에게 얻은 재능이 강화되는 걸까?
 뭐, 그건 시간 지나면 알 테니 오늘 할 일은 아니었다.
 최근 카페에는 단골이 있었으니.
 그러니 이제…….
 "커피 열매부터 따 볼까."
 쑥쑥이의 키는 어느새 카페 지붕에 닿을 정도로 자라나서, 열매를 채집하려면 사다리를 써야 했다.

조심히 나무 사다리를 타고 올라가 바구니에 커피 열매를 땄다.

빨갛게 체리처럼 익은 열매들이 탐스럽다.

"많네. 많아. 근데 한 번에 다 따야 하나?"

사라락~

"응? 괜찮아?"

과일은 오래 두면 너무 많이 익어서 곤란한데 쑥쑥이가 이건 괜찮다고 한다.

뭔가 과하게 익는 걸 막아 주는 방법이라도 있나?

"고마워."

사락~

뭐든 상관없지.

쑥쑥이를 한 번 툭툭 쳐주고 내려왔다.

어느새 한 바구니를 다 채워 있었다.

이건 바로 토리의 굴로 가져가서 건조실에 넣었다.

그리고 다음으로 포도를 땄다.

달콤한 향이 물씬 나는 과일이었다.

옛날에 어릴 적에 이 냄새에 이끌려 남의 밭에서 서리도 했었는데.

'그거 왠지 이장님 밭이었을 것 같은 느낌인데?'

그때는 그게 큰 잘못인지 몰랐기에 할 수 있는 일이었다.

지금이야 큰일 날 짓이지만.

물론 그때도 벌을 받긴 했다. 달콤한 향에 이끌려 온

벌에 쏘였으니까.

부웅~ 붕~

텃밭에도 물론 벌들이 아침부터 바쁘게 움직이고 있긴 했다.

"봉봉이, 넌 집에 자꾸 안 있고 이렇게 나와도 돼?"

부우~

여왕벌 봉봉이 덕분에 쏘일 일은 없었다.

외출이 잦은 모습에 되레 걱정이 되긴 했지만. 뭐, 알아서 하겠지.

나도 잘 익은 포도를 몇 송이 땄다.

그리고 텍스트창을 보는데,

[캠벨 포도]
*상태
-최상
*효과
-탈취
-항균

조금 의외의 효과가 있었다.

* * *

당연한 말이지만 포도는 그냥 찬물에 휘휘 씻어서 그대

로 먹는 게 사실 제일 맛있다.

알을 하나 떼어서 그대로 입에 넣고 알맹이를 쭉!

그러면 말캉거리는 알맹이가 쏙하고 들어와서, 달콤한 과즙이 그대로 입안을 채운다.

그러자 뒤이어 진한 포도 향이 코로 새어 나왔다.

'달다.'

짜릿할 정도로 단맛이 일품이었다.

하긴 포도당의 글루코오스는 단맛의 어원이 되는 그리스어에서 비롯될 정도니. 더할 말이 필요할까?

이러니 벌들이 그렇게 좋아하지.

"누가 꿀을 넣어 놓은 것 같네."

샤인 머스캣이 유명해지면서 그 힘을 조금 잃긴 했지만, 사실 이것만의 매력은 충분한 녀석이었다.

물론 단점도 있지만.

껍질 채로 먹기엔 조금 질길 수 있고, 또 알맹이 안에 씨가 들어서 와구와구 씹다간 그것까지 씹는 대참사가 일어날 수 있다.

하지만 그런 걸 감안하고도 참 반가운 과일이었다.

한때 과일계를 양분하는 대표 과일이 아니던가.

포도와 딸기.

둘의 지분율은 대단했다.

포도는 여름, 딸기는 겨울.

"음, 그건 그냥 내가 어릴 때 서리를 하기 좋아서였나?"

뭐, 아무튼.

포도송이 하나를 접시에 놓고 창가 테이블에 앉았다.

창문을 활짝 열어 두고 포도를 톡톡 따서 하나씩 먹으며 창밖 풍경을 감상했다.

아침에도 이제 덥네.

"계곡물에 발 시원하게 담그고 먹으면 딱일 것 같은데."

물론 아직 계곡물은 얼음장같이 차가울 거다.

한여름은 되어야 발 담그고 놀 수 있겠지. 아, 생각만 해도 좋은데?

"이번 여름에는 그런 데도 가고 해야겠다."

회사 다닐 때도 물론 휴가는 썼다.

그런데 그때마다 자꾸 일이 터져서 수습하느라 제대로 누린 적이 없었다. 있다고 해도 거의 집에서 숨만 쉰 채 보냈고.

어디 가기엔 피로도가 너무 쌓여서 그럴 정신이 없었다.

하지만 올해는 달랐다. 그 정도 여유는 충분히 있었다.

톡! 톡!

그렇게 생각하며 포도알을 하나 더 호록! 먹었다.

진짜 맛있다.

근데 탈취, 항균이라…….

조금 특이한 효과이긴 했다.

킁킁!

냄새는 안 났다.

"아침부터 쓰레기 줍느라 땀이 조금 났는데 괜찮은 것

같기도?"

물론 애초에 아침에 나올 때 샤워도 했을뿐더러, 냄새가 날 정도로 움직이지도 않아서 그런 것도 있는 것 같지만.

땀 냄새는커녕 바디 워시와 샴푸 향만 났다.

"어? 포도 향도 좀 나는 것 같기도?"

그냥 포도를 먹어서 느껴지는 거려나? 잘 모르겠다.

좀 더 먹어 보지 뭐.

'그나저나 포도로는 뭘 만들까.'

바로 떠오르는 건 역시 잼이었다.

잼으로 만들면 보관도 용이하고, 나중에 케이크에도 쓸 수 있었다.

그리고 또 생각나는 건 포도 주스.

"다 맛있겠는데?"

여름이니까 스무디도 괜찮을 듯했다. 물론 에이드도 좋지.

청을 만들어서 젤라또와 같이 먹어도 맛있겠다.

오히려 너무 많아서 정하기 힘들다.

그럼, 뭐 다 만들면 되지.

어려울 건 없었다.

물론 우선 이거 한 송이는 다 먹고……

알맹이 채로 꿀떡 먹기도 하고, 씨를 피해서 씹기도 하면서 다르게 먹어 봤다.

사실 입에서 이리저리 굴려 씨만 톡톡 빼고 알맹이를

씹을 때가 제일 맛있었다.

그걸 위해서 씨를 뱉어야 하는 번거로움은 있었지만.

"음? 벌써 다 먹었네."

한 알, 한 알 천천히 따 먹는다고 생각했는데 어느새 빈 송이만 남았다.

마치 생선 가시 발라낸 듯 앙상한 모습.

아쉽지만 이제 또 일을 해야겠지.

자리를 털고 일어났다.

"포도 베이스부터 만들어 볼까?"

새로운 메뉴를 만드는 것도 즐거운 일이었다. 뭐, 사실 여기서 재밌지 않은 일이 있겠냐만.

아침에 쓰레기를 줍는 것도 뿌듯하게 했으니 사실상 없다고 봐야 했다.

아, 하나 지긋지긋한 잡초와의 전쟁은 조금 그렇긴 했다.

"음."

어떻게 잡초 뽑을 수 있는 재능은 없으려나…… 있을 리가.

일단 주방으로 들어왔다.

포도는 이미 몇 송이 땄다.

"레시피가 있었던 것 같은데."

할아버지의 레시피를 떠올렸다.

여기저기 쓰기 좋은 포도 주스를 만드는 레시피였다.

그런데 조금 신기했다.

"포도를 찌네?"

과정을 보니 주스보단 즙을 만드는 방법이었다.

스팀으로 쪄서 엑기스를 뽑아내는 방식이라, 잘만 만들어서 보관하면 1년을 쓸 수 있단다.

카페에서 쓰기엔 편하고 좋을 듯했다.

물론 맛도 있겠지.

이걸로 하기로 했다.

'이거면 다 쓸 수 있겠네.'

포도청, 스무디, 주스 등등 다 가능한 베이스라고 할 수 있었다.

아마 이건 다른 과일들도 써먹을 수 있는 방법이긴 할 것 같다.

그럼에도 굳이 포도만 이렇게 만드는 레시피만 남긴 걸 보면, 아무래도 보관이 제일 어려운 포도여서 그렇겠지.

쉽게 무르고 벌레가 꼬이니 대량으로 만들어 놓고 썼을 거다.

'나는 텃밭에서 바로 따는 거라 굳이 안 그래도 될 것 같긴 한데.'

그래도 베이스가 있으면 좋을 것 같긴 했다. 뭐, 혹시 신선한 포도가 필요하면 그때 또 텃밭에서 따다가 써도 되고.

"씻어서 포도송이째로 찌면 되는 건가? 쉽네."

물론 찔 때 그냥 찌는 게 아니라 삼단으로 찜기를 나눠야 했다.

맨 밑에는 증기가 올라올 물, 그리고 중간에는 즙을 모아야 하고, 맨 위에는 포도송이로.

그러려면 일반 찜기가 아니라 중간에 포도즙을 모을 수 있도록 찜기에 구멍이 있어야 했다.

당연히 뽕뽕 뚫린 바구니 같은 구멍은 아니었다.

중간에만 구멍이 뚫려서 바로 맨 위에 올린 포도송이에 스팀이 닿을 수 있는 그런 찜기여야 한다.

그러니까 중간 찜기는 신선로를 담는 냄비처럼 생겨야 한다는 인데…….

"여기 있네."

다행히 주방 구석 서랍에서 그런 찜기를 찾을 수 있었다. 할아버지가 쓴 레시핀데 하는 도구가 없을 리 없지.

그럼 이제 찌기만 하면 거의 끝난 거나 다름없었다.

물론 유리병을 또 소독하고 닦아야 했지만…….

"응? 그러고 보니 유리병이 있나?"

생각을 못 했다.

요즘 청이나 잼, 요거트 등등을 많이 담아 둬서 원래 있던 유리병이 다 동이 났으니까.

얼른 포도를 찌는 걸 멈췄다.

다행히 아직 물이 끓진 않았다.

"유리병부터 구해야겠네."

오랜만에 읍내에 나갔다 와야 될 것 같다.

창고에서 자전거를 꺼냈다.

그런데 막상 타려고 하니 너무 덥다.

이거 읍내까지 타고 갔다가 돌아오면 땀에 완전 푹 젖을 것 같은데…….

"아!"

좋은 생각이 났다.

* * *

이선아의 차가 시골길을 달렸다.

"내가 기사야?"

"응."

이선아가 당당하게 말했다.

차만 빌렸는데 이선아가 같이 딸려 온 것이다.

자기도 마침 읍내에 볼일이 있다나?

그럼 이선아가 운전하고 내가 얻어 타면 되는 거 아닌가 싶었는데.

"읍내 길은 못 한다니……."

"차가 마주 올 수도 있으니까."

"당연하지. 그러라고 만든 도로인데. 그럼, 여기까진 어떻게 차를 가지고 온 건데?"

"아빠가."

"아."

이장님이 대신 옮겨 주셨구나.

이선아는 초보였다. 그것도 엄청난 초보.

다행히 차 없는 시골길을 혼자 운전하는 건 괜찮았다.

하지만 주변에 차가 있으면 아직 불안한 모양인지, 결국 읍내까진 내가 차를 몰고 가게 됐다.

'그래, 차를 빌려주는 게 어디냐.'

조금은 어이가 없었지만, 차라리 나았다. 괜히 자기가 운전한다고 하는 것보다 안전한 길을 선택하는 게 낫지.

어쨌든 덕분에 차에서 에어컨 틀고 시골길 창밖을 구경할 수도 있고 말이지.

시골길을 드라이브 하는 기분이었다.

"여유롭네."

"응? 아, 그렇지? 시골 풍경은 이상하게 여유로워 보인단 말이지."

"풍경 말고."

풍경이 아니면 뭐가 여유롭단 말이지?

아, 나?

"그렇게 보여?"

"응."

그런가? 이선아의 말을 듣고 보니 그런 것 같기도 했다.

뭐, 사실 급한 게 없기도 했으니 그럴 수밖에 없나?

운전이야 현장 다니면서 워낙 많이 했으니 어렵지도 않았고.

물론 그럼에도 운전 자체는 오랜만인데 생각보다 더 잘 되는 것 같긴 했다.

'만생공 덕분인가?'

어떤 의미로 보면 툭하면 운전하던 예전보다 더 안정적으로 하는 것 같다.

그래서 이선아가 여유로워 보인다고 한 걸 수도.

아무튼 손재주도 그렇고 참 여기저기 유용했다.

심지어 이제 축복을 따로 쓰지 않아도 어느 정도 적용이 되는 것 같았다.

물론 축복을 쓰지 않으면 아우라와 텍스트창은 안 보이니 착각일 수도 있지만.

"응? 큰 차네."

그렇게 이런저런 생각을 하며 여유롭게 드라이브 하듯 가는데 마주 오는 차선에 큰 차가 나타났다.

시골길에서 쉽게 보기 힘든 큰 차였다.

덤프는 아니고…… 아, 청소차구나.

수거를 다 하고 돌아가는 길인가?

근데 하필 길이 좁아지는 구간이라, 지나가기 아슬아슬해 보인다.

시골길이라 어쩔 수 없는 일이었다.

"뒤, 뒤로 빼야 되는 거 아냐?"

큰 차를 보자 이선아가 불안한 듯 말했다.

"음, 잠깐만."

"내 첫차임. 긁으면 안 됨."

"……안 긁어 인마."

호들갑 떠는 이선아를 무시하고 일단 차를 최대한 길가에 붙여 봤다.

마주 오던 차도 반대쪽으로 붙였다.

그런데 그래도 영, 각이 안 나온다.

하필 코너이기도 하고, 시골길 특성상 갑자기 이렇게 좁은 길도 생겼기에 일어난 상황이었다.

이건 내가 차를 좀 빼 줘야겠다고 생각하는데…….

그때!

마침 큰 차에서 사람이 내렸다.

환경미화원 복장에 야광 벨트를 착용한 남자였다.

그는 이쪽으로 다가와 운전석 창문을 두들겼다.

똑! 똑!

창문을 내렸다.

"저, 실례지만 차 좀 뒤로 빼줄 수 있겠습니까? 이게 차가 커서 지금 저기로는 못 빠질 것 같아서요."

"예예, 안 그래도 그래야 될 것 같네요. 잠깐만요."

정중한 요청에 빠르게 차를 빼서 길가 한쪽으로 세웠다.

이 정도면 될 것 같았다.

아니나 다를까, 청소차가 천천히 지나갔다.

"감사합니다."

"아닙니다. 더운데 고생하시네요."

"하하, 뭘요. 그럼 조심히 가세요."

그리고 아까 창문을 두들겼던 남자가 감사 인사를 하고 다시 청소차에 올라탔다.

우리도 다시 출발했다.

그리고 그렇게 읍내의 마트에 들러 필요한 것들을 사서, 다시 안전하게 카페로 돌아왔다.

이선아는 갓 짠 포도즙을 바로 받아 가겠다고 카페에 같이 들어왔다. 덕분에,

"끄응!"

같이 유리병도 옮겼다. 혼자서 다 옮길 수 없는 양을 샀기 때문이다.

앞으로도 또 쓸 일이 많을 것 같기도 했고.

"거기 둬. 정리는 나중에 하면 되니까."

꽤 무거운 걸 옮겼다고 바로 퍼진 이선아를 두고 주방에 들어왔다.

운전은 못 해도 이런 건 잘하네.

퍼진 이선아의 모습에 피식 웃으며, 그럼…… 이제 진짜 포도즙을 만들기로 했다.

* * *

다음 날.

오늘은 조금 더 일찍 나왔다.

어제 깜빡하고 쓰레기를 내놓지 않아서. 청소차가 오기 전에 꺼내야 했다.

그리고 겸사겸사 쓰레기도 일찍 주울 겸 해서.

"응? 벌써 왔네?"

근데 밖으로 나오니 내 예상보다 더 빨리 청소차가 와

있었다.

이제 동이 트는 시간인데…….

"잠깐만요!"

일단 떠나기 전에 들고 나온 쓰레기부터 버리려고 달려갔다.

그런데…….

"어?"

쓰레기를 차에 옮기던 남자의 모습에 고개를 갸웃했다.

어제 읍내에 가다가 마주친 사람인 것 같은데…….

'상태가 왜 저래?'

원래 저랬던가? 어제만 해도 웃으며 인사하고 헤어졌던 것 같은데.

그땐 아우라를 못 봐서 그런가? 상태가 많이 안 좋았다.

"아! 어제 차 양보해 주신 분 아니신가요?"

"어? 기억하시네요?"

"그러게요. 하하! 뭔가 인상이 깊게 남으셔서요. 여기 사시나 봐요?"

"예 바로 저기 삽니다. 아! 저쪽에서 카페도 하고 있고요."

"아아! 카페를 하시는구나. 어쩐지, 듣고 보니 그런 느낌이네요. 아차! 이거 버리시는 건가요?"

나를 알아본 남자와 잠깐 대화를 했다. 그리고 가지고 온 쓰레기를 버렸다.

"아침 일찍 카페를 여시나 봐요?"

"예. 조금 일찍 시작하는 편이긴 한데…… 아! 오늘은 조금 늦었는데, 혹시 다음에 오실 땐 카페에 한 번 들러 주세요."

"아유! 그 이른 시간에 나오시게요?"

음료를 주겠다는 말에 남자는 손사래를 쳤다.

더 권하려고 하는데, 청소차는 바쁜 일정 때문에 곧 떠나야 해서 어쩔 수 없이 인사를 마무리했다.

"꼭 한 번 들르세요~"

"예예, 그럴게요. 하하!"

밝게 웃고 있지만 왠지 그늘진 웃음이었다.

진짜 호랑이 쉼터에 들렀으면 좋겠다.

* * *

여름의 아침은 일찍 시작한다.

그럼에도 그보다 훨씬 바삐 하루를 시작하는 사람이 있었다.

정성훈이 그런 사람 중 하나였다.

모두가 잠든 시간에 그는 어둠에서도 자신을 알아볼 수 있는 야광 벨트를 착용하고 나섰다.

시계를 보니 이제 11시.

물론 밤 11시였다.

남들에게는 잠들 준비를 하며 하루를 마무리하는 시간이었지만, 그에겐 이게 하루를 시작하는 시간이다.

어스름은커녕 해 대신 달이 떠 있는 시간.

작업장으로 출근한 그는 동료와 간단하게 인사를 나누고 소형 트럭을 몰았다.

먼저 읍내부터 돌면서 골목 곳곳에 있는 쓰레기들을 큰 차가 집하 할 수 있는 곳으로 모아야 했기 때문이다.

그래도 시골이라 거리는 한산해서 오히려 도시보다 편했다.

가끔 너무 조용해서 오히려 무서울 정도.

"웃차!"

그래도 읍내만 끝내면, 나머지 여기저기 흩어진 마을은 수거하기만 하면 되는 일.

보통 마을 단위로 한곳에 모아 두니까 큰 차로 바로 가서 치우면 된다.

심지어 이쪽 지역은 꽤 정리가 잘 된 마을이 많아서 좋았다.

한때 도시에서 일하다가 여기로 업무 지역을 바꿨는데 잘했다고 생각할 정도.

"읔!?"

물론 그렇다고 쉽다는 건 아니었다.

누가 쓰레기를 잔뜩 넣었는지, 쓰레기봉투를 집으니 내용이 옆으로 샌다. 날이라도 추우면 덜 할 텐데, 이제 여름이라 쉽지 않다.

하지만 그는 말없이 바로 닦아 내고는 그것을 트럭에 실었다.

익숙한 일이었다.

여전히 적응이 안 되는 일이기도 했지만, 그저 묵묵하게 치웠다.

겨울에는 또 겨울의 문제가 있었으니 여름을 탓할 필요도 없었다.

그렇게 담당하는 구역의 쓰레기를 집하 구역에 모아 놓으면 정해진 시간에 큰 차가 온다.

부우웅~!

"오늘도 많네. 많아."

"그거 조심해. 내용이 튀더라고."

"에헤이, 사람들이 참. 잘 좀 버리지 말이야."

큰 차를 몰고 온 동료의 말에 도정재는 그저 웃었다.

그런 그를 보고 동료들은 사람이 그렇게 좋아서 어떡하냐고 하지만…….

"그래도 이렇게 내 손으로 싹 치워 놓고 보면 뿌듯하잖아?"

그는 그저 이렇게 말할 뿐이었다.

그렇게 읍내를 다 돌고 나면 잠깐의 쉼도 없이, 이젠 큰 차를 타고 마을 쪽을 돌기 시작한다.

그때쯤이면 슬슬 동이 텄다.

"다른 마을도 꽤 깨끗하긴 한데, 진짜 그 마을은 다르긴 달라."

"천호리? 거기 이장부터가 심상치 않은 사람이잖아. 마을도 뭔가 신묘한 느낌이고. 내가 알기론 이 근방에선 제일 오래된 마을일걸?"

"그래? 아무튼 거기 갈 때면 이상하게 마음이 편하더라."

"크흐흐! 그거야 거기가 마지막 마을이니까 그렇지! 물론 오늘은 아니지만."

"하하! 것도 그러네. 내일이었던가?"

오늘의 마지막 마을로 향하며 동료와 담소를 나누다 보면 이제 오늘 하루의 일과가 거의 끝났다는 게 실감 난다.

시간은 거의 9시에 가깝다.

물론 아침이었다.

밤에 시작해서 남들이 이제 출근할 시간 때쯤이면 끝나는 것이다.

아무튼 그렇게 오늘도 마지막 마을로 향하며 일과가 끝나 가는데…… 중간에 묘한 사람을 만났다.

"바로 빼 주네?"

"어, 안 그래도 차 빼려고 하더라고."

두 대의 차가 지나갈 수 없는 길목.

남자와 여자가 탄 차였는데 다행히 큰 트러블 없이 지나갔다.

늘 그런 건 아니지만 가끔 시비를 거는 사람도 있는데, 오늘은 아니었다.

'이쪽에선 처음 보는 젊은 사람인데 참 묘한 느낌이네.'

아무튼 그런 사소한 해프닝을 뒤로하며 순탄하게 끝난 하루.

집으로 돌아왔다.

온몸이 쑤실 정도로 고된 일이었지만, 그래도 그런 그를 버티게 해 주는 건 일에 대한 보람과 하나뿐인 자식이었다.

"이제 학교 가는 거야?"

"응."

"그래그래. 아빠가 데려다줄까?"

"아니. 괜찮아. 걸어가면 돼."

솔직히 말하면 정성훈의 딸은 그렇게 싹싹하진 않았다. 오히려 제 엄마를 닮아서 그런지 참 차가웠다.

그럼에도 정성훈에게는 눈에 넣어도 아프지 않을 딸이었지만.

"웃차! 그럼 아빠 한 번 안아 주고 가."

"……아빠."

"응?"

"냄새."

"어? 어어. 아 참! 깜빡했네."

처음으로 정성훈의 얼굴에서 잠시 미소가 사라졌다. 물론 금방 다시 하회탈처럼 마냥 웃는 얼굴로 돌아왔지만.

"미안 미안. 오늘 일하다가 좀 묻었네."

"……갈게."

"그래. 조심히 갔다와."

"……응."

뭔가 할 말이 있다는 표정으로 딸이 꾸물거리다가 이내

고개를 끄덕이며 집을 나섰다.

정성훈은 그런 딸의 뒷모습을 말없이 지켜봤다.

사실…… 그는 집에 오기 전에 이미 옷도 갈아입고 씻고 왔다.

그리고 그 사실이 왠지 씁쓸하게 느껴졌다.

* * *

어제 만든 포도즙은 대성공이었다.

스팀으로 쪄진 엑기스에 건더기까지 한 방울도 남기지 않고 짜진 포도즙은 신선함은 물론 향까지 응축되었다.

그걸 읍내에서 사 온 유리병에 담아서 토리의 굴에 보관했다.

일부는 저장 구역, 또 일부는 농축구역에 넣었다.

저장은 말 그대로 현 상태로 저장이 된다는 것 같은데 농축은 조금 궁금해서 한 번 넣어 본 것이다.

숙성 구역에도 조금 넣었다.

이건 아마…….

"포도주가 되겠지?"

카페에서 웬 포도주인가 싶지만, 꼭 그대로 마셔야 되는 건 아니니까. 궁금하기도 했고.

어차피 주류는 음료와 달리 따로 신고해야 하는 품목이라 팔 수도 없다. 그러니 느긋이 기다리면 될 일.

그런데 이렇게 음료 베이스들을 저장하고 나면 이상하

게 배가 부른 느낌이다. 먹지 않아도 배부르다는 말이 이런 걸까?

물론 그건 보통 자식 먹는 걸 본 부모의 경우에 하는 말이긴 한데…….

"뭐, 그런 마음과 비슷할 수도 있는 거지."

어차피 아니라고 하는 사람도 없었다.

괜히 어깨를 한 번 으쓱하고 다른 생각으로 돌렸다. 오늘 아침에 본 환경미화원이 떠올랐다.

"얼굴은 웃고 있는데 상태는 안 좋았지."

[정성훈]
*상태
—자존감 하락

텍스트창의 상태도 마찬가지.

하지만 많은 의미가 녹아 있는 상태라서 그 정확한 의미를 짐작하기 어려웠다.

아우라 상태로만 그 깊이를 짐작하는데, 영 좋지는 않은 게 확실했다.

사실 지나가다가 본 인연이라 이렇게 신경 쓸 이유가 있나 싶긴 한데…….

'뭐 언제는 얼굴 알던 사람만 카페에 온 건 아니니까.'

아무튼 그 사람이 손님으로 오면 좋겠다는 생각이 들었다.

물론 그걸 기다리고만 있을 순 없으니 나는 또 내 할

일을 해야겠지만……

"손님이 안 오네."

텅 빈 홀을 보며 볼을 긁적였다.

이미 낮 시간은 낮을 지나, 오후였다. 수아가 하교하고 올 시간도 거의 다 됐다.

아니나 다를까 저 멀리 오솔길로 올라오는 작은 아이 하나가 보였다.

"응?"

근데 수아가 아니었다.

전에 수아와 같이 공연했던 수아 친구였다. 정시아였던가?

수아 집에서 잔다고 한 날, 카페에서 분식도 같이 먹었던 아이라 기억했다.

엄청 잘 먹었던 걸로 기억하는데…… 수아는 없네?

딸랑~ 딸랑~

"어서 오세요~ 수아 친구 맞지?"

"네. 안녕하세요."

"그래. 안녕? 근데……."

혼자인 건 둘째 치고 얘는 또 상태가 왜 이렇지?

[정시아]
*상태
—자책감에 우울

아니 어린 애가 무슨 상태가 이래?
'자책? 우울? 혹시 수아랑 싸웠나?'
아니지. 그럼 애가 아니라 수아가 씩씩거리면서 왔을 것 같은데.
"편한 데 앉으렴."
"네."
시아는 바로 카운터석에 앉았다.
그리고 왠지 할 말이 있는 표정으로 봤다.
수아랑 다르게 표정이 많이 없는 아이인 건 알고 있었다.
먹을 때 말고는 입도 거의 벌리지 않을 정도로 말수도 없고.
그런 아이가 혼자 굳이 여기 찾아온 건 분명 이유가 있겠지.
상태도 그렇고.
"뭐 마실래?"
"음."
고민하는 것 같길래 이번에 새로 딴 포도로 만든 주스를 추천해 줬다.
"그걸로 마실게요."
"잠깐만 기다려."
포도 베이스가 있기 때문에 주스는 정말 만들기 쉬웠다.
우선 얼음을 컵에 담고, 포도 베이스를 부어 주기만 하면 끝이었다.

그리고 안에서 알맹이를 씹을 수 있게 포도알 몇 개를 씨와 껍질을 분리한 채 넣으면 진짜 완성.

베이스가 있는 덕에 정말 간단하게 만들 수 있었다.

"주문하신 음료 나왔습니다~"

일부러 밝게 말하며 시아 앞에 음료를 놓아줬다.

근데 요즘 초등학생들은 카페도 혼자 다니고 하는구나. 물론, 수아도 혼자 버스 타고 다니니까 뭐 이상한 아니다만.

"수아는 오늘 자기 오빠랑 읍내에서 밥 먹는대요."

"응? 아, 그래?"

다행히 분위기를 좀 편하게 풀어 보려는 노력이 통했는지 시아가 입을 뗐다.

다행히 둘이 싸운 건 아닌 것 같다. 그럼 왜지?

"사장님."

"응?"

"사과는 어떻게 해요?"

"……사과? 누구한테 사과해야 돼?"

"네."

수아랑 다르게 당황을 시키는 아이였다.

다짜고짜 사과해야 한다니. 근데 또 그걸 왜 나한테 묻지?

"물어보고 싶은 어른이 사장님밖에 생각이 안 났어요. 왠지 알 것 같은 남자 어른이요."

"아. 그래? 나도 잘 아는 분야는 아닌데."

당황해서 조금 웃긴 말이 나갔다.
잘 아는 분야가 아니라니…… 정신을 차리자.
큼큼.
"혹시 사과를 해야 될 사람이 어른이야?"
"네."
"그렇구나. 남자 어른?"
"네."
감이 왔다.
"아버지한테 사과하려는 거구나?"
"……네."
시아가 어떻게 알았냐는 표정과 역시라는 표정이 공존하는 묘한 얼굴로 이쪽을 향했다.
이 정도로 힌트가 있는데 모르는 게 이상하지. 저 나이에 사과할 남자 어른이면 아빠밖에 더 있을까.
그런데 무슨 일로 사과하고 싶다는 거지?
"아버지한테 뭐 잘못했어? 거짓말?"
"으음. 둘 다 섞였어요."
"거짓말 같은 잘못?"
끄덕끄덕.
시아의 눈빛에 점점 신뢰가 깃든다.
이거 부담스러운데?
일단 좀 더 알아보기로 했다.
"자세히 말해 줄 수 있어?"
"어제…… 아빠한테 냄새난다고 했어요."

"아빠한테? 왜? 혹시 술 마시고 애정 표현하셨어?"
절레절레.
"그럼 안 씻어서?"
절레절레.
뭐야, 그럼 왜 냄새가 난다고 한 거지?
어쩔 수 없다.
바로 아우라를 불렀다. 그리고 몰입을 사용했다.
샤라라랑~
몰입이 시아가 떠올리고 있는 상황을 알려 준다.
"어?"
그런데 그 속에 왠지 낯익은 사람이 있었다. 오늘 새벽에 봤던 그 사람이었다.
설마, 그 사람이 시아의 아빠였어?
'인연이 이렇게 된다고?'
정말 신기했다.
물론 마냥 신기해할 수만은 없었다.
왜 시아가 아빠한테 사과하고 싶은 건지, 그리고 어떤 상처를 줬는지 봤다.
그러니까…….
"아빠한테서 냄새가 나는 게 속상했구나?"
"……네."
말주변이 없어서 생긴 오해였다.
시아의 속내는 아빠를 걱정하는 거였지, 냄새가 난다고 배척을 하려던 게 아니었다.

물론 냄새가 난 건 맞았다.

시아의 아빠는 일이 끝나면 환경미화원 사무실에 딸린 샤워장에서 매일 샤워를 하고 옷도 갈아입은 뒤 집에 오지만, 신발까지 갈아 신지는 못하니까.

거기에 밴 냄새까지는 어쩔 수 없는 것이다.

아마 그것까진 생각을 못 했던 것 같은데…….

평소에는 신발까지 냄새나는 게 튀지 않았는데 오늘은 하필 튀었던 모양이다.

시아는 그래서 아빠에게 뭐라고 하고 싶었던 거 같다.

냄새 때문에 고생했다고, 그리고 고맙다고.

그런데 여러 상황이 겹치면서 이야기가 꼬인 것이다.

아빠의 상처 받은 표정과, 이에 당황해서 제대로 말을 못 하고 도망치듯 나와 버린 시아.

그때 오해를 고쳤으면 제일 좋았을 텐데…….

안 그래도 말주변이 없는 아이였으니 그 상황에 제대로 말을 할 수 있을 리 없었다.

"조금 꼬였네."

"네에……."

"그럼 풀면 되지."

"어떻게요?"

그러게, 그걸 어떻게 풀면 좋을까.

송준혁 씨와는 또 다른 문제였다. 그리고 좀 더 쉬운 문제이기도 했다.

어쨌든 이쪽은 사랑하는 하나뿐인 딸이니까.

"아빠 고생하신다고, 고맙다고 말할 수 있겠어?"
"……하, 할 수 있어요."
"그래. 그거면 될 거야."
"정말요?"
"그럼. 뭐, 그래도 정 아쉬우면 음료라도 포장해 가도 좋고. 아! 잠깐만. 여기에 쪽지 하나 쓰자."
꼭 말로만 전달할 필요는 없지.
원래 글은 그러라고 있는 것이니까.

* * *

조막만 한 손으로 꾹꾹 눌러 쓴 글 한 글자, 한 글자에는 그 마음이 깊게 담겨 있었다.
길지는 않았다.
하지만 감히 예상할 수 있었다.
저 쪽지면 충분히 아빠의 기분은 풀릴 거라고.
아니, 어쩌면 이 세상에서 제일 행복한 아빠가 될지도?
'그때 본 인상이라면 그러고도 남을 분이지.'
아우라를 보게 된 뒤로 얻은 일종의 부수적인 효과라고 해야 하나?
신기하게 사람을 보면 그 기질이 느껴지게 된 것 같다.
물론 자세한 건 아니지만.
어쨌든 시아의 아버지는 충분히 속내가 깊은 사람이라, 시아의 진심을 알아줄 것이다.

어쩌면 그때 이미 알아챘을 수도 있다. 당시야 조금 놀라고 상처받아서 반응이 늦었던 거고.

'그래도 이렇게라도 시아의 진심을 알면 더 좋아하겠지.'

솔직히 말하면 그런 둘의 관계가 조금 부럽기도 했다. 서로 의지할 곳이 있는 부녀의 모습 말이다.

물론 금방 획획 고개를 저으며 그 생각은 금방 날려 버렸다.

"다 썼어?"

"네…… 근데 이걸로 괜찮을까요?"

"내가 좀 봐도 돼?"

"네."

이미 얼핏 봤지만 모른 척 쪽지 내용을 살펴봐 줬다.

그러자 왜 나한테 걱정된다는 듯 물었는지는 바로 알 수 있었다.

평소 말투처럼 조금은 경직된 글이었으니까.

하지만.

"음, 좋을 거 같은데?"

오히려 그게 시아의 진실된 모습이니 크게 상관없었다.

다만 조금 부끄러워서 그런 건지, 쓰다가 급히 바꾼 흔적이 있었다.

그것을 보며 빙그레 미소를 지었다. 이건, 빼 먹으면 안 되지.

"마지막에 하나만 추가하면 좋을 것 같은데?"

"네?"

"있잖아, 그거. 여기 쓰려다 지운 것 같은데, 그것만 쓰면 될 것 같아."

"아."

늘 무표정이던 시아의 볼이 순식간에 빨갛게 물들었다.

엄청나게 부끄러워한다.

저게 과연 쓰다가 지운 걸 들켜서인지, 아니면 그냥 저 단어가 부끄러운 건지 모르겠지만…… 어쨌든 내가 봤을 때 이 쪽지의 방점은 그거였다. 그러니.

"정 부끄러우면 아저씨한테 보여 주진 말고, 쓴 다음에 얼른 여기에 넣어서 아빠한테만 보여 줄래?"

"네에……."

"이거 쓸 동안 아저씨가 뭐 만들어 줄까? 케이크? 빵? 샌드위치??"

"어, 샌드위치도 되나요?"

"그럼."

"그러면 그걸로 두 개, 아니 세 개 부탁드립니다."

"풉!…… 그래."

아직 어린 애가 애늙은이 같은 말투로 부탁하는 모습은 참 귀여웠다.

그것도 평상시엔 무표정인 애가 그러니 더욱.

물론 그 내용도 귀여움에 한몫했다.

'밤에 출근하는 아빠를 위해서 더 싸서 가려는 것 같은데…… 그 와중에 자기 몫도 야무지게 챙기네.'

귀여우면서 기특한 모습에 아빠 미소가 절로 나왔다.
확실히 수아랑은 다른 스타일의 아이다. 둘 다 귀엽긴 마찬가지지만.
상반된 모습인데 어떻게 둘이 친해진 건지 참 신기했다.
아, 전에 수아가 내가 만든 음료를 시아에게 주면서 친해졌다고 했나?
그럼 샌드위치도 제대로 만들어 줘야겠다.
바로 주방으로 들어왔다.
'포도 잼을 써 볼까?'
포도 베이스가 있어서 잼도 금방 만들 수 있다.
설탕을 조금 더 넣고 포도 베이스를 조리기만 하면 되니까.
게다가 포도라면 그 효과가 있으니…….
"좋아, 해 볼까?"
바로 만들기로 했다.
설탕 조금, 그리고 꿀도 조금 넣어서 피로 회복에 좋은 효과도 넣었다.
포도 베이스에 있는 효과인 '탈취', '항균'도 물론 들어갔다.
아우라를 넣으며, 뭉근한 불로 계속해서 젓는다.
그렇게 수분이 날아가고 돌리던 주걱이 뻑뻑하다는 느낌이 올 때쯤이면…….
"음, 잘됐네."
포도 잼 완성!

살짝 와인 빛이 도는, 짙은 검은 색의 덩어리가 만들어졌다.

그럼 이제 본격적으로 샌드위치를 만들어야지.

그렇게 적당한 점도로 졸은 포도 잼을 식빵의 안쪽 면에 잘 발랐다.

그리고 텃밭에서 가져온 채소들을 꾹꾹 눌러 담았다.

채소라고 해 봐야 별 건 없었다. 채 썬 양배추와 상추 정도?

하지만 각각 포만감과 활력 증진 효과가 있어서 한 끼로는 든든할 거다.

여기에 마지막으로 치즈까지 얹었다.

이건 목장에서 받은 거였다.

오래 숙성이 된 치즈는 아니었지만 고소하고 짭짤한 것이 샌드위치에 쓰기 딱이었다.

'대만식 샌드위치에는 쨈이랑 치즈만 들어가던데.'

사실 처음엔 그걸로 하려고 했다.

초등학생 입맛엔 딱 맞을 것 같으니까.

그런데 시아는 아무래도 아빠를 주려는 마음이 클 것 같아서 채소도 넣은 것이다.

육체노동을 하시는 만큼, 포만감도 포기할 수 없는 영역이니까. 덕분에 아주 빵빵한 샌드위치가 만들어졌다.

"다 썼어?"

"네."

"자. 여기 샌드위치랑 음료 포장했어."

"감사합니다!"

시아가 해맑게 샌드위치와 음료를 챙겼다. 그리고 거기에 본인이 쓴 쪽지를 쏙 넣는 것도 잊지 않았다.

슬쩍 보인 쪽지에 아까 쓰다 지웠던 '아빠 사랑해'가 있는 걸 보니 괜히 흐뭇한 미소가 지어진다.

아, 이럴 때가 아니지.

"아 참! 버스 끊기기 전에 얼른 가야겠다."

"아!"

시골의 막차는 생각보다 더 이른 시간에 끊겼다.

혹시나 싶어서 시아를 배웅해 주기 위해 정류장까지 같이 와 줬다.

그런데 수아가 탄 버스가 시아가 타려는 버스보다 먼저 왔다.

"아저씨! 어? 시아?"

버스에 내리다가 나를 봤는지 신나서 달려오던 수아가 순간 고개를 갸우뚱하며 시아를 봤다.

자기 친구가 왜 여기 있는지 의아한 표정이었다.

"오늘 내가 포도 음료 먹으러 오라고 했어."

"엥……? 저는요?!"

"너야 어차피 맨날 오잖아. 오면 주려고 했지. 근데 수아, 넌 오늘 수호랑 밥 먹고 온다고 하던데?"

"앗! 그, 그렇긴 한데. 그런가? 음."

"어? 버스다."

수아의 정신을 뺏는 사이 시아가 탈 버스가 왔다.

그렇게 시아를 보내고, 수아와 수호를 데리고 다시 카페로 돌아왔다.

"아까 시아 손에 음료 말고도 있던데요?"

"……이런 건 또 눈치가 빠르네."

"엥? 저 원래 눈치 빠른데요?"

그런 녀석이 친구가 고민하고 있던 것도 몰라?

수아의 말에 피식 웃으며 고개를 절레 저었다.

물론 시아는 무표정이 디폴트라 수아가 알기 어렵긴 했다. 나도 아우라와 텍스트창이 아니었으면 몰랐을지도?

아, 그런 아니려나?

요즘은 꼭 그게 아니더라도 기운 같은 게 느껴지긴 했다. 뭔가 감이 좋아졌다고 해야 할까?

아무튼.

"샌드위치인데, 너희 배부른 거 아냐?"

"히잉……."

뭐지? 왜 시무룩한 거지?

그러고 보니 밥을 먹고 왔으면 더 늦게 와야 될 것 같은데……설마?

"밥 안 먹고 왔어?"

"아, 그게 원래 가려던 곳이 문을 닫았더라고요."

"그래? 다른 거라도 먹지."

"수아가 그거 아니면 안 먹는다고 해서, 그럴 거면 차라리 그냥 여기 와서 형님이 만들어 주시는 걸 먹자고 했어요."

"아하."

어쩐지. 그래도 뭐라도 먹고 오지.

카페에서 간단한 요깃거리는 만들 수 있어도 배부른 식사는 좀 애매한데…….

"원래 뭐 먹으려고 했는데?"

"파스타에 탕후루 하나 때리려고 했죠!"

"파스타랑 탕후루가 무슨 죄라고 때려?"

"……아저씨 개그."

수아가 오묘한 눈빛으로 이쪽을 바라본다.

뭐, 왜.

"알았으니까 잠깐 기다려. 파스타면 금방 해 줄게."

그 정도는 어렵지 않았다.

종종 카페에서 해 먹기도 하고, 페스토는 토스트나 샌드위치에도 쓰려고 넉넉하게 만들어 두는 편이었다.

그래도 식사인데 그 이 정도는 먹어야지.

"아 참! 근데 시아 괜찮아요? 오늘 학교에서 표정 안 좋았는데."

"응? 표정이 안 좋았어? 시아는 늘 저 표정 아냐?"

"아니에요. 미묘하게 다르다고요."

그렇게 말하더니 수아가 시아를 흉내 냈다.

"이렇게 하면 좋은 거고, 이렇게 하면 싫은 거예요. 오늘은 계속 으— 이러고 있었어요."

눈 끝에 손가락을 대며 이리저리 설명하는 수아.

"……똑같은 것 같은데."

"아이참. 오빠, 오빠도 모르겠어?"

수호와 나의 눈이 마주쳤다. 아무리 봐도 수아가 흉내 내는 시아의 표정은 같으니까.

그래도 놀라긴 했다.

'알고 있으면서 굳이 모른 척해 줬다는 건가?'

모르는 줄 알았더니 아니었구나.

그럼, 나도 모른 척해야겠다.

"금방 만들어 줄 테니까 랑이랑 놀고 있어. 오늘 하루 종일 자던데."

"치이. 요새 안 놀아 주고 맨날 자요."

"더워서 그런가?"

"그런가 봐요."

뛰어놀기에는 점점 더워지고 있었으니 랑이가 퍼질 만도 하지.

사람도 더운데 고양이는 체온이 더 높다고 하니…….

음, 그런 의미에서 수아와 수호에겐 냉 파스타를 해 줘야겠다.

랑이는, 뭐 냉장고에 넣어 둔 시원한 츄르를 주면 되겠지.

그건 그렇고, 시아는 잘 돌아갔으려나? 지금쯤이면 읍내까진 도착했을 것 같은데…….

"시아 집에 도착했대요. 그런데 아저씨한테 고맙다고 전해 달라는데요?"

"그래?"

"네. 그런데…… 아저씨 시아랑 톡 아이디 교환한 건 아니었어요?"
"……기다려. 금방 파스타 만들어 줄게."
눈치 빠른 녀석.
얼른 주방으로 피했다.

* * *

다음 날, 오늘도 아침 일찍 나왔다.
해가 빨리 뜨니까 이상하게 잠도 일찍 깬다.
물론 컨디션은 좋았다.
'오히려 짧은 시간 제대로 푹 자고 일어나는 것 같네.'
시골로 온 뒤로 몸도 정신도 점점 더 좋아지고 있었다.
이거 이러다가 도시에 가면 적응 못하는 거 아닌가 몰라.
아직 1년도 안 지냈는데 말이다.
도시에 적응 못하는 모습을 상상하며 피식 웃다가 슬쩍 산책하듯 기지개를 켰다.
그리고 조금 걸으며 슬쩍 주변을 돌아봤다.
저번에 느꼈지만, 이 마을엔 정말 쓰레기가 거의 없었다.
있어도 언제인지 모를 오래된 쓰레기가 발견되기 어려운 위치에 있는 정도?
그런데 그 이유를 오늘 알 것 같았다.

"어? 어르신? 안녕하세요."

"으음? 어이쿠. 젊은 사장 아니여? 벌써 나가는 겨?"

"예. 눈이 일찍 떠졌네요. 어르신도 일찍 일어나셨네요?"

시간으로 치면 전에 이장님 밭을 찾아갈 때보다 더 이르다. 아마 그때쯤 어르신도 나오셨던 것 같은데…….

"늙으면 잠이 없어져."

"에이. 정정하신데요?"

"클클! 건강이야 하지. 여기서 더 건강하면 회춘도 할 겨."

"하하! 그러시면 좋죠."

일찍 나온 어르신과 잡담을 나누며 잠시 걸었는데…….

그때 갑자기 어르신이 등에 멘 가방을 풀더니 길가로 걸어갔다. 그리고 뭔가를 주워서 가방에 넣었다.

"응? 뭐 캐신 거예요?"

"캐긴 뭘. 그냥 쓰레기여."

"쓰레기요?"

"그려. 그냥 오다가다 보이면 주워."

"아! 그래서 마을이 이렇게 깨끗했네요!"

"으응? 이거 가지고 뭘 깨끗하긴 깨끗해. 나만 하는 것도 아니고 이장도 열심히 치우고 하니까 그렇지."

물론 이장님도 마을에 신경을 많이 쓰시니까 보이는 대로 치우시겠지만…… 그래도 마을 어르신까지 이렇게 하니 안 깨끗해질 수가 없었다.

왠지 마을의 비밀 하나를 알게 된 것 같았다.
"이것도 사실 자네 할아버지 덕이야."
"할아버지요?"
이건 또 무슨 소릴까?
"자네 할아버지가 어느 날부터 출근하면서 이러더라고."
"아······."
나는 모르던 사실이었다.
할아버지가 그랬다니······.
조금 뿌듯한 기분이었다.
아니, 뿌듯하기보다는······ 그래, 자랑스러운 느낌?
원래도 그랬지만, 누구 앞에서도 당당할 수 있는 그런 분이었다는 사실에 자부심이 들 정도다.
솔직히 좀 별난 분이라 마을 분들하고 잘 지냈나 싶었는데······.
"근데 자네도 혹시?"
어르신이 내가 들고 있는 빈 쓰레기 봉지를 보며 물었다.
"아, 저도 그냥 오며 가며 보이는 것만 줍는 정돕니다."
"클클! 피는 피여."
어르신의 말에 담긴 뜻이 조금 쑥스러워 뒷머리가 간질거렸다.
원래부터 그러진 않았으니까.
그러고 보면 사실 수아 덕분에 이런 일도 의식하게 된

거니, 나중에 선물이라도 줘야겠네.

"그럼 가서 일 보게나."

"예. 어르신도 좋은 하루되세요."

그렇게 잠시 길을 공유하다가, 나는 마을 밖으로 나가야 돼서 어르신과 헤어졌다.

그렇게 왠지 기분 좋은 하루를 시작하며 카페로 가는 오솔길로 향하는데…….

"응?"

한 사람이 앞에 있었다.

저 사람은…… 시아 아빠?

"안녕하세요?"

"아! 안녕하세요."

"설마 기다리신 건가요??"

"그냥 오늘 일찍 끝난 김에 어제 한번 오라고 하신 말씀이 생각이 나서요. 마침 근처에서 일도 끝났고…… 하하! 아, 그리고 이거."

"응?"

"오늘 나오는데 머리맡에 샌드위치랑 음료가 있더라고요. 제 딸이 놓고 갔나 봐요. 그리고 쪽지도……."

생각만 해도 눈시울이 붉어지는 듯.

시아 아빠의 모습에 미소를 지었다. 아무래도 둘의 오해도 잘 풀렸나 보다.

그도 그럴게.

화아아아악!

정성훈 씨의 몸에서 아우라가 피어올랐다.
마치 새벽녘을 밝히는 아침 햇살처럼.
묘하게 포도 향이 피어나는 아주 밝고 맑은 아우라였다.
그 일부가 내게도 스며들었다.

〉표적 탐지

조금 새로운 재능이 생겼다.
확인은 나중에 하고······.
"쪽지에 보니 여기서 준 샌드위치랑 음료더라고요. 그래서 부탁 하나 드리려고 왔습니다."
"그런가요?? 일단 그럼 카페로 가시죠."
"예!"
어쩐지 기분 좋은 하루의 시작이었다.

* * *

오솔길로 올라와 공터에 들어섰다.
"진짜 좋네요. 마음이 편안하기도 하고······ 아, 저 지금도 밖에 앉을 수 있나요?"
"밖이요? 음. 괜찮긴 한데, 아침 이슬이 있을 거라 지금은 안이 좋습니다."
"아."
시아 아빠, 정성훈이 왜 저런 말을 했는지는 알고 있지만 모르는 척 핑계 대며 안쪽으로 안내했다.

틀린 말이 아니기도 했다.

실제로 바깥 자리에는 아직 이슬이 남아 있었으니까.

그렇게 살짝 주저하는 정성훈 씨와 함께 안으로 들어왔다.

"자리는 편하신 곳에 앉으시면 됩니다."

"아, 예."

"아 참! 그런데 부탁하실 게 있다고 하셨죠?"

"그게, 혹시 그…… 샌드위치 싸는 것 좀 알려 주실 수 있을까 싶어서죠."

"샌드위치 싸는 방법이요?"

"제가 좀, 요리 같은 건 젬병이라."

"아아…… 어렵진 않습니다. 알려 드리죠."

"감사합니다!"

그건 정말 쉬운 일이었다.

정성훈의 말에 씩 웃으며 주방 안으로 들어왔다. 그리고 오븐을 예열하며 이것저것 챙겼다.

어제 미리 만들어 둔 반죽을 꺼내서 틀에 넣었다.

땡!

예열이 끝난 오븐에 빵 반죽을 넣은 오븐 틀을 넣고 돌리며, 카운터로 나왔다.

그러자 아니나 다를까 정선훈 씨는 카페 안을 구경하는 척하며 서 있었다. 물론 진짜 구경하는 것 같기도 했지만.

"손님?"

"아! 네."
"잠시 이쪽으로."
우선 그를 불러서 카운터에 앉혔다. 그리고 재료들을 꺼내 보여 줬다.
"일단 샌드위치에 들어갈 재료들입니다."
"어? 이것밖에 안 들어가나요?"
"생각보다 단순하죠?"
내가 가지고 온 건 달걀과 마요네즈, 포도잼, 그리고 양파가 다였다.
어제 만들어 준 것과 다르긴 하지만 마찬가지로 쉬운 레시피다.
아침으로 든든하기도 하고.
"음, 시아 학교 갈 시간이 많이 남지 않았으니까 바로 만들죠. 아, 우선 작업하기 전엔 손부터 씻고 시작할까요?"
"예예."
시아는 내가 만들어 줬지만, 정성훈은 직접 만들 수 있게 도와주기로 했다.
주방에서 손을 씻고 온 정성훈에게 레시피를 하나씩 알려 줬다.
"우선 삶은 달걀을 으깬 뒤, 그것을 여기 양파 다진 것과 함께 마요네즈로 섞어 줄 겁니다. 소금이랑 후추도 조금 넣고요."
"오? 이렇게 하면 되는 건가요?"

"예. 잘하시네요. 식감이 조금 남아 있을 정도가 딱 좋습니다."

"간단하네요. 잘 가르쳐 주셔서 그런가."

이 정도야 사실 인터넷에서 찾아보거나 동영상으로 충분히 배울 수 있다.

물론, 그런 걸 안 해 본 사람이면 낯설어서 어렵게 보이겠지만. 막상 해 보니 할 만한 듯 정성훈은 금방 해냈다.

'쉬운 거긴 해도, 애초에 손재주가 좋은 사람이었네.'

이것저것 가르쳐 주면 잘할 것 같았다. 뭐, 그거야 이제 본인이 알아서 할 일이지만.

땡~!

"아, 식빵이 다 됐네요. 잠시만요."

밑 재료를 만드는 사이, 식빵이 다 구워졌다.

사실 식빵은 반죽만 미리 해 두면 정말 굽는 게 쉬웠다. 따끈따끈한 식빵을 매일 아침마다 만들 수 있는 이유였다.

"여기 빵에, 이렇게 포도 잼을 바르시고……."

두툼하게 썬 네모난 식빵을 대각선으로 한 번 잘랐다.

그리고 안쪽에 칼집을 넣고 벌렸다. 그러자 순식간에 주머니처럼 변한 식빵.

이제 이 안에 포도 잼을 바르고 으깬 달걀로 만든 속을 넣으면 끝이다.

"나중에 감자 같은 걸 같이 넣어도 좋습니다."

"예예."

자기가 만든 게 맞는지 확인하듯, 샌드위치를 요리조리 돌려보는 정성훈의 모습에 피식 웃었다.

"남은 재료들은 싸 드릴게요. 집에서 시아랑 같이 만들어 드세요."

"감사합니다!"

"뭘요, 전에 시아가 제가 만든 음료 먹고 엄청 맛있다고 해서 기분이 얼마나 좋았는데요."

"그랬나요? 하하! 칭찬을 쉽게 하는 아이가 아닌데…… 하긴 사장님이 만들어 주신 걸 먹어 보니 진짜 다른 곳이랑 다르긴 한 것 같긴 했습니다."

"그런가요? 이거 부녀한테 칭찬받으니 기분이 다 좋네요. 음, 시간이 벌써 이렇게 됐네요. 가 보셔야 될 것 같은데요?"

"아!"

어느새 시침이 7시를 지나 8시로 가고 있다. 시아가 등교하기 전에 줘야 하니, 여유롭게 있을 시간은 없었다.

시간을 본 정성훈은 급히 샌드위치와 음료를 챙겨서 떠났다.

우직하고 듬직한 뒷모습이 꼭 아빠 곰 같은 모습이었다. 마치 먹이 사냥 성공해서 돌아가는…….

딸은 새침한 아기 여우상이던데 참 신기하네.

아, 음료는 포도 주스였다.

어제 시아가 참 잘 먹었으니까.

그나저나.

"보기 좋은 부녀네. 참."

어제 시아가 왔을 때도 느꼈지만 표정은 완전 반대였다. 아빠는 항상 웃는 얼굴, 딸은 항상 무표정.

하지만 그래도 참 닮았다는 생각이 떠나질 않는다. 둘의 하는 행동이나 생각이 비슷해서 그럴까?

"아침부터 진짜 뿌듯하게 말이지."

오늘은 뭔가 칭찬으로 시작하는 날인 거 같네. 동네 어르신이나 시아네 부녀로 말이다.

칭찬은 고래도 춤추게 한다던데, 절로 기분이 좋아진다. 아침이 한층 밝아진다고 해야 하나?

흐뭇한 미소를 지으며 나도 간단히 배를 채우기로 했다. 메뉴는 만들고 남은 샌드위치에 간단히 만든 포도 주스였다.

"음. 맛있네."

샌드위치는 누구나 상상할 수 있는 그 맛에, 포도 향이 은은하게 입안에 퍼지는 그런 맛이었다.

고소하면서 달달하니 좋았다.

그리고 포도 주스는 그 향을 증폭시키며 안에 든 알맹이가 톡톡 씹히는 재미를 줬다.

아침으로 간단하면서 참 좋았다.

샌드위치와 음료를 먹으며 슬쩍 그 옆에 놓인 쪽지를 봤다.

이건 시아가 정성훈 씨에게 남겼다는, 어제 나와 쓴 쪽지와는 또 다른 쪽지였다.

아마 집에 가서 추가로 쓴 것이리라.
거기엔 이렇게 적혀 있었다.

―샌드위치랑 음료는 호랑이 쉼터 사장님이 만들어 주셨어요. 맛있어요.

슬쩍 여기를 알려 주는 쪽지였다.
그걸 보자 피식 웃음이 새어 나왔다.
쪽지는 잘 보관해 두고…… 다시 샌드위치를 먹으며 바깥 풍경을 봤다.
"좋다."
차가운 새벽 공기를 맡으며 잠시 이 여유를 즐겼다.
그리고 오늘 할 일을 정리했다.
'음…… 풀이 또 자랐네.'
우선 잡초를 뽑아야겠다. 그리고 토리의 굴에 넣어 둔 쑥쑥이의 생두도 확인해야 하고…….
조금 궁금해졌다. 어떻게 됐을지.
"아, 재능도 얻었는데."
그렇게 할 일을 정리하다가 마지막에 떠올랐다.
정성훈으로부터 새롭게 얻은 재능을.

〉표적 탐지

"목생의 재능이네."

손재주와 같은 분류였다.

그런데 표적 탐지라…… 조금 특이한 재능이다.

내용이 뭔가 감각이랑 조금 겹치지 않나 싶은데?

일단 한 번 사용해 봤다.

스윽!

"어?"

순간 아우라가 눈으로 몰리는가 싶더니, 이내 시야가 잠깐 변했다.

이거구나. 그럼, 여기서 잠깐…….

그렇게 잡초를 찾는다고 마음먹으며 앞을 보자.

"이거 완전, 지뢰 찾기잖아?"

시야가 닿는 공터에서 표시된 붉은빛의 아우라를 볼 수 있었다.

잡초를 표시한 거였다.

물론 지뢰 찾기와는 다르게 틀린다고 터지는 일은 없겠지만.

"나름 차이점이 있는데?"

감각이 빅데이터라면 이건 일종의 레이더였다.

아우라를 지속적으로 소모하는 것도 그렇고, 상황에 맞게 다른 방식으로 활용할 수 있을 거 같은데?

"진짜 재미있는 능력이네."

그때 문득 토리의 굴이 생각났다.

확장되면서 얻은 토리의 굴은 '위장'이라는 효과로 숨겨졌다.

물론 나는 위치를 이미 알고 있으니 위장을 한다고 해도 찾을 순 있었다. 토리가 문을 열어 주기도 했으니 문제는 없지.

 하지만 평소에 토리가 문을 열어 주기 전까지는 내부까지 눈에 보이지 않았다. 전과 달리 그 부분은 살짝 불편했다.

 하지만,

 '이거라면?'

 어차피 가려고 했으니, 남은 샌드위치를 입에 욱여넣은 뒤 바로 뒷마당으로 나왔다.

 그리고 토리의 굴이 있는 곳 근처에서 표적 탐지를 켰다.

 그러자 표시되는 토리의 굴.

 슬쩍 몰래 다가가서 문을 열었다.

 뻥?!

 기척도 없이 내가 문을 여니 깜짝 놀란 토리가 벌떡 일어났다.

 "아, 미안. 자고 있었어?"

 호기심은 해결했으니 다시 닫아 줬다. 유용한 재능을 얻은 것 같았다.

 '산에서 찾고 싶은 거 찾을 때도 좋겠는데?'

 설마 산삼 같은 것도 찾을 수 있으려나?

 굳이 산삼을 캐러 산에 오를 생각까진 없었지만, 어쨌든 그것도 된다면 참 신기할 것 같긴 했다.

 산속에 숨어 있는 쓰레기들도 줍기 편할 것 같고 말이다.

음, 사실 그쪽이 더 유용하게 쓸 것 같긴 하네.
"아무튼 잘 쓰겠습니다."
정성훈 씨는 모르겠지만 어쨌든 감사 인사를 하며 카페로 돌아왔다.
그때 마침, 수아에게서 톡이 왔다.

―오늘 다들 안 잊으셨죠? 우리 봉사모임 첫날?

맞다. 오늘이 바로 그 모임 첫날이었지?
음…… 모임 시간쯤이면 다들 배가 출출 할 테니 그때 먹을 걸 조금 준비해야겠다.
아직 시간은 많으니까 영업도 준비할 겸 천천히 하기로 했다.
그리고…….
'마침 이런 재능도 얻었으니, 한번 그걸 찾아볼까?'
그냥 해 본 생각이 있었는데 토리의 굴도 찾아낸 걸 보면 어쩌면 가능할지도?

* * *

오늘은 손님이 없이 지나갔다.
아, 아니지. 이른 아침 오픈런을 했던 분이 있으니 없는 건 아니었지.
뭐, 그거야 아무튼.

약속한 시각이 되자 카페에 봉사 모임 사람들이 하나둘 모였다.

먼저 마을에 있던 한송이와 이선아가 왔다. 그리고 이어서 수아와 수호도 왔다.

"여기 이거 가져왔어요."

"오! 야광 벨트?"

"아직 밝긴 한데 여긴 또 금방 어두워지니까 입고 있는 게 나을 것 같아서요. 가끔 야간 연습할 때 쓰는 거예요."

수아와 수호가 야광 벨트를 들고 왔다. 확실히, 안전상 있으면 참 좋을 거 같다.

다들 어떻게 그런 생각을 했냐며 칭찬하자 수호가 뒷머리를 긁적이며 쑥스러워했다.

물론, 다른 사람들도 하나씩 뭔가 챙겨 왔다.

한송이가 쓰레기봉투를, 이선아가 이장님 밭에서 가져온 장갑과 집게를 꺼내서 나눠 줬다.

그리고 나는…….

"자, 이거 하나씩 받아 둬."

"와! 텀블러다! 뭐에요? 음료수?"

이리저리 움직이면서 마실 음료를 준비했다. 들고 다닐 수 있는 텀블러에 담아서 말이다.

하지만 아쉽게도 수아의 기대에는 충족해 줄 수 없을 거 같다.

"어, 말 그대로 물."

"에이…… 시시해."

하지만 일하면서 마시기엔 물만큼 좋은 게 없으니까.
"그리고 이것도."
"어, 이건……."
"응, 오늘 돌 봉사 활동 루트."

그것은 지도였다. 우리가 중점적으로 확인할 장소가 적혀 있는.

아침에 주변을 돌면서 표적 탐지로 확인한 것이었다.

"오, 깔끔하네요. 바로 알 수 있겠어요."

모두들 그걸 보더니 만족하는 얼굴을 지었다. 그러면서 별로인 줄 알았는데 생각보다 의욕적이라면서 칭찬해 댄다.

음, 쑥스럽게. 사실…….

'표적 탐지로 혹시나 해서 땅의 정수를 더 구할 수 있을까 싶었는데.'

그걸 찾느라 산도 타고 여기저기 돌아다니면서 만들었던 거랬다.

그리고 결국 아쉽게도 땅의 정수는 구하지 못하고 남은 게 바로 이거.

후우, 없는 건지 찾을 수 없는 건지.

지난번 우성수 씨의 목장에서 얻은 땅의 정수 효과가 너무 좋아서 욕심이 과했나 보다.

결국 괜히 산만 좀 타다가 시간을 다 보낸 뒤 돌아왔다.

역시 괜한 욕심을 부리면 안 된다.

이런 거라도 만들지 않았다면 혼자 뻘짓을 하는 게 돼 버렸을 터.

그랬다면 상당히 민망했을 테지.

아무튼 그건 아무도 모르는 사실이니 내 품속에 고이 묻어 두기로 하고, 얼른 손수 그린 지도를 펼치며 설명했다.

"오늘은 이렇게, 두 개 조로 나눠서 여기로 돌면 될 것 같습니다."

"좋네요! 첫날이니까 이 정도면 충분하겠어요."

한송이가 동의하자 다들 고개를 끄덕였다. 특히 수아는 격하게 반응하기도 했다.

"우아! 이거 꼭 보물지도 같아요! 아, 아닌가? 미로 지도?"

"그냥 지도야."

아주 신났다.

그냥 평범한 지도를 가지고 보물 지도라니. 뭐, 그래도 다들 수아 덕분에 웃었다.

"아차참! 아저씨. 혹시 멤버 추천도 돼요?"

"추천? 이제 시작인데?"

"네! 시아도 하고 싶댔어요."

"아…… 시아도?"

부모님 동의만 받는다면 이쪽은 문제가 없긴 했다.

다른 사람들도 동의.

그럼, 다음 모임에는 시아도 오른 걸로 하고.

일단은 오늘 봉사 모임을 시작했다.

나와 조가 된 건 한송이였다.

모인 인원이 다섯이라 두 명씩 나눌 순 없었다.

나와 한송이가 한 조, 그리고 이선아와 백 씨 남매가 다른 조였다.

"재밌겠다~!"

한송이는 어쩐지 신나 하며 봉사 활동을 시작했다.

예상대로지만 쓰레기는 생각보다 많이는 없었다.

하지만 확실히 마을에서 멀어지니 쓰레기 줍는 빈도가 늘어났다.

"그냥 걸어갈 땐 안 보였는데 생각보다 많…… 어? 사장님, 언제 그렇게 주웠어요?"

"예? 아, 뭐. 그냥."

나는 표적 탐지로 찾은 덕분에 한송이보다 두 배는 더 많이 줍긴 했다.

"사장님은 진짜 다 잘하시는 것 같네요."

"……이것도 재주로 칩니까?"

"그럼요!"

뭐 재능을 쓴 거니 틀린 말은 아니긴 하네.

아무튼 그렇게 한송이와 얘기를 나누며 약속된 길을 돌았다.

그런데.

'어?'

이게 여기 있었네?

(회사 때려치우고 카페 합니다 6권에서 계속)

환상이 숨쉬는 공간 파피루스 blog.naver.com/gnpd17

율운 스포츠 판타지 장편소설

역대급 뱀직구로 슈퍼에이스!

뱀 한 마리 구해 주고 패스트볼의 신이 되었다
『역대급 뱀직구로 슈퍼에이스!』

밋밋한 포심, 애매한 변화구
혹사에 이은 수술, 그리고 입대까지
높아져만 가는 프로의 벽에 절망하던 구강혁

어느 날 고통받던 뱀을 구해 주고
문신과 함께 신비한 야구 능력을 얻게 되는데

"구속도 구속인데 무브먼트가……. 마치 뱀 같은데?"

타격을 불허하는 뱀직구를 앞세워
한국을 넘어 메이저리그까지 제패하겠다
전설을 써 내려갈 구강혁의 와인드업이 시작된다!